Ariana Godoy

A TRAVÉS DE LA LLUVIA

wattpad
by Montena

Primera edición: octubre de 2022

© 2022, Ariana Godoy
© 2022, Penguin Random House Grupo Editorial, S. A. U.
Travessera de Gràcia, 47-49. 08021 Barcelona
© 2022, Penguin Random House Grupo Editorial USA, LLC
8950 SW 74th Court, Suite 2010
Miami, FL 33156

© 2022, iStockphoto, por los recursos gráficos del interior

Impreso en México - *Printed in Mexico*

ISBN: 978-1-64473-595-4

22 23 24 25 26   10 9 8 7 6 5 4 3 2 1

Dedicado a todas mis lectoras de Wattpad;
gracias a ustedes, la trilogía de los hermanos Hidalgo
ha llegado tan lejos y ha podido alcanzar a más lectores.
Gracias, hoy y siempre, por querer a Ares y a Raquel,
a Claudia y a Artemis, y ahora también a Apolo.
Les quiero con toda el alma.

Prólogo

Llueve.

La lluvia me empapa en cuestión de segundos. La ropa se pega al cuerpo, pero esa es la menor de mis preocupaciones en este momento.

Duele.

Me duele el cuerpo, en especial la cara. Me palpita del dolor, me sale sangre de la nariz, me baja por la boca y se mezcla con la lluvia que me cae por la cara antes de deslizarse por el mentón. Tengo un ojo entrecerrado que me hace soltar un quejido cada vez que intento abrirlo.

Nunca he sido una persona violenta. Nunca he instigado una pelea, así que me parece irónico encontrarme en esta situación. Tirado en un callejón, con la espalda contra la pared, a duras penas puedo mantenerme sentado. Los pequeños cortes de la cara que me han hecho los fuertes golpes arden al contacto con el agua helada de lluvia, al igual que los nudillos, que se han roto por intentar defenderme. Hago una mueca de dolor.

He salido para familiarizarme con Raleigh y su vibrante vida nocturna, mi primera noche en la universidad. Vaya que me ha ido mal. Al salir de un pub fui asaltado y golpeado hasta que perdí el conocimiento. No entendí qué necesidad había de atacarme así, yo se lo he dado todo voluntariamente.

«Vamos, no te duermas, Apolo», me recuerdo mientras lucho por mantenerme despierto.

Me han dado muchas patadas en la cabeza y sé que necesito que me mire un médico antes de dormirme, o algo así me explicó mi hermano, que estudia Medicina desde hace años. Sin embargo, es muy difícil.

Mi vista se vuelve borrosa y trago saliva; hasta hacer algo tan simple me duele. Sé que necesito levantarme, pero cada vez que lo intento, mi cuerpo se rinde y caigo contra la pared una vez más. Gritar para pedir ayuda es inútil bajo esta lluvia, con el ruido del agua cayendo con fuerza sobre el pavimento y los botes de basura que me rodean. El frío de otoño me hace temblar y me adormece las extremidades.

Solo voy a dormirme un segundo, solo un momento hasta que pase la lluvia.

Un segundo...

Se me cierran los ojos, la cabeza me cae a un lado.

Cítrico.

El olor de un perfume cítrico me hace arrugar la nariz y me despierta un poco. Me doy cuenta de que la lluvia ya no me golpea la piel. Abro los ojos ligeramente, frente a mí hay una figura borrosa que usa su paraguas para cubrirnos a ambos.

—Ey, ey —susurra una voz femenina mientras la figura se inclina hacia mí—. ¿Puedes oírme?

Asiento porque no tengo fuerza para hablar.

—Ya he llamado al teléfono de emergencias, dicen que estarán aquí en cinco minutos y que te mantenga despierto. —Su voz es tan suave y tan tranquilizadora que solo quiero dormir un poco—. ¡Ey! —Su mano toma mi rostro golpeado y una punzada de dolor me atraviesa y me hace estremecer—. Lo siento, pero no puedes dormirte.

Mi respiración deja mis labios temblorosos entreabiertos y se vuelve visible por el frío.

—Frí-frío —tartamudeo, temblando.

—Por supuesto que tienes frío, ash. —Puedo escuchar la duda en su voz—. ¿Qué hago...? Solo aguanta un poco, ¿sí?

Débilmente, extiendo la mano hacia ella. Agarro el dobladillo de su camisa y tiro de ella hacia mí. Suelta un chillido cuando cae hacia adelante sobre sus rodillas, en medio de mis piernas extendidas sobre el pavimento.

Frío.

Levanto la otra mano y envuelvo los brazos alrededor de su cintura, la abrazo y entierro la cara en sus pechos.

—¡Oye! ¡Ey!

—Calor... —susurro. Tiemblo contra ella y le mojo la ropa.

Ella deja de intentar apartarme y suspira.

—Bien, solo te dejo porque tienes una pinta horrible y estás helado —murmura. Yo solo disfruto de su calor, de su olor, de esa mezcla de perfume cítrico con la fragancia de su piel—. Y te informo de que no dejo que los chicos me abracen en la primera cita, considérate afortunado.

No sé si está bromeando, pero solo quiero quedarme aquí. Tiene el corazón acelerado. ¿Por qué? ¿Tiene miedo?

—Oye, pero no te duermas, ¿sí? Ya puedo oír las sirenas de la ambulancia, estarás bien.

Yo también las oigo y, de pronto, también muchos pasos. Ella me aparta y se aclara la garganta. Quiero protestar, el frío me golpea de nuevo, pero de pronto varias personas están frente a mí con linternas y, desde entonces, todo se vuelve confuso.

Tumbado en una camilla, extiendo la mano hacia ella otra vez y ella la toma.

—Estarás bien —susurra, mientras me aprieta la mano con fuerza antes de soltarla.

Y solo puedo ver su silueta quedarse allí en ese callejón con su paraguas sobre ella. Me ha salvado, así que estoy seguro de que nunca la olvidaré.

Nunca olvidaré a la chica que conocí a través de la lluvia.

PARTE UNO

RAIN

UNO

APOLO

Echaba de menos salir a correr.

Tardé cuatro semanas en recuperarme por completo y en que el médico me autorizara a hacer ejercicio de nuevo. Por lo menos, la parte física ya ha sanado, la mental es otra cosa. Aún me despierto con pesadillas donde esos chicos me atacan y no paran de pegarme, sin mencionar que ahora la lluvia me pone de un humor de mierda.

Son las seis y media de la mañana cuando entro al piso, empujo la puerta para cerrarla. El pasillo de entrada se extiende frente a mí en la semioscuridad porque aún no ha amanecido. Al llegar a la amplia cocina, enciendo la luz. Un despelucado Gregory asoma la cabeza desde el pasillo de las habitaciones.

—¿Qué haces despierto a esta hora?

—He salido a correr.

—A las... —Tiene un ojo entrecerrado e intenta ver el reloj del microondas—. ¿Seis de la mañana?

—Seis y media.

—Ni siquiera mi abuelo se despertaba a esas horas para salir a correr.

—Tu abuelo no corría —le recuerdo y pongo las llaves sobre la isla de la cocina.

—Exacto.

—¿Qué haces tú despierto? —pregunto y abro la nevera para tomar una botella de agua.

—Eh...

—¡Buenos días! —Una energética chica morena con la que ya estoy familiarizado chilla con emoción al salir del pasillo y pasar por al lado de Gregory.

¿Su nombre? Kelly. Es la no-tengo-ni-puta-idea-de-qué-es de Gregory y pasa muchas noches en nuestro piso. A veces actúan como una pareja normal, a veces ni se miran cuando se ven. Siendo sincero, no lo entiendo y no soy tan entrometido como para preguntar. Lo mío es llevarme bien con Gregory, que, aunque lo conocí a través de mi hermano Ares, se convirtió en un buen amigo y ahora es mi compañero de piso.

Ha sido un alivio vivir con él durante estas primeras semanas de la universidad. No me he sentido tan solo y Gregory no me deja mucho tiempo libre para deprimirme o ponerme a echar de menos mi casa, siempre se le ocurre algo que hacer. Echo mucho de menos al abuelo, a mi hermano Artemis, a su esposa Claudia y a mis perritos. Pero sobre todo, lo que me ha sorprendido ha sido lo mucho que echo de menos a Hera, jamás pensé que podría llegar a extrañar tanto a mi sobrina.

—¿Apolo? —Kelly se para junto a mí y pasa su mano frente a mi cara—. ¿Aún estás dormido?

—Buenos días —respondo con una sonrisa amable.

Gregory bosteza y se nos une en la cocina.

—Bueno, ya que estamos despiertos, ¿desayuno?

Levanto el puño para chocarlo con el suyo. A Gregory se le da muy bien cocinar y esa es una cualidad muy poco valorada hasta que te toca mudarte solo. A mí no se me da nada bien, lo único que me queda aceptable son los postres y no se puede vivir de panecillos y pasteles todos los días.

—¿Qué os apetece hoy? ¿Desayuno continental? ¿Americano? —ofrece Gregory mientras se agacha para sacar las sartenes del cajón. Kelly aprovecha para colocarse detrás de él y agarrarlo de las caderas para hacer movimientos sexuales contra su trasero.

—¡Para! —le susurra Gregory, girándose y besándola con pasión contra la isla.

Hago una mueca y me muevo de un lado a otro mientras observo la interesante pintura de una pera que hay en la pared de la cocina. Ya debería estar acostumbrado.

Después de desayunar, me ducho y paso mucho más tiempo del necesario debajo del agua con los ojos cerrados. Bajo la cabeza, estiro los brazos y descanso las manos contra la pared frente a mí. El agua cae sobre mí y es como si en realidad no estuviera aquí. Mi cuerpo está aquí, pero mi mente se desconecta, alcanza un punto vacío donde no siento nada. La ironía se abre paso en mi vida porque he venido a estudiar Psicología en la universidad y en la primera semana sufro un suceso traumático como esa paliza. Sonrío con tristeza y cierro el grifo, me quedo quieto durante unos segundos antes de sacudir la cabeza, no solo para deshacerme del agua que tengo en el pelo, sino para traer mi mente a la realidad de nuevo.

Me seco un poco y salgo en toalla a mi habitación, el piso es inmenso y cada cuarto tiene su baño. Sin embargo, me doy cuenta de que mi ropa interior está en la secadora. Salgo a buscarla con una toalla cubriéndome de cintura para abajo y con la otra alrededor del cuello. Kelly está tumbada en el sofá del salón, jugando con su móvil. Al notarme, baja el teléfono y levanta una ceja.

—¿Escondes todo eso detrás de esa cara de niño bueno?

Hago una mueca ante la palabra «niño».

—¿Qué te hace pensar que soy un niño bueno?

—Ah, por favor, se te nota a leguas. —Se apoya en los codos para levantarse ligeramente—. Hasta diría que eres virgen.

Eso me hace reír y le doy la espalda para buscar mi ropa interior en la secadora. También para terminar la conversación, porque no sé si son imaginaciones mías o está coqueteando conmigo. Quizá sea la forma en la que sus ojos se posan en los músculos de mis brazos y abdomen, y lo último que quiero es tener problemas con Gregory. Cuando paso para regresar a la habitación, ella está sentada en el reposabrazos del sofá y me observa divertida.

—¿Te he asustado?

Me acuerdo de las palabras de Ares cuando le daba por explicarme el tipo de coqueteo que aplicaban algunas personas: «A ese tipo de coqueteo lo llamo "retador", te confrontan y usan preguntas que siempre te llevarán a demostrarles lo contrario, a tener que probarles algo que generalmente es su objetivo». No puedo creerme que a veces las generalizaciones de ese idiota tengan sentido. Supongo que ser un exrompecorazones le dio experiencia porque eso sí, no he conocido a nadie que haya roto tantos corazones como el idiota de mi hermano. Sin embargo, nunca he sido el tipo de persona que asume algo de los demás, así que le doy el beneficio de la duda a Kelly y le sonrío.

—Para nada. —Me encojo de hombros.

Ella me devuelve la sonrisa, se pone de pie y se queda frente a mí. Presiona su puño contra mi abdomen desnudo y ladea la cabeza.

—Tienes mucho que aprender, niño bueno.

Ahí está esa palabra de nuevo. Tenso la mandíbula y envuelvo la mano alrededor de su muñeca para despegarla de mi abdomen.

—No soy un niño —le digo manteniendo la calma—, pero puedes pensar que lo soy. No tengo intención de demostrarte lo contrario.

Le suelto la muñeca y me alejo de ella para volver a mi cuarto.

Mi clase de la mañana es Orientación, así que no es muy pesada, solo nos dan consejos e indicaciones para guiarnos en nuestro comienzo universitario. El salón está repleto de estudiantes, la profesora está explicando algo sobre la cafetería y los horarios de descanso entre clases. Tengo el cuaderno abierto frente a mí y mi mano, inquieta, comienza a dibujar sobre el papel con mi lápiz. Hasta que no he terminado, no me doy cuenta de lo que he escrito: «Rain».

«Ese es su nombre».

Rain Adams es la chica que me salvó aquella noche de lluvia. Eso es lo único que tengo de ella: su nombre y que asiste a esta universidad. Esa fue toda la información que me dieron los médicos cuando desperté al día siguiente. Por lo que escuché, ella también colaboró con la policía y declaró en el caso. Aún están investigando porque no parecía un simple atraco, la policía dijo que fue un ataque demasiado violento teniendo en cuenta que entregué todo lo que llevaba encima voluntariamente.

Sin embargo, nunca he visto a Rain. Lo único que tengo es su recuerdo de esa fría noche, su voz, su silueta, ese olor a perfume cítrico, pero nada más. Y debo admitir que tengo muchas ganas de encontrarla y darle las gracias, de saber cómo es, de conocerla. He intentado buscarla en las redes sociales, pero cuando escribo «Rain», lo único que encuentro son días lluviosos. Quizá pienso demasiado en ella y puede que ella ni siquiera me recuerde.

Sonrío para mí mismo.

«Vamos, Apolo, acabas de empezar la universidad y ya te andas obsesionando con una chica».

—¿Rain? —Una voz femenina me saca de mis pensamientos y busco con la mirada la fuente de esa voz. Me encuentro con una chica de gafas y pelo ondulado en el asiento que hay a mi lado. Es guapa, sus ojos color café brillan ligeramente mientras me habla—. ¿Te gusta la lluvia?

Entiendo a qué se refiere, «rain» es lluvia en inglés, lo cual me parece muy irónico dadas las circunstancias en las que conocí a Rain. Tardo unos segundos en responderle porque nadie me ha hablado en clase hasta ahora y me pilla por sorpresa.

—En realidad, ya no me gusta la lluvia.

Ella asiente.

—Pensé que me darías el discurso de que te encanta el sonido de la lluvia, que te relaja, y que es nostálgico. —No sé qué decir y ella me sonríe para ofrecerme su mano—. Soy Érica y repito esta asignatura. —Le estrecho la mano y abro la boca para decir mi nombre, pero ella sigue—: Mucho gusto, Apolo.

—¿Cómo sabes mi nombre?

Ella arquea una ceja.

—En este campus, todo el mundo sabe tu nombre, Apolo Hidalgo.

—¿De qué estás hablando?

—Has salido en las noticias de la universidad durante semanas.

Siento mucho lo que te pasó, ¿estás bien? —La lástima en su semblante me resulta incómoda.

—Estoy bien —le digo y me pongo de pie. Le pido permiso a la profesora para ir al baño y salgo disparado del aula. Camino hacia el tablón de anuncios de la facultad y me encuentro con muchos artículos sobre mí ahí, con mi cara y mi nombre. Me doy cuenta de que, sí, he estado en las noticias de la universidad todo este tiempo. Rain ha tenido que verme en algún lado, así que ella sabe dónde encontrarme, sabe mi nombre, mi carrera, y, aun así, no me ha buscado. Hago una mueca al percatarme de que quizá Rain no tiene ninguna intención de encontrarse conmigo, ¿por qué la tendría? Ella me salvó, no me debe nada. Me paso la mano por la cara y me doy la vuelta.

El móvil vibra en el bolsillo de mis pantalones y lo saco para ver los mensajes de Gregory:

Cucaracha: ¡Fiesta de inauguración del piso!
Nos vemos esta noche, *loseeer*. Y guarda mi teléfono con otro nombre o te daré una patada en el culo.

Bufo y escribo una respuesta.

Yo: Sigue soñando, cucaracha. ¿A quién has invitado?

Cucaracha: A unos amigos de mi facultad. Tengo que presentarte en la sociedad, ponte tu mejor traje.

Acabo de llegar y Gregory ya lleva un año en esta universidad, así que ya tiene un círculo social y muchos amigos, mientras que yo solo lo tengo a él. Me he perdido las dos primeras semanas de clase mientras me recuperaba, así que la mayoría de las personas de mi carrera han hecho sus grupos, y de nuevo, me he quedado fuera. Nunca se me ha dado bien hacer amigos. En el instituto, conocí a todo el mundo a través de mis hermanos. Sus amigos terminaron siendo los míos porque yo estaba ahí. No me quejo, mis mejores amistades fueron el resultado de eso, pero nunca he tenido amigos que haya hecho por mí mismo. Supongo que ha llegado el momento de que eso cambie.

Yo: ¿A cuántas personas has invitado?

Gregory: Los números son solo figuras plasmadas en el espacio.

A veces me pregunto si todo está bien en la cabeza de Gregory. No he conseguido descifrar cómo funciona su cerebro.

Suspiro y lo llamo. Se escucha un barullo que me hace preguntarme si de verdad ha ido a clase o solo anda por ahí con sus amigos.

—¿A cuántas personas?

—¿Doce y media? —Se ríe y eso solo me hace entrecerrar los ojos.

—¿Y media?

—Una de las chicas trae a su perrita.

Eso lo hace más llevadero, me encantan los perritos.

—¿Cómo se llama la perrita?

—Cookie.

—Está bien.

Él me dice algo más y cuelga. Me doy cuenta muy tarde de que ha usado mi debilidad por los perritos para distraerme, seguro que llena el piso de gente. Supongo que será mi oportunidad para socializar.

En el camino de vuelta a la clase, el pasillo está lleno de gente. Algunos me miran con curiosidad, otros con pena. Aunque los moretones han desaparecido, aún quedan los puntos que me han tenido que dar en el lado izquierdo de la mandíbula y cerca del ojo derecho. Así que bajo la mirada y finjo revisar mi teléfono.

Cítrico...

Levanto la mirada al sentir un aroma a perfume cítrico. Me lleva de inmediato a esa noche, al frío, al dolor, a ese suave susurro entre todo:

«Estarás bien».

Cuando me giro, veo a un grupo de chicos y chicas que acaban de dejarme atrás y se han mezclado con la multitud. Me quedo mirándolos, parado en medio de todos, pero solo alcanzo a verlos alejarse.

«Basta, Apolo».

Sigo mi camino, pero mi mente vuelve a quedarse estancada en ella.

«¿Te encontraré algún día, Rain?».

DOS

APOLO

Gregory no sabe sumar.

No hay modo alguno de que esto sean doce personas. He contado más de treinta y, si no fuera por el gran espacio de nuestro piso, de verdad, no entraría tanta gente. El grupo más grande está en el salón jugando a qué sé yo, me he entretenido con Cookie, la perrita que ha traído Tania, una de las amigas de Gregory.

—Gregory nos ha hablado mucho de ti —comenta la chica mientras yo estoy inclinado para acariciar a Cookie—. Psicología, ¿eh?

—Así es —le digo amablemente.

Tania me sonríe antes de coger en brazos a Cookie y alejarse.

Me he dado cuenta de lo poco expresivo que he sido desde que he llegado a la universidad. Tal vez sea la adaptación a toda esta nueva experiencia y el hecho de que no conozco a nadie aparte de a Gregory, o puede ser lo que me pasó con ese ataque. Pero definitivamente no estoy hablando con nadie ni pillando el ritmo de nada, la gente termina cansándose de intentar que fluya la conversación conmigo y se aleja. No los culpo. Esto de socializar sigue sin ser mi fuerte.

—¡Apolo! —La voz de Gregory que llega desde el salón me lleva a hacer una mueca—. ¡Ven! ¡Apolo!

Finjo una sonrisa y camino hacia el grupo que está en el salón. Tania se ha sentado al lado de un chico moreno que le pasa el brazo por detrás para abrazarla de lado y creo que recuerdo que, cuando me los presentaron, me dijeron que eran novios. Kelly está con otras dos chicas y hay cuatro chicos cuyos nombres no puedo recordar claramente, eso suele pasar cuando te presentan a más de treinta personas en menos de media hora.

—¡Todo el mundo al salón! —llama Gregory, y yo suspiro al llegar a su lado y enfrentar a toda esta gente. Todos van muy bien vestidos, algunos son tan bromistas y alocados como mi compañero de piso.

—Ya os he presentado a este chico. —Gregory me pasa el brazo por los hombros y me abraza de lado—. Cien por ciento recomendado. —Les guiña un ojo a las chicas—. Está soltero.

Me libero de su agarre y me sonrojo.

—Para.

—¿Qué? ¿Por qué crees que hemos hecho esta fiesta?

Mis ojos indagan entre la gente y pasan por Kelly, quien me mira, sonríe y le susurra algo al oído a otra chica. Sigo observándolos a todos y mi mirada se cruza con unos ojos oscuros muy bonitos casi escondidos dentro de una capucha roja, su pelo negro escapa de la capucha y es la única chica que no va vestida casual, sino deportiva. La sudadera roja que viste tiene la insignia de la universidad y le queda un poco grande, así que casi cubre los shorts que lleva debajo. Su rostro mantiene una expresión calmada mientras me mira directamente a los ojos y yo trago saliva con dificultad porque es preciosa. Me quedo mirándola como un bobo y ella frunce las cejas.

—¿Apolo? —La voz de Gregory me hace apartar la mirada finalmente.

—¿Ah?

—Que si quieres decir algo para que te conozcan un poco más.

—Eh... —Todos me observan y vuelvo a tragar saliva, porque no sé qué decir, no quiero avergonzarme delante de toda esta gente. Kelly se pone de pie.

—Apolo estudia Psicología, le encantan los perritos y aparta la mirada en las partes sangrientas de las películas de terror —dice Kelly y todos se ríen un poco—. Vamos, a seguir la fiesta.

—¡Buuu! Siempre arruinas mis momentos —dice mi compañero.

Gregory le enseña los pulgares hacia abajo antes de ir hacia ella. Kelly me lanza una sonrisa sencilla y siento la necesidad de agradecerle que me haya salvado de esa situación. Creo que ha sido la única que ha notado lo incómodo que estaba al tener la atención de todos. También me ha sorprendido que haya notado que miro hacia otro lado en las partes sangrientas de las películas de terror; Gregory, ella y yo vemos películas los jueves, un ritual que él se ha empeñado en mantener. Es como si ella me observara mucho más de lo que he notado, ¿por qué? Vuelvo a mirarla y Gregory la besa en la mejilla con cariño y ella me lanza una mirada rápida antes de centrarse en Gregory. Sacudo la cabeza, ella solo está tratando de ser amable conmigo, eso es todo.

Necesito aire fresco, así que salgo al balcón. Las luces de la ciudad se ven brillar en todo su esplendor desde nuestro séptimo piso. En la distancia puedo ver el campus de la universidad, mi nuevo hogar, donde me pasaré horas estudiando. Echo de menos mi casa, y aunque no queda tan lejos, no puedo estar yendo cada fin de semana, así se me hará más difícil acostumbrarme. Quienes me rodean siempre me han considerado alguien sensible y he tenido la suerte de que mis hermanos nunca me hicieran sentir mal por eso. Para nadie es un secreto que un hombre llorando al ver una escena triste de una película o en determinada situación podría ser causa de burla, por esa creencia machista de que tenemos que ser fuertes y que nuestra masculinidad se verá afectada si mostramos cualquier emoción.

Por eso y por muchas otras razones, decidí estudiar Psicología. La mente humana es compleja, aún tan inexplorada, y quiero ayudar a todas las personas que pueda. Al principio quería estudiar Veterinaria, pero cuando fui a un hospital veterinario para ver en directo cómo sería mi trabajo, salí con el corazón en pedazos. Sí, había muchos animales que se salvaban y estaban felices, pero a otros no les pasaba eso. Ese día me di cuenta de que no podría manejarlo, no podría poner a dormir para siempre a animalitos que lo necesitaban, no podría enfrentar la muerte de la mascota de alguien si algo salía mal. Me conozco muy bien y sé que, con el paso del tiempo, cada muerte me habría destrozado un poco, así que aquí estoy.

—¿Estás bien?

He estado tan absorto en mis pensamientos que no he notado que esa chica guapa de ojos negros con la que me he quedado embobado hace unos minutos ha venido al balcón.

—Sí, estoy bien.

—No parece que lo estés pasando muy bien. —Ella se acerca y se queda a mi lado, frente a la barandilla del balcón.

—No soy de fiestas —admito.

Ella sonríe.

—Pues tienes que acostumbrarte, porque Gregory... —Hace una mueca dramática—. En la universidad le dicen Party Monster.

—No me sorprende, la verdad.

Ella me tiende la mano.

—Soy Charlotte, pero mis amigos me dicen Char.

Se la estrecho.

—Mucho gusto, Char, supongo que ya sabes mi nombre. Gregory se lo ha estado diciendo a todo el mundo cada cinco segundos.

Ella me suelta la mano.

—Sí, Apolo.

Mi mirada baja a sus labios cuando dice mi nombre y trago saliva con dificultad.

—Bueno, Char, ¿cómo has terminado siendo amiga de la locura andante que es Gregory?

—¿Quién no termina siendo amigo de Gregory? —bufa—. Es una molestia, es escandaloso y no se calla ni debajo del agua, pero siempre te lo pasas bien con él y te ríes muchísimo. Es el alma de la fiesta, ya sabes.

La entiendo perfectamente. Gregory ha sido así desde el instituto. Ella vuelve su mirada a la vista de la ciudad, así que hago lo mismo antes de hablar:

—Yo soy lo opuesto a Gregory.

24

—Y eso está bien —responde—. Si todos fuéramos iguales, vaya mierda aburrida que sería el mundo.

Suspiro.

—No lo sé, a veces quisiera ser un poco más... extrovertido.

—Nah. —Ella me mira de nuevo—. Estás bien así.

—No me conoces.

—Es verdad, pero la primera impresión que me has dado ha sido buena.

Me giro por completo hacia ella y descanso el antebrazo sobre la barandilla.

—¿Y cuál ha sido esa impresión?

Ella también se gira para quedar frente a frente.

—Eres un chico callado y de buen corazón al que no le gusta ser el centro de atención. También he notado que tu mente parece estar tan ocupada pensando cosas que te desconectas de todo, y por eso te cuesta tanto hacer amigos. Disfrutas de estar contigo mismo en tu cabeza.

—Guau, ese es un análisis demasiado profundo, ¿no crees?

—Estoy en tercero de Psicología. Creo que, si ahora no estuviera haciendo análisis profundos, sería un fracaso.

—¿Estudias Psicología?

—¿Por qué te ves tan sorprendido?

—Pensaba que Gregory solo había invitado a gente de su facultad de Ingeniería.

—El alcance de la personalidad escandalosa de Gregory no respeta límites de facultad.

—Ya veo.

—Así que no dudes en pedirme ayuda cuando necesites algo. Primero puede ser pesado, pero estoy a tu disposición.

Me la quedo viendo y noto la madurez de sus palabras y su expresión.

—¿Por eso has salido aquí, al balcón? —le pregunto, curioso—. ¿Para analizarme?

—Eso es un mito. Que estudies Psicología o seas psicólogo no significa que estarás analizando a todo el mundo todo el tiempo, solo quiere decir que tienes una compresión más avanzada respecto al comportamiento y el razonamiento humano.

Escucharla hablar así hace que me quede embobado mirándola otra vez. Es guapa, inteligente y estudia lo mismo que yo... ¿Sería muy osado de mi parte invitarla a salir? ¿Qué es lo peor que puede pasar? ¿Que me diga que no? Bueno, podría espantarla y ella parece ser la única persona con la que he podido charlar esta noche.

«No lo arruines pensando con el pene, Apolo».

—¿Qué? —me pregunta cuando me quedo callado—. ¿Tengo algo en la cara?

—Eres muy guapa.

«Bien, Apolo, a la mierda lo de no arruinarlo, ¿eh?».

Pero ella no parece incómoda y me ofrece una gran sonrisa.

—Muchas gracias, Apolo.

—De nada —digo rápidamente.

Silencio.

Ella da un paso hacia mí y luego otro hasta que solo queda un espacio mínimo entre los dos. Ella se acerca y me da un beso en la mejilla.

—Te veré por ahí, Apolo.

Me lanza una última sonrisa y vuelve dentro del piso.

Me pongo la mano en el pecho y me doy cuenta de que se me ha acelerado el corazón un poco. Si se acerca así, ¿qué espera que le pase a mi sistema cardiovascular? Ya estoy sonando como Ares, me ha afectado pasar el verano con él y sus estudios interminables de Medicina.

Vuelvo al piso y parece que se ha desatado algo de lo que no tengo ni idea. Todos están bailando y cantando a todo pulmón una canción que no me sé. Me quedo en una esquina observándolos y mis ojos inquietos buscan a Char, pero ya no está y sin querer me quedo viendo a Kelly. Ella está bailando con sus dos amigas, se agarra el dobladillo del vestido y se lo sube a los muslos de manera sensual mientras menea las caderas. Aprieto los labios e intento mirar a otro lado, pero siempre vuelvo a verla a ella. La forma en la que baila, tan segura de sí misma y de lo sexy que es, no me deja apartar la mirada.

Se suelta el vestido y sube las manos para levantarse el pelo suelto y dejarlo caer lentamente con cada movimiento de su cuerpo. Y, entonces, se gira y sus ojos se encuentran con los míos, una sonrisa pícara invade sus labios y ahora es como si estuviera bailando para mí. Sube las manos por las caderas, la cintura y los pechos de una forma tan sexy que, por un momento, me olvido de que estamos rodeados de un montón de gente.

Ella comienza a caminar hacia mí y sacudo la cabeza, pero me ignora. No deja de bailar en ningún momento, frente a mí. Se muerde el labio y se da la vuelta para menearse ahí... Su trasero comienza a rozarme ligeramente la parte delantera de los pantalones y aprieto los puños, porque estoy disfrutando esto mucho más de lo que debería.

¿Cuándo fue la última vez que me acosté con alguien?

Ella presiona su trasero contra mí y se me corta la respiración. No tardo mucho en tener una erección después de pasar meses sin nada de acción. Tengo que parar esto. La agarro de las caderas con fuerza y la detengo, pero ella se inclina hacia atrás, sus manos me acarician el pelo, puedo ver el perfil de su cara.

—Solo estamos bailando, Apolo.

Mentirosa, ella sabe lo que está haciendo.

Clavo los dedos en sus caderas con fuerza para susurrarle al oído:

—Deja de provocarme.

Presiono la erección contra ella y la oigo jadear.

—O si no, ¿qué? —tantea—. ¿Vas a castigarme?

Sus palabras me hacen imaginarla en una posición sexual y caliente.

Sacudo la cabeza, trato de sacar mis pensamientos del vacío lujurioso en el que han caído. Contra toda mi voluntad, la empujo con gentileza y me alejo de ella para caminar a mi habitación. La escucho llamarme, pero sigo mi camino entre la gente con la respiración acelerada. Dentro de mi cuarto, cierro la puerta y descanso la espalda contra la madera. Cierro los ojos e intento calmar la respiración. La sensación de su cuerpo y de su trasero contra mí sigue viva en mi mente. Me paso la mano por la cara antes de lanzarme sobre la cama. Quizá dormir ayude. Me cuesta un poco, pero me duermo en unos minutos.

Un toque en mi puerta me despierta. Me siento en la cama y enciendo la lámpara en la mesilla de noche. Ya no escucho música o alboroto afuera, ya debe de haber terminado todo. Reviso la hora en mi móvil: 4.20. Me froto los ojos con suavidad y voy a la puerta, esperando ver a Gregory ahí, pero no es él.

—Kelly —digo serio.

Ella me sonríe y entra en mi habitación, luego cierra la puerta detrás de ella y echa el cerrojo.

—¿Qué estás haciendo aquí? —Mi voz es más ronca de lo normal porque acabo de despertarme. Aunque su maquillaje ya no está tan intacto, se ve igual de guapa.

Aprieta los labios antes de dibujar una sonrisa pícara y es como si pudiera volver a sentir todo lo que me ha provocado hace unas horas.

—¿A qué le temes tanto, Apolo? —Su voz, suave y seductora, resuena en la semioscuridad de mi habitación, mientras yo respiro con lentitud en un intento fallido de calmarme. Ella me ha provocado demasiado, yo he aguantado demasiado. baja la mano a mis pantalones y atrapo su muñeca para detenerla. Sus ojos buscan los míos y ella ladea la cabeza con malicia.

«¿Qué carajos estoy haciendo?».

Una cosa es segura, Kelly se ha convertido en un tormento lujurioso con el que no tengo ni idea de qué hacer.

TRES

APOLO

Una invitación abierta...
Una chica hermosa se ha colado en mi habitación...
La intención está clara en sus ojos...
Y aquí estoy yo, decidiendo qué hacer.

Sería una decisión muy fácil si ella no estuviera liada con Gregory. Puede que no tengan nada serio, pero no puedo dejarme llevar por los instintos y arriesgarme a incomodar o a hacer sentir mal a mi amigo. Además, las veces que me he dejado llevar y he sido impulsivo en mi vida, las cosas no han terminado bien. Una vez acabé con el corazón roto y la otra casi pierdo la relación con mi hermano Artemis. Así que, en contra de todo lo que estoy sintiendo de cintura para abajo, mantengo mi agarre en la muñeca de Kelly y, gentilmente, tiro de ella hacia la puerta mientras la abro con la mano libre.

—Has bebido mucho —le digo con una sonrisa—. Creo que deberías ir a dormir.

Ella se libera de mi agarre y me observa sorprendida.

—¿En serio?

Asiento y sus ojos se enrojecen. No, eso no es lo que quiero. Ella lucha por actuar como si nada y se aclara la garganta.

—De acuerdo, discúlpame, de verdad. Lo he entendido todo mal.

—No pasa nada.

Ella aprieta los labios y puedo ver que está conteniendo las lágrimas. No es mi intención herirla de ninguna forma y no sé qué decir.

Se da la vuelta y desaparece por el pasillo. Yo golpeo el marco de la puerta con frustración y cierro.

Vaya noche.

Me voy a dormir mientras el rostro enrojecido de Kelly atormenta mis pensamientos. No quería herirla, sé que ella es responsable de lo que hace, pero no quiero que piense que no es atractiva o que la he rechazado por algo así. Ella debe de saber que es por Gregory, ¿no? Espero que lo que ha pasado no le afecte. Ah, mierda, cuanto más lo pienso, peor me siento. Tal vez estoy exagerando, Kelly no es frágil y estoy siendo un arrogante al creer que yo afectaría de alguna forma la autoestima de una chica que parece tan segura de sí misma.

«Tú duérmete, Apolo».

Finalmente, el poco alcohol que he consumido esta noche me ayuda a dormir.

—Y entonces yo le dije: «Por eso no vas a aprobar Introducción a la Psicología, idiota». Lo sé porque es lo que me pasó a mí.

Érica me cuenta una discusión que tuvo con un chico en una de las clases. Al parecer, hablar una vez fue suficiente para que seamos amigos. Hoy hemos charlado en un par de clases que compartimos, hasta hemos comido juntos en la cafetería de la universidad.

En la última clase, ella me ha guardado sitio y sacude la mano en el aire cuando entro al aula para que me siente con ella. No me quejo, socializar no es mi fuerte, así que agradezco que existan personas como ella. Yo me paso la mano por la cara. Ella me observa y se ajusta las gafas como si quisiera evaluarme con detalle.

—Alguien ha tenido una noche agitada —comenta.

Me doy cuenta de que ella es de ese tipo de personas que apenas conoces y ya sientes que tienes confianza, como si hubierais sido amigos en otra vida y solo estuvierais retomando la amistad de nuevo.

—Party Monster —murmuro y tomo un sorbo de la botella de agua que tengo delante de mí.

—¿Party Monster es tu amigo?

—Sí, ¿lo conoces?

No me sorprende que ella sepa el sobrenombre de Gregory, lo que sí me sorprende es el silencio que sigue a esta pregunta. No he logrado que se calle desde que me senté y, de pronto, menciono a Gregory y reina el silencio, así que la miro abiertamente. Érica está sentada muy recta, pero tiene la cabeza baja, el ondulado pelo le cubre la cara y juguetea con las manos sobre el regazo. Frunzo las cejas y noto el bonito atuendo que lleva puesto: un suéter azul holgado y unos vaqueros oscuros.

—¿Qué pasa? —le pregunto.

Ella posa sus ojos al otro lado del aula y se encoge de hombros.

—Nada.

Me molesta que no me mire cuando habla.

—Érica.

Se levanta de golpe y yo me inclino hacia atrás en mi asiento para mirarla.

—Tengo que ir a por dulces, ¿quieres algo?

—La clase ya va a empezar.

—Enseguida vuelvo.

—Érica.

Y se va del aula como si necesitara salir de aquí con urgencia. La clase comienza y, durante todo el rato, echo vistazos a la puerta, esperando verla entrar y disculparse con el profesor por llegar tarde, pero nunca regresa. Miro su mesa y me doy cuenta tarde de que se ha llevado todas sus cosas.

Al salir, ando por el pasillo principal de la facultad y busco a Érica sin éxito alguno. En la distancia, alguien me saluda con la mano efusivamente y me paro hasta que se acerca: Charlotte. A plena luz del día, está aún más guapa que anoche. Su pelo negro cae a los lados de su cara, mientras su rostro se ilumina con una sonrisa emocionada. Su vestido se ajusta a su figura demasiado bien, cada curva, cada forma es clara. No me esperaba verla tan pronto, así que la saludo con la mano como un idiota.

«Relájate, Apolo».

—Mi querido charlador nocturno —me dice en un tono suave ya delante de mí.

—¿Mi casi psicóloga?

Ella se ríe y siento alivio de que le parezca gracioso.

—¿Ya has salido de clase? —me pregunta y asiento—. ¿Vamos a tomar café?

¿Ah?

Me quedo en blanco unos segundos y ella solo me observa divertida, ¿me está...?

«No, no, Apolo, solo está siendo amable».

—Claro.

Charlotte me guía hasta una cafetería cerca de la universidad y nos sentamos frente a frente en una mesa al lado de una ventana inmensa. Ella me cuenta que está a punto de entregar un trabajo en una asignatura muy importante y comienza a describirlo. Yo solo trato de no centrarme en sus labios cuando habla. Mierda, tiene unos labios preciosos.

—¿Apolo?

—¿Sí?

—¿Estás bien? Creo que te he mareado, perdón. Cuando empiezo a hablar, no paro.

—No te preocupes, se me da bien escuchar, me gusta escuchar.

Ella toma un sorbo de su café y yo la imito.

—¿Quieres venir a mi piso? —Me ahogo con el café y toso un poco.

—¿Qué?

Ella me sonríe.

—¿Te gustaría ver mi piso?

«No, Apolo, no pienses que... Quizá solo quiere enseñarte su piso».

—Claro. —Me limpio las manos sudadas en los pantalones.

—Bien, vamos. —Ella se pone de pie y se desliza el bolso en el hombro.

Charlotte es alta e imponente, tiene un cuerpo con curvas y una cara hermosa. Camina con la seguridad de quien sabe que está buena y no necesita que nadie se lo diga. No puedo negar que me siento un poco intimidado, no solo es preciosa, sino también increíblemente inteligente. La sigo hasta que tomamos un Uber para su complejo de pisos. Nos sentamos atrás y ella me sonríe antes de mirar por la ventana. Mi mano está sobre el asiento en medio de los dos y trago grueso cuando ella pone su mano sobre la mía, su mirada aún en la ventana.

Ok, eso es una señal. No me quiero apresurar o adelantar a los hechos, pero ¿tengo condones? Con alivio, recuerdo que Gregory insistió en que siempre llevara un par en la cartera con uno de sus dichos sin sentido: «Nunca sabes en qué charco te resbalarás en el camino».

El complejo de pisos es muy bonito, está en una esquina bastante agitada de la ciudad. Charlotte me cuenta cómo fue mudarse lejos de su familia aquí y yo le cuento lo difícil que ha sido para mí. En unos minutos, entramos a su piso, es pequeño, pero está decorado de una manera que te hace sentir cómodo.

«Bien, Apolo, no te pongas nervioso».

Charlotte me dice que me siente en el sofá mientras ella prepara unas bebidas para ambos. Por su ventana, puedo ver el comienzo del atardecer. No, no es posible que ella me haya invitado a... en plena luz del día, ¿no?

—Entonces ¿cuál es tu historia, Apolo? —Se sienta a mi lado después de pasarme un vaso transparente con una bebida.

—¿A qué te refieres?

—Tu historia en el amor.

Eso me hace sonreír con tristeza.

—No ha sido buena, nada interesante.

—Auch, ¿ya te han roto el corazón?

—Todos tenemos que pasar por eso, ¿no?

—Así que, por eso eres tan reservado, ¿temes salir herido otra vez?

—No soy reservado.

—Casi ni hablas.

—En tu análisis de anoche, llegaste a la conclusión de que era introvertido, ¿no? Las personas introvertidas no solemos hablar mucho.

Ella pone el vaso sobre la mesita frente al sofá y se acerca a mí. Mi respiración se acelera al ver su rostro tan cerca del mío. Su mano toma mi mejilla y yo me paso la lengua por los labios, ella vuelve a sonreír antes de preguntar:

—¿Quieres besarme?

—Mucho.

—Entonces, qué...

No la dejo terminar y la beso con desesperación, las ganas gobiernan mis acciones y profundizo el beso. Ella sabe a vino o lo que sea que estaba tomando. Sus labios son tan suaves como había imaginado, la estoy besando como un loco. En mi defensa, ha pasado mucho tiempo desde que he tenido algún contacto físico con alguien. Me abalanzo sobre ella, que no tiene más remedio que acostarse en el sofá, conmigo encima. Nuestras respiraciones están descontroladas, y me sorprende sentir su mano escabullirse dentro mi camisa para tocarme el abdomen. Pero no se queda ahí, baja hasta los pantalones y los desabotona, ¿cómo lo ha hecho con una sola mano? Al parecer, Charlotte tiene habilidades y lo confirmo cuando su mano se adentra en mis calzoncillos y jadeo contra sus labios, sabe muy bien lo que hace. No paro de besarla, su cuello, sus labios, todo lo que puedo alcanzar.

El tiempo sin sexo y la habilidad de Charlotte son una mala combinación, porque solo le hacen falta unos cuantos movimientos de su mano para llevarme al límite.

—Espera, espera, espera —digo contra sus labios para intentar detenerla.

Ella solo sonríe y me muerde el labio para continuar de manera más agresiva y rápida. Entre gemidos y jadeos, cierro los ojos y descanso mi frente contra la suya porque es una sensación increíble. La calidez crece y puedo sentirlo venir, y por alguna jodida razón, el rostro de Kelly me viene a la mente y recuerdo su cuerpo contra el mío cuando me bailaba en el salón. «No, no». Cuando abro los ojos, veo a Charlotte. Ella es la que está aquí, es a ella a la que deseo en estos momentos. La beso de nuevo con desesperación.

«O si no, ¿qué? ¿Vas a castigarme?».

Basta.

Pero mi mente, corroída por la lujuria y tan cerca del orgasmo, no se controla. Se imagina a Kelly debajo de mí, sus piernas alrededor de mi cintura mientras le demuestro que no soy el chico inocente que ella cree que soy. Charlotte continúa hasta que termino en su mano y un poco en la parte frontal de su ropa.

—Eso ha sido rápido —me dice en su voz juguetona.

Y no sé qué es peor, si terminar tan rápido y avergonzarme frente a una chica tan guapa como Charlotte o haber pensado en la chica de mi amigo mientras me corría.

«Qué bien has empezado la universidad, Apolo».

CUATRO

APOLO

Sexo.

¿Simple? ¿O complicado?

Depende de qué tipo de chico seas, es lo que siempre dicen. Para algunos chicos, que parece que vinieran de la Edad de Piedra, es un número, una competencia: «Cuantas más chicas te folles, mejor hombre eres». Neandertales. Para otros, es una zona de exploración o la única forma de encontrar a alguien significativo, «Si me folla lo suficientemente bien, saldré con ella». Luego están los que lo ven como un simple acto de placer, no hay necesidad de explicaciones, de lazos: «Follo porque lo disfruto. Punto». Y también existen los chicos que lo consideran un acto sagrado o algo que solo hacen con alguien que de verdad les importa y quieren.

Bueno, y ¿yo? Siendo sincero, no me entiendo ni sé qué es el sexo para mí. Perdí la virginidad con una chica de la que ya me había enamorado, había sentimientos de por medio y eso hizo que fuera mucho mejor. Luego, ella salió de mi vida e intenté acostarme con la gente sin sentimientos, sin nombres, sin lazos y fallé de manera abismal. Lo intenté con varias personas y me fue muy mal, me di cuenta de que no era para mí y paré.

Así que, ¿qué hago aquí con Charlotte? La acabo de conocer, así que no me planteo acostarme con ella, pero sí hacerla terminar para devolverle el favor. Y recurro a mis dedos, he recibido muchos cumplidos respecto a mis habilidades con los dedos. Y a Charlotte parece sorprenderle lo rápido que la hago correrse con ellos. Ella intenta tocarme de nuevo cuando alcanza el orgasmo, pero sacudo la cabeza, no quiero ir más lejos.

Al terminar, Charlotte se va al baño unos minutos mientras yo me abrocho los pantalones. Me siento en el sofá y me sostengo la cabeza, inclinado hacia delante. Bueno, ella ha parecido disfrutarlo, no la he cagado del todo hoy, ¿quizá deba invitarla a comer o algo? ¿Sería demasiado? Así nos conocemos mejor y podemos avanzar más.

Me enderezo y suelto mi cabeza para pasarme la mano por la cara. Mi mirada cae sobre el inmenso televisor frente a mí y la mesa en la que está puesto. Frunzo las cejas al notar en los pequeños compartimientos de la mesa un montón de portarretratos, todos tienen fotos de Charlotte con un hombre rubio y alto de barba. De inmediato, sé que no es familia, porque en una de ellas se están dando un beso frente a la estatua de la Libertad en Nueva York. En unas fotos ella parece más joven, así que llevan juntos unos años.

Mierda, mierda, ¿me he metido con una mujer casada?

Ese es territorio que jamás cruzaría de haberlo sabido. Después de todo lo que pasamos con la infidelidad de mi madre, lo que eso destruyó, lo que nos ha costado sanar como familia, jamás me pondría en esa posición de meterme en una familia. ¿Qué carajos estoy haciendo aquí, de todas formas? Solo he visto a Charlotte dos veces y ya la he hecho tener un orgasmo en el piso que ella comparte con su... ¿esposo?, ¿novio? No me reconozco. Me he dejado llevar por el ritmo de todo. Charlotte sale del baño, se ha puesto un vestido que la cubre hasta las rodillas. Su rostro se ilumina con una sonrisa y yo tengo tantas preguntas que se atoran en mi garganta... Ella debe de ver algo en mi expresión, porque su sonrisa se desvanece, sus ojos siguen mi mirada a las fotos.

—Oh —suspira—. No te preocupes por él.

No sé qué decir y ella sonríe de nuevo, antes de sentarse a mi lado en el sofá. Se echa el pelo negro por encima del hombro.

—Tenemos una relación abierta.

—¿Una relación abierta? —Y justo cuando pienso que lo he visto todo...

—Así es, y deja de estar tan tenso, Apolo. —Me da un golpe en el muslo de forma juguetona—. Él sabe lo que hago y yo sé lo que él hace, no somos monógamos.

¿Existe algo así?

—¿Y ambos estáis de acuerdo con eso? —Ahora tengo más curiosidad.

Ella asiente.

—La honestidad es clave entre los dos —me dice—, y no nos metemos con la misma persona más de una vez para evitar complicaciones.

—¿Quieres decir que no nos veremos de nuevo?

—Exacto.

Y yo creyendo que estaba empezando algo con ella, pensando en invitarla a una cita normal cuando esto solo era un escape fugaz para Charlotte. Me pongo de pie.

—Debo irme.

—Apolo.

—Tengo que volver antes de que se haga de noche. —Es la verdad, desde la paliza, no me gusta estar de noche en la calle—. Muchas gracias por todo. —Mis ojos caen de nuevo sobre los retratos, parecen muy felices—. Nos vemos por ahí, o no, bueno, me voy.

Camino hasta la puerta y Charlotte me sigue, toma mi brazo y me gira hacia ella.

—Ey, no te vayas así. —Me sonríe—. Vamos a hablar, ¿vale?

¿De qué vamos a hablar? ¿De que siempre termino entendiendo todo mal?

—No pasa nada. —Me suelto y salgo de ahí.

«El whisky sabe a tierra».

Siempre lo he dicho. He tenido discusiones divertidas con mis hermanos sobre eso y, sin embargo, aquí me encuentro, en el gran sofá en forma de L del salón de mi piso con un vaso de whisky en las manos. Quizá me estoy castigando a mí mismo por meterme con la chica de otro. Técnicamente, él está de acuerdo, pero eso no me hace sentir menos incómodo. ¿Por qué siempre me meto en estas situaciones sin querer?

Me he tomado casi la mitad de una botella de whisky de dieciocho años que Gregory tiene en uno de los armarios de su barra. Por supuesto que este piso tiene una pequeña área con barra donde Gregory juega a ser el barman cada vez que hace una fiesta. Hay de todo y he elegido la bebida que menos me gusta porque soy un idiota y porque el whisky es lo que menos dolor de cabeza me da al día siguiente. No bebo seguido, tengo poquísima tolerancia, le doy unos cuantos tragos a la copa y ya estoy mal.

Me entierro aún más en el sofá y giro la cabeza a un lado para observar los ventanales que dan al balcón. El atardecer pinta de naranja el cielo, la luz del sol se desvanece y recuerdo a mis hermanos y a mis amigos aquel día en la playa donde estuvimos todos antes de que la mayoría de ellos se fuera a la universidad. Es uno de los recuerdos más bonitos que tengo. En ese momento, solo fue una locura más, otra fogata, otro día de playa. Ahora, en retrospectiva, me doy cuenta de lo mágico que fue. Y hoy estoy en esta ciudad, adaptándome a todo esto y no creo que me esté yendo muy bien. Por lo menos, tengo a Gregory a mi lado.

Escucho la puerta del piso, asumo que es Gregory y sigo bebiendo. Sin embargo, del pasillo de entrada sale Kelly. Su cara refleja la sorpresa al ver el vaso en mi mano y mi aura en general, supongo.

—¿Bebiendo un jueves? —me pregunta mientras pone sobre la isla de la cocina dos cajas de pizza y una bolsa con dos botellas de Pepsi de dos litros—. ¿Semana difícil?

Ah, es jueves, jueves de películas. Lo había olvidado.

—Vida difícil —susurro.

—¿Qué? No te he escuchado.

Se recoge el pelo negro en un moño, luego saca las botellas de Pepsi de la bolsa y las mete en la nevera. Me la quedo mirando como un tonto borracho. Lleva unos vaqueros ajustados y un top sin mangas ni tirantes, que deja ver las dos líneas ligeramente más claras que el resto de su piel que tiene en la clavícula; han quedado como marcas de un bronceado intenso con traje de baño. Al terminar, camina hacia mí y se deja caer en la otra punta del sofá.

—¿Estás bien?

—¿Por qué no debería estarlo?

Ella hace una mueca.

—No lo sé, no eres de beber y mucho menos entre semana.

—No sabes nada de mí.

Ella no se espera esa respuesta, su expresión decae y tampoco sé de dónde viene esta molestia, esta rabia.

—Vale, estás de mal humor, pero beber no va a resolver tus problemas, Apolo.

La miro durante unos segundos. «¿Por qué ella?», me pregunto. Kelly es guapa, pero Charlotte también lo es. Entonces ¿por qué Kelly invadió mi mente cuando estaba con ella? ¿La deseo porque no puedo tenerla? ¿Es eso?

Entonces, recuerdo las veces que nos hemos reído por estupideces mientras cocinábamos o mientras veíamos una película con Gregory. Pienso en lo mucho que ella se esfuerza para contar un chiste y nadie nunca se ríe o la extraña fascinación que tiene con las galletas saladas con atún. Me doy cuenta de lo obvio: me gusta. Me gusta y esa es la diferencia entre Charlotte y ella. Charlotte me parece muy atractiva, pero no la conozco, no como conozco a Kelly. Y lo que conozco de Kelly me gusta.

«Bien, Apolo, te gusta la novia de tu mejor amigo. Vas de mal en peor, primero una mujer casi casada y ahora la chica de tu amigo».

Me termino el vaso de whisky de un solo trago El alcohol me quema la garganta al pasar y, por un segundo, no pienso en nada más. Abro la botella para servirme otro vaso y una mano toma la mía.

—Apolo. —Su voz se ha vuelto más suave, más gentil—. Es suficiente.

41

Levanto la mirada para verla de pie inclinada sobre mí, su mano está sobre la mía en el cuello de la botella. Unos cuantos mechones rebeldes se han escapado de su moño desordenado y sus ojos emiten paz y compresión. Sus labios están entreabiertos y aparto la mirada.

—Esta no es forma de lidiar con las cosas —dice e intenta coger la botella, pero se la quito y me sirvo otra copa.

—¿Y cómo debo lidiar con las cosas? —pregunto.

No sé qué me pasa. Me doy cuenta de que esto no solo se trata de Charlotte o Kelly, es más profundo que eso. Hay una parte de mí que está herida y que no sabe sanarse o cómo lidiar con lo que la hirió. Y es algo que sigue ahí, lo que me pasó en ese callejón tiene orígenes dentro de mí que asoman sus feas caras cuando me pasa algo o cuando bebo, ¿por qué? He pensado que estoy bien, que estaré bien, que solo necesito tiempo. Mi familia quería que fuera a terapia, pero les juré que estaba bien. ¿Debería haber ido? ¿Debo ir? Una de las cosas que más desconozco en mí es toda esta rabia, esta molestia. Nunca he sido una persona violenta, la violencia nunca ha sido la respuesta para mí. Entonces ¿por qué me enojo tan fácilmente ahora? ¿De dónde viene todo esto?

—¡Habéis empezado la fiesta sin mí! —Gregory entra, y deja sus libros sobre la isla, al lado de las pizzas. Kelly da un paso atrás y vuelve a sentarse en la otra punta del sofá—. Guau, ¿whisky? ¡Qué elegante, Apolo! —Va a la nevera y saca una cerveza—. Me apetece una cerveza, así que perdón por unirme con alcohol de tan poca calidad, señor Hidalgo.

—Gregory. —Kelly lo llama y le hace algún tipo de gesto—. No es el momento.

—¿Desde cuándo eres tan aburrida, nena?

Gregory le da un trago a su cerveza y se sienta a mi lado.

—¿Alguna ocasión especial?

—La vida es una mierda.

Gregory asiente.

—Salud. —Levanta la cerveza y la choca con mi vaso. Mi motricidad está alcoholizada, así que con el impacto casi se me cae el vaso.

Gregory lo sostiene antes de que yo lo agarre correctamente de nuevo—. ¿Todo bien, bro?

—Perfecto.

—No te veía borracho desde mi graduación.

Él me observa. Yo sonrío y sacudo la cabeza.

—¿Quieres saber la razón? —Levanto el vaso de whisky hacia Kelly. Gregory frunce las cejas y gira la cara para mirarla—. Vamos, razón, levántate.

Kelly se tensa, pero no dice nada. Yo bebo un trago sin despegar los ojos de ella y, cuando bajo el vaso, le digo:

—¿Qué pasa? ¿Ya no eres tan valiente?

Gregory vuelve a mirarme.

—¿Pasa algo que yo no sepa?

Kelly aprieta los labios.

—Solo está borracho, Greg.

—Los borrachos suelen decir la verdad, Kels —replica mi compañero de piso. Por supuesto que tienen sobrenombres el uno para el otro—. ¿Algo que quieras decirme? —me pregunta a mí.

Yo observo a Kelly, está tan pálida que no creo que esté respirando. Por desgracia, mi cerebro intoxicado no piensa con claridad y se va al recuerdo de Ares explicándome por qué él siempre decía la verdad: «Ser sincero no es fácil, Apolo, pero la verdad es importante incluso si es incómoda o si es dolorosa. Al final se sabrá, y que venga de ti y no de otra fuente marca la diferencia a la hora de reparar amistades, situaciones o relaciones».

He escogido el peor momento para seguir las palabras de mi hermano.

—Me gusta Kelly.

Silencio absoluto.

Durante unos segundos, lo único que puedo escuchar es el ruido que hace el hielo en mi vaso al chocar con el cristal mientras muevo la mano para darle otro trago. Kelly tiene la mano sobre su boca y Gregory baja la mirada a su cerveza. Si no estuviera tan mareado, me habría preocupado más por lo incómodo de la situación.

Pongo el vaso en la mesa y me levanto, tambaleándome de un lado al otro.

—Creo que... voy al... baño...

Gregory se pone de pie y se pasa mi brazo por encima del hombro para sostenerme.

—Vamos, te llevo.

Vomito hasta el alma y ahora todo es borroso. Gregory me lleva a mi habitación y aterrizo de espaldas en la cama. Me ayuda a quitarme los zapatos, y antes de que pueda irse, lo agarro de la camisa para detenerlo.

—Yo... nunca haría nada que te hiciera daño. —Mis palabras se atropellan un poco las unas a las otras, pero Gregory parece entenderme, porque suspira y se sienta a mi lado—. Es solo que... tenía que ser sincero contigo.

—Eres adorable, bro. —Me dice con una sonrisa—. No tenemos nada serio, pero aprecio tu sinceridad. Aunque hubiera preferido que me lo dijeras a solas.

—Lo siento —murmuro—, soy un idiota. Las cosas nunca salen como yo espero.

Gregory suelta una risita.

—Necesitas dejar de tomarte la vida tan en serio, Apolo. —Menea la cabeza—. Tienes dieciocho años, estás en la universidad y te llueven las chicas. Tú disfruta.

—Ese no soy yo —admito, mirando el techo—. Pienso todo demasiado, me preocupa todo, quiero... salir con alguien, darle toda mi atención y mi cariño a una sola persona a la vez. No quiero dar migajas de atención pasajera a un montón de personas por diversión. —Bufo—. Estoy mal, ¿no? No soy normal.

Gregory se ríe de nuevo y toma mi rostro entre sus manos y lo aprieta.

—Eres jodidamente adorable, Apolo Hidalgo. —Me suelta—. Eres como eres, bro, nunca sientas que tienes que ser como los demás. Si quieres salir con Kelly, por mí no hay problema, siempre respetaré lo que ella quiera.

Recuerdo a Charlotte.

—Deberíamos tener una relación abierta los tres. —Me río como tonto.

Gregory se ríe conmigo.

—¿Dónde estás aprendiendo esas cosas, Apolito? —Él continúa riendo un poco—. ¿Quién le ha llenado la cabeza a mi inocente Apolo con esas cosas? ¡Han deshonrado al hijo de este hogar! —dice dramáticamente.

—Cállate.

—Intenta descansar, borracho. —Se pone de pie y camina a la puerta.

—¿Gregory? —Se gira una última vez—. No voy a intentar nada con ella, solo quería que lo supieras.

—Respetaré lo que ella quiera. —Se encoge de hombros—. De verdad, necesitas relajarte, yo estoy bien.

Y con eso se va. Yo cierro los ojos. Estoy a punto de quedarme dormido cuando el sonido de la lluvia golpeando mi ventana me alerta. Me recuerda a aquella noche y me niego a revivirlo, a sentir el miedo y el dolor de nuevo, así que me tapo la cara con la almohada, pero las imágenes siguen llegando.

Por alguna razón, fue el primer golpe el que más me dolió, el que me desorientó, el que me hizo darme cuenta de que el mundo que yo creía que existía no es como yo pensaba. Hay maldad sin razón, hay personas que hieren a otras sin motivos, sin provocación. No me resistí, entregué lo que llevaba de valor y, aun así, había mucha rabia en sus golpes y en sus patadas, ¿por qué? Supongo que la falta de respuesta también forma parte del porqué me siento así.

Ya no quiero escuchar la lluvia. Torpemente, busco mis auriculares y me saco el móvil del bolsillo para conectarlos y ponérmelos. Escojo música relajante y cierro los ojos otra vez. Como siempre, ella viene a mi mente.

Rain.

En mis recuerdos borrosos, ella se inclina sobre mí. Su pelo se mueve a un lado cuando lo hace, el paraguas la protege. Casi puedo olfatear ese aroma cítrico con exactitud. Es increíble cómo se intensifican el resto de los sentidos cuando no puedes ver bien. Su presencia trajo una paz y una esperanza que necesitaba, porque yo ya estaba listo para morir ahí, porque estaba aterrado y nunca habría imaginado terminar así. Nadie me había herido de esta forma. Nunca había pensado que me mereciera algo así. Siempre he sido bueno, siempre he dado lo mejor de mí al mundo. Entonces ¿por qué me estaba desangrando en medio de un callejón? ¿Por qué?

«Estarás bien».

Mi obsesión con Rain no viene de un lugar romántico, sino de la apreciación, del agradecimiento. Quiero poder mirarla a los ojos y darle las gracias de corazón. Porque en el momento más oscuro, en el que perdí toda esperanza, en el que el mundo bueno que yo había fabricado en mi mente se desmoronó, ella dio un paso, recogió los pedazos y, con sus acciones, me dijo: «No dejes de creer, aún hay bondad en este mundo».

Y tal vez era sentido común ayudar a alguien en mi estado, pero esa acción para mí lo significó todo. El simple hecho de sentir su calor en medio de tanto frío mientras esperábamos la ambulancia marcó la diferencia. No hay palabras que puedan explicar el miedo que sientes al creer que vas a morir solo sin nadie a tu lado. Un abrazo puede ser lo único que necesitas para seguir luchando un poco más, mantenerte despierto un poco más.

Abro Instagram y escribo un post sin razón ni motivo. Quizá Rain ni siquiera tenga Instagram y las posibilidades de que lo vea son mínimas, pero tengo que hacer algo.

El post es una imagen en la que pone «RAIN» en mayúsculas en todo el medio, nada más.

Bajo el móvil sin esperar nada y observo las gotas de lluvia que ruedan por la ventana lentamente. Ya me he calmado un poco, así que parpadeo con sueño. Creer de nuevo es algo difícil.

Mientras yo he estado durmiendo y pasaba la borrachera, el universo conspiraba. Rain ha visto mi post. Quizá ha sentido la desesperación o lo mucho que necesitaba saber de ella, porque parece que eso la ha motivado a aparecer por fin. Y no solo me ha dejado un like en el post, sino también un comentario. Esta mañana me he despertado con una sorpresa en los comentarios:

Sigo sin dejar que los chicos me abracen en la primera cita, sigue considerándote afortunado.

La sonrisa que me ha invadido al ver ese comentario ha sido como si el mundo quisiera decirme que está bien creer de nuevo, que aunque nos pasen cosas malas, también vendrán casualidades divertidas y sonrisas inesperadas. Y que ese podría ser el comienzo, la base, de mi camino a la normalidad.

CINCO

RAIN

«Hice lo que tenía que hacer. Punto».

—Rain.

«No puedo huir para siempre».

—Rain.

«Nunca he sido cobarde».

—¡Rain!

El golpe contra la mesa me hace dar un brinco y volver a la realidad. Mi madre está de pie junto a ella. Lleva el pelo castaño recogido en un moño desordenado y me observa con las cejas levantadas. La luz del atardecer se refleja en la ventana detrás de ella y, por un momento, casi vuelvo a distraerme.

—¿Lo has leído?

Bajo la mirada al manuscrito que hay delante de mí, se titula *Ardo por ti*. Hago una mueca. Una cosa es leer literatura erótica y otra es leerla cuando la escribe tu madre. Me ha pasado lo de siempre. No he podido leer nada sin verla como la protagonista, así que, para poder avanzar, he intentado con todas mis ganas imaginarme que era un libro que había comprado por ahí.

—He leído la mitad.

—Y ¿qué te parece?

Su rostro muestra la expectativa y, a pesar de mis conflictos al leerlo, sí es bastante bueno.

—Me gusta, aunque alargaría un poco más la tensión sexual entre los protagonistas. —Mi madre toma notas—. No sé, quizá unos dos o tres capítulos más antes de que se acuesten.

Ella asiente, siempre hemos sido abiertas a hablar de sexo. Al principio, era incómodo, pero después nos acostumbramos. Además, mi querida madre Cassey Adams lleva casi más de diez años construyéndose una carrera en la literatura erótica. Tiene mucho talento y sus libros se venden como churros. Empezó autopublicando hasta que una editorial pequeña le echó el ojo y le dio todo su apoyo. Lleva más de treinta libros publicados y creo que por eso tiene una mente tan abierta sobre el tema, una experta del erotismo no se va a cortar con sus hijos a la hora de hablar de sexo.

Me da la razón sobre lo de alargar la tensión.

—Me daba esa sensación, ¿algo más?

—Esa parte de la trama donde llega la ex y es malvada, ¿no te parece un poco trillada?

—¿Tú crees?

—Cien por ciento.

—De acuerdo.

Le hago otros apuntes de gramática y escenas que no tienen importancia y ella lo anota. Mi madre se toma muy en serio mis consejos. Creo que esto ha creado una conexión entre nosotras, yo valoro mucho su trabajo y no me canso de decirle lo buena que es, ¿quién no piensa así?

—¿Qué guarrería has escrito esta vez?

Vance, mi hermano mayor, entra en el salón y coge el manuscrito con una mano. Mi madre suspira.

A papá no le interesa mucho lo que hace mi madre, pero por lo menos no está en contra. Vance se pasa el día menospreciándola y diciendo que lo avergüenza. No sé en qué siglo vive ese idiota, que tiene veintitrés años, por Dios, y puedo decir que yo, teniendo veinte, soy mucho más madura que él. En fin, Vance no para de meterse en problemas y, aunque ya no vive con nosotros, sino que se ha independizado, aún limpio su desorden. Así que me pongo de pie y le arranco el manuscrito de las manos. Con la mano que me queda libre, le limpio una basura imaginaria de la parte frontal de la camisa. Él me aparta la mano.

—¿Qué haces?

—Tienes un poco de machismo y falta de crecimiento cerebral en la camisa.

—Ja, ja, tan graciosa como siempre, Rain.

Jim aparece detrás de él con las notas del instituto y los auriculares en las orejas, sobre las que le cae su pelo rubio y liso. Mi hermano menor vive en su propio mundo y, gracias a Dios, no se deja influenciar por Vance. Se quita los auriculares, camina y le da un beso en el pelo a mi madre.

—¿Qué tal tu día? —Mi madre le sonríe.

—Bien, he vuelto a sacar sobresaliente en Química —cuenta Jim antes de desprenderse de la mochila y ponerla en un gancho en la esquina del salón—. El señor James cree que estaré entre las mejores medias.

—Guau. —Paso por el lado a Vance, a quien le saco el dedo disimuladamente, y me acerco a Jim—. ¿A quién has salido tan inteligente?

Jim me sonríe.

—A mi maravillosa hermana.

Nos reímos un rato antes de cenar y, al terminar, acompaño a Vance a la puerta cuando se va.

—Dile a papá que he venido —dice Vance y se gira hacia mí, heredó los ojos oscuros de mi madre y también su altura—. ¿Tú estás bien?

—Estaré bien cuando dejes de molestar a mamá —digo con sinceridad.

Vance se pasa la lengua por los dientes frontales y se acerca a mí para susurrar:

—Y yo cuando dejes de meterte en mis asuntos, Rain. —Pasa el dedo por el contorno de mi cara y yo agarro su mano para detenerlo.

—No sé de qué estás hablando.

Él bufa y libera su mano.

—Sí que lo sabes —asegura y trago grueso—. Espero que seas inteligente para quedarte tranquila. —Él me da un beso en la frente—.

Nunca te haría daño —dice al separarse y acariciarme la mejilla—, pero no diría lo mismo de quienes te rodean.

Con eso se va y yo siento que puedo respirar de nuevo. Vance es más peligroso de lo que me gustaría admitir. Desde que se mudó, está fuera de control. Por lo menos dentro de casa, mis padres podían controlarlo un poco. ¿Cómo pudo independizarse monetariamente? Gracias a las redes sociales, mi hermano mayor es un influencer, pero nadie sabe cómo es de verdad. Con su cara bonita y sus músculos tiene un fandom bastante intenso que no sabe la clase de persona que es a puerta cerrada.

Subo a mi habitación, y en el momento en el que entro, recuerdo lo que he hecho y suelto una larga respiración. No me gusta huir de las cosas, no soy ese tipo de persona, y eso es lo único que he hecho desde que salvé a ese chico Hidalgo: huir.

Pero ya no más.

Creía que, si pasaba desapercibida, él se olvidaría de mí y dejaría de buscarme. Sin embargo, ese post en su Instagram ha sido lo contrario. No parece ser el tipo de chico que deja ir las cosas fácilmente. No me estoy haciendo la misteriosa ni nada, tengo mis razones para mantenerme en el anonimato. Tomo mi teléfono, me lanzo a la cama y me quedo viendo su post de nuevo.

—Apolo... —murmuro su nombre en medio de la oscuridad.

¿Apolo no es el nombre de un dios griego?

No sé qué me llevó a responder su post, fue como si pudiera sentir su desesperación. Y, aunque comenté su post en Instagram anoche, él no me ha escrito por privado hasta esta mañana.

Hola, Rain.
Sé que técnicamente no nos conocemos, pero si me permites, quiero darte las gracias personalmente por haberme ayudado aquella noche.
Te paso mi número.
Apolo H.
(Entiendo perfectamente si no quieres).

Lo he dejado en visto y él no me ha vuelto a escribir. Aprecio que respete mi espacio y que no me bombardee a mensajes. Bien, solo quiere darme las gracias y lo entiendo, si estuviera en su posición yo también querría hacer lo mismo. Además, Gregory me tiene harta.

—*Rain, no se me dan bien los secretos, lo sabes* —me dijo ayer en la facultad—. *No me gusta decirle mentiras.*

—*No estás mintiendo.*

—*Estoy OMITIENDO información* —recalcó—. *¿Sabes cuántas veces lo he escuchado hablar sobre ti? Quiere darte las gracias, eso es todo, déjalo que lo haga.*

—*Es complicado, Gregory.*

—*Y ahí vas con tu misterio, deberían llamarte Rain Misterio Adams.*

—*Y a ti Gregory Intenso Edwards.*

Él soltó una risa falsa.

—*Es tu decisión y la respetaré, lo sabes, Rain, pero él es un buen chico, piénsalo.*

«Bien, Gregory, tú ganas», me digo.

Es solo aceptar su agradecimiento y ya está, no pasa nada. Levanto mi móvil y copio su número del mensaje de Instagram, pero no lo guardo porque solo lo usaré una vez. Pienso en enviarle un mensaje, pero cambio de opinión, una llamada será más concisa y él podrá decirme lo que quiere decirme. Sin embargo, me quedo mirando su número durante unos segundos antes de darle al botón para llamarlo.

El recuerdo de la fría lluvia de aquella noche sigue claro en mi mente. Sus inmensas gotas resonando al chocar con el paraguas sobre mí, el sonido de mis zapatos al pisar los charcos de agua y, finalmente, él. Mi corazón se detuvo porque creía que había llegado demasiado tarde, que estaba muerto hasta que emitió un pequeño quejido que apenas pude escuchar. Y comencé a hablarle mientras llamaba a emergencias torpemente.

Me pilló por sorpresa cuando extendió la mano hacia mí y se agarró del filo de mi camisa para tirarme hacia él. Chillé porque mis rodillas rozaron el frío y mojado pavimento al quedar en medio de sus piernas. Él envolvió sus manos a mi alrededor y me abrazó, con su rostro contra mi pecho. Aunque la posición parecía íntima y personal, no me sentía incómoda. Aun así, bromeé porque es lo que hago cuando estoy nerviosa:

—*Bien, solo te dejo porque tienes una pinta horrible y estás helado* —*murmuré derrotada*—. *Y te informo de que no dejo que los chicos me abracen en la primera cita, considérate afortunado.*

Mi dedo sigue paralizado sobre la pantalla del teléfono. «¿Qué pasa, Rain? Es solo una llamada». Me dará las gracias y eso será todo. La sensación de sus brazos a mi alrededor vuelve a mí y sacudo la cabeza. Esa noche no pude verlo bien con todos esos golpes y moretones, pero no puedo negar que sí he revisado sus redes sociales y es muy guapo. Meneo la cabeza de nuevo y le doy al botón para llamarlo.

Suena una... dos... tres... veces y me muerdo el labio. Quizá no contesta números desconocidos, ¿debería haberlo avisarlo por mensaje primero? No me gustan las situaciones con variables, donde no tengo el control.

—¿Diga?

Su voz es un recuerdo directo de esa noche cuando susurró «calor» contra mi pecho.

—Hola —digo como si nada—. Soy...

—Rain.

Escucharlo decir mi nombre me hace sentir extraña de alguna forma.

—Sí, he visto tu mensaje en Instagram.

Silencio durante unos segundos y luego un suspiro.

—Por fin te he encontrado.

«Por fin he dejado que me encontraras».

—Sí, me alegra saber que estás bien.

—Yo... quería darte las gracias por salvarme aquella noche. No sé qué hubiera sido de mí si no me hubieras ayudado. —No me esperaba que su voz fuera así de dulce—. De verdad, muchas gracias.

—No te preocupes. —No sé qué más decir y espero que eso sea suficiente para él. Aunque en el fondo, quiero... ¿saber más de él?

—Me gustaría invitarte a comer como agradecimiento o no sé si tienes algo que te guste hacer. —Hay duda en su tono, como si estuviera nervioso—. Claro, no como una cita o algo así, solo... ya sabes, para darte las gracias en persona. —Definitivamente, suena muy nervioso y eso me hace sonreír, me parece adorable.

—Claro, podemos vernos... En el Café Nora, ¿sabes cuál es? —Ese es un lugar lleno de gente, será algo breve, seguro.

—Sí, sé cuál es, pero me gustaría llevarte a un lugar más... exclusivo. Me salvaste la vida, Rain. No quiero pagártelo con un café y pan de hace tres días.

—No menosprecies el Café Nora, Apolo —digo su nombre y me sorprende la facilidad con la que le estoy hablando—. Además, su pan es fresco y sus dónuts están deliciosos.

—Bueno, es tu decisión. Donde tú quieras, por mí está bien.

Arqueo una ceja.

—¿Siempre eres tan complaciente?

Hay una pausa.

—Eso creo.

Suspiro.

—De acuerdo, puedes escoger el lugar.

—¿Puede ser mañana?

¿Este chico no sabe esconder la emoción en su voz? No estoy acostumbrada a alguien tan transparente.

—Sí, después de mis clases. Te aviso cuando salga. —No sé por qué estoy sonriendo mientras lo digo, ¿su emoción es contagiosa?

—De acuerdo, gracias por comentar el post, Rain. Tenía tantas ganas de hablar contigo y de darte las gracias en persona...

—Tranquilo, nos vemos mañana, Apolo.

—Está bien. —Él se queda callado unos segundos—. Esperemos que no llueva.

Él suelta una risa ronca corta que me hace cosquillas en el estómago y hace que me cueste unos segundos reaccionar:

—De verdad, esperemos que no llueva.

—O no tendré excusas para abrazarte esta vez.

Lo ha dicho de una manera tan sutil y sé que está bromeando, pero... ¿está coqueteando conmigo? «No, Rain, basta, es una broma».

—Buenas noches, Apolo.

—Buenas noches, Rain.

Cuelgo la llamada, pero me quedo ahí sentada en mi cama. Sé que no debería haber aceptado, debería haber intentado cerrarlo todo con esa llamada, pero no he podido. Además, solo será una comida, verlo una vez no representará un problema. Él necesita esto y a mí no me cuesta nada aceptar su agradecimiento.

Me dejo caer hacia atrás en la cama y observo el techo. Entonces ¿por qué me siento así? Sí, es atractivo y nos hemos conocido de una forma que será difícil de olvidar para ambos, y no en el buen sentido. Sin embargo, eso no quiere decir que me vaya a sentir atraída por él, ¿cierto? Porque eso sí sería un problema inmenso para todos.

«O no tendré excusas para abrazarte esta vez».

Me levanto hasta quedar sentada en mi cama de nuevo. Y me doy una bofetada mental. No voy a montarme una película por esto. Es algo simple, no tengo razón para complicarlo, así que no lo haré.

Solo voy a comer con Apolo una vez y no voy a sentir nada, punto.

SEIS

APOLO

«No es una cita».

Me repito al ver qué me pongo. Por lo general me da igual, unos vaqueros y una camisa bastan, pero por alguna razón, estoy analizando demasiado todo esto. Pienso en la imagen que Rain debe de tener de mí. La única vez que me vio, yo estaba mojado, golpeado y sangrando. Esa primera impresión fue una mierda, sin embargo, tampoco quiero ir muy formal porque se supone que... no es una cita.

«Ah, deja de darle vueltas ya, Apolo».

—Sí, sí, él está por aquí.

Escucho la voz de Gregory desde el pasillo hasta que lo veo asomar la cabeza por la puerta entreabierta de mi habitación.

—¿Estás presentable? —Me mira y nota que aún estoy en calzoncillos—. ¿Tú no ibas a salir? Da igual.

Gregory entra, le da la vuelta al teléfono para que la pantalla quede hacia mí y veo a la persona en la videollamada. Está de pie, haciendo algo en la cocina. Su pelo negro es un desastre y no lleva camisa, se le ve a un lado del pecho ese tatuaje nuevo que se hizo hace unos meses.

—¡Brooo! —Ares saluda con esa sonrisa de dientes derechos y perfectos con la que fuimos bendecidos los Hidalgo.

—Ey —lo saludo porque no me lo esperaba. Intento buscar unos vaqueros rápidamente para que no vea que estoy indeciso sobre qué ponerme: Ares me conoce muy bien.

—Gregory ha dicho que tenías una cita —comenta.

Le lanzo una mirada asesina a Gregory, quien se hace el desentendido:

—¿Qué?

—No es una cita.

—Entonces ¿por qué no te has vestido? —indica Ares, inclinándose sobre la isla donde tiene puesto el teléfono.

—Porque me estáis interrumpiendo.

Escucho una voz de fondo.

—¿Quién es? —Esa voz dulce nunca cambia. Ares le dice mi nombre y luego la veo aparecer en cámara—. ¡LOLOOO!

Eso me hace sonreír.

—Hola, Raquel.

Raquel empuja a Ares a un lado.

—Lolo, cómo has crecido.

—¡Ey! —Ares lucha por quitarla de la cámara, pero ella no se deja—. Es mi hermano.

—Guau, y a mí no me saludas. —Gregory se pone la mano en el pecho—. De verdad, Raquel, no me lo esperaba de ti.

—¡Oooh! Cucaracha, tú sabes que eres mi favorito. —Raquel le da un beso exagerado a la cámara y se aleja. Luego pregunta curiosa—: ¿Qué estamos haciendo?

Hablamos por videollamada de vez en cuando, creo que todos nos echamos mucho de menos. Por eso no me siento incómodo al estar en calzoncillos delante de todos.

—Apolo tiene una cita —suelta Ares y yo entorno los ojos.

—Que no es una cita —repito.

Gregory susurra:

—¡Es la chica que lo salvó! ¿No os parece superromántico?

—¿De verdad? ¿Es Rain? No lo puedo creer. —Raquel se pone cómoda, por supuesto que ya estaba enterada de todo.

—Solo voy a conocerla y darle las gracias —aclaro.

—Ya... —Ares nos da la espalda para revisar lo que sea que esté cocinando.

—¿Lo que tienes en la espalda son arañazos, Ares? —comenta Gregory, que no se pierde detalle, por supuesto. Además, en la piel pálida de la espalda de mi hermano se ven bastante.

Raquel se sonroja y cambia de tema:

—Estábamos hablando de Apolo.

—Raquel, pero qué salvaje, estoy sorprendido —dice Gregory sacudiendo la cabeza.

Yo hago una mueca.

—¿Podéis dejarme solo? —les pido, a este paso no podré escoger qué ponerme.

Ares vuelve a girarse hacia la cámara.

—Si no es una cita, ¿por qué no te has vestido? Estás pensando qué ponerte, ¿por qué dudas tanto si no significa nada?

Odio que mi hermano sea tan observador.

—Solo quiero verme casual. —Mi aclaración no sirve de nada.

—¡Es una cita! ¡Qué emoción! —afirma Raquel, excitada. Pierdo el tiempo si le digo que no lo es, así que me rindo.

—Dejad de actuar como si fuera mi primera cita, por favor —les regaño, un poco avergonzado.

—¿No lo es? —bromea Ares—. No puede ser, solo me he descuidado un segundo.

—Ya, ya, tampoco te burles, Ares —me defiende Raquel con esa sonrisa gigante que tiene.

—Gracias, Raquel, la verdad es que sigue siendo insoportable.

—El insoportable favorito de todos. —Ares nos guiña un ojo y yo hago una mueca.

—Yo voto por los vaqueros y el suéter negro con letras rojas —me recomienda Raquel—. El negro te favorece mucho, Lolo. Te ves adorable, pero sexy a la vez.

—Sigo aquí. —Ares le besa la mejilla.

Ella se ríe y no puedo evitar sonreír con ellos. Sea lo que sea el amor, ellos dos lo tienen.

—¡Ey! Dejad de comer delante de los pobres —se queja Gregory con una mueca.

—¿Cómo que pobre? ¿No tenías novia? —pregunta Raquel—. Kelly, ¿no?

—Nah, no somos novios.

Yo me paso la lengua por los labios. Aunque las cosas quedaron un poco tensas después de mi borrachera y mi confesión con Kelly y Gregory. Ella no ha vuelto mucho al piso, creo que está esperando a que se enfríe el tema.

Me visto y decido escuchar a Raquel. Unos vaqueros y el suéter negro es la decisión final.

—Por cierto, dejad de hacer esos tiktoks empalagosos, ya estoy harto —añade Gregory. Raquel se ríe.

—Pero bien que te los ves todos, siempre eres el primero en darle like. —Raquel le saca la lengua.

—Porque apoyo a mis amigos, pero ya es suficiente.

Me rocío un poco de colonia sobre el suéter, ignorando los sonidos de apoyo de Raquel, Ares y Gregory. Me despido de ellos para salir de ahí porque sé que se pueden pasar toda la tarde molestándome respecto a esto.

Cuando llego a la universidad, me sudan las manos. Rain ya me ha avisado de que ha salido de clase y que nos veremos en la cafetería en unos minutos. No sé por qué estoy tan nervioso, quizá porque por fin voy a ver a la chica que me salvó. Rain fue calidez entre tanto frío. Es la chica que ha estado en mi mente casi todos los días desde aquella noche lluviosa.

Paso por debajo del gran cartel del Café Nora y entro al establecimiento. El olor a café es instantáneo y la música pop suave resuena en los altavoces mientras yo echo un vistazo a la larga línea de mesas. Una detrás de otra, están pegadas a la cristalera a un lado de la cafetería, con una bonita vista a las áreas verdes de la universidad. Hay dos grupos de gente en sendas mesas, pero las demás están vacías, así que sé que ella no ha llegado. Un chico de pelo azul con ambas orejas perforadas me recibe con una sonrisa al otro lado del mostrador.

—Bienvenido a Café Nora. El especial de hoy es el café macchiato frío y galletas recién horneadas.

Le devuelvo la sonrisa, porque su entusiasmo es contagioso. Tiene unos ojos marrones muy cálidos y sus mejillas están ligeramente sonrojadas. Me doy cuenta de que estoy mirándolo fijamente cuando él se aclara la garganta.

—Ah, no voy a pedir todavía. Esperaré a que llegue... mi...

«¿Tú qué, Apolo? Ni siquiera la conoces».

Él chico se queda esperando y mi cerebro no coordina nada, así que él se apiada de mí.

—Es complicado, ¿eh? —suspira—. Todos hemos estado en esa posición. Puedes sentarte y, cuando llegue esa persona, estaré aquí para tomar nota de tu pedido.

—Gracias.

Le doy la espalda, apenado, y busco una mesa. Cuando me siento, me limpio el sudor de las manos en los vaqueros. Necesito calmarme. Mis ojos no se despegan de la puerta de la cafetería ni un solo segundo. Intento pensar en otra cosa, para no obsesionarme con cada minuto que pasa, pero fallo y trago saliva con dificultad.

Entonces, pasa. La campanita de la puerta al abrirse anuncia la llegada de alguien y me quedo congelado. No sé cómo sé que es ella, quizá una parte de mí recuerda su silueta o algo de su cara, porque lo sé enseguida: es Rain.

Lo primero que veo es cómo su pelo rubio le cae alborotado alrededor de la cara, lo lleva un poco ondulado de la mitad hacia abajo. Lleva puestos unos vaqueros y un suéter rosa pálido y se agarra la correa del bolso mientras recorre la cafetería con la mirada: me está buscando. Quisiera decir que he levantado la mano para guiarla, pero no lo he hecho, estoy embobado. Rain me encuentra y sonríe.

Y siento que se me va a salir el corazón por la boca.

Rain tiene algo que me da paz instantánea, su aura y toda ella emanan calidez. Parezco idiota al decir esto de alguien a quien acabo de ver, pero es lo que siento. Ella se acerca a mi mesa y finalmente se sienta al otro lado.

Cuando se queda frente a mí, aún sonriendo, yo lucho por encontrar mi voz porque es preciosa. No hablo de perfección, hablo de todo de ella, de su energía, del brillo en sus ojos, de su sonrisa.

—Apolo Hidalgo —me dice, poniendo las manos sobre la mesa y uniéndolas.

—Rain.

—Al fin nos encontramos. —Señala el ventanal—. Aunque no llueve.

—Eres guapísima —suelto de golpe y mi boca se abre en una O. Siento que el calor me sube por el cuello hasta la cara mientras me disculpo—: Perdón, eso ha sido...

—Gracias —me responde con una risita—. Tú tampoco estás tan mal.

Eso me hace alzar una ceja.

—¿Tan mal?

—Estás bueno, lo sabes, toda la facultad lo sabe. Creo que tu ego sobrevivirá sin mis cumplidos.

Ella se inclina hacia atrás en la silla. Su actitud relajada me hace sentir mejor, menos tenso. Así que empiezo a aflojar los puños, me siento más cómodo.

—Gracias por aceptar, de verdad que quería verte, digo, quería verte para darte las gracias —aclaro y Rain se ríe.

—¿Siempre eres así?

—¿Así cómo?

—Tan adorable.

Esa palabra me trae un recuerdo de un par de ojos negros y unos labios carnosos que me susurraron eso muchas veces al oído.

—No soy adorable —la voz me sale un poco más fría de lo que quiero y ella lo nota.

—Entendido.

—¿Qué quieres tomar? —le digo para cambiar el tema.

—Vamos a pedir juntos. —Se levanta y yo la sigo.

En el mostrador, Rain se toca el mentón con el dedo índice una y otra vez mientras mira el menú en la pared y le pide cosas al chico de pelo azul. Parece que se conocen, porque se saludan y charlan un poco mientras ella termina su pedido. Yo solo pido un café porque dudo que pueda comer algo en estos momentos.

Cuando volvemos a la mesa, me sorprende la cantidad de cosas que ha pedido Rain de comer: un sándwich, un panecillo, un croissant de chocolate, un trozo de pastel y un caramel macchiato. Sí tenía razón cuando dijo que esta cafetería era su debilidad. Rain toma un sorbo de su café y me mira.

—Di lo que quieras decir, Apolo —me anima—. Sé que por eso has insistido tanto en verme. Dime.

—La verdad no sé cómo decir esto... o, bueno, cómo ponerlo en palabras. —Suelto una bocanada de aire, tengo los ojos en la mesa porque no puedo mirarla—. Esa noche... fue la noche más horrible de toda mi vida, algo con lo que aún estoy lidiando. Si no hubieras llegado, si no me hubieras salvado, no estaría aquí hoy. No tengo palabras para explicar lo agradecido que estoy. No hay nada que pueda darte que valga tanto como lo que tú me diste esa noche. —Levanto la mirada para mirarla a los ojos—. Supongo que tendré que conformarme con esto y decirte de todo corazón: gracias, Rain.

Sus ojos se enrojecen un poco y ella parpadea, sonriendo, pero noto lo emotiva que se ha puesto.

—Ah, no fue nada, de verdad. No merezco una gratitud tan sincera. —Abro la boca para protestar, pero ella sigue—: Solo me alegro mucho de ver que estás bien.

Continuamos hablando mientras ella come y me habla de su día de clases y un debate que tuvo con un profesor. Rain no tiene problemas para hablar sin control, no hay silencios con ella y lo disfruto porque nunca he sido de muchas palabras. La escucho, la observo y memorizo cada detalle suyo. Rain tiene perforados tres agujeros en cada oreja, en los que tiene tres pendientes que parecen puntitos delicados y minúsculos. Sus ojos tienen un brillo cálido que hace que quieras contarle todo. Sus mejillas tienen unas cuantas marcas de acné que no se ha curado bien y ha dejado huella sobre su piel. Sus labios son finos y se pasa la lengua por ellos con mucha frecuencia mientras habla. No va maquillada, solo lleva pintalabios rosa, a juego con su suéter. Cuanto más la miro, más noto que no hay nada de ella que no me guste.

«Espera... espera... Apolo, no».

«¿No hay nada de ella que no me guste?».

«La acabas de conocer. No te puede gustar, Apolo».

Cuando salimos de la cafetería, vamos caminando por un lado del césped de la facultad y yo me armo de valor para pedírselo:

—Rain, puedes decir que no, pero ¿puedo darte un abrazo?

Siempre me he imaginado que, al darle las gracias, también le daría un fuerte abrazo.

Rain sonríe.

—Claro.

Tiene mi altura, así que cuando envuelvo mis brazos a su alrededor, encajamos a la perfección. Sin embargo, nada me ha preparado para lo que siento cuando ese perfume cítrico me llena la nariz. La calidez de Rain y su perfume me llevan a aquella noche, a aquel momento, a lo cálida que fue ella en medio de tanto frío y dolor.

Me arden los ojos con lágrimas apresuradas e inesperadas, no sé de dónde vienen estas emociones inestables y abrumadoras. Me aferro a ella y entierro la cara aún más en su cuello.

—Rain... —No sé qué decirle, se me rompe la voz. No sé cómo explicarle que su olor... y su calidez han abierto una puerta a las emociones que he reprimido desde aquella noche, a todo ese miedo, ese dolor.

Rain solo me abraza.

—Está bien, Apolo. —Me da palmadas en la espalda—. Estás bien, estás a salvo, ya no hay frío.

Me despego de ella para mirarla a los ojos y ella toma mi rostro entre sus manos para limpiarme las lágrimas de las mejillas con los pulgares.

—Ya no llueve. —Me asegura con mucha paz, así que solo puedo sonreír entre lágrimas y responderle:

—Ya no llueve.

SIETE

APOLO

«No puedo dejar de pensar en ella».

Y eso me hace sentir como un tonto porque solo la he visto una vez. Sí, soy un romántico, pero nunca he creído en el amor a primera vista. Siempre he pensado que se necesita un poco más de sustancia para enamorarse de alguien. Un solo vistazo no es suficiente. Y en todo caso, la primera vez que vi a Rain tampoco fue el mejor encuentro: lluvia, chico golpeado y moribundo. No debo de estar entre sus recuerdos favoritos de primeras impresiones.

Después de darle ese abrazo que me reinició la vida, Rain se despidió y me quedé con las ganas de pedirle que nos viéramos de nuevo. Sin embargo, parecer un intenso no estaba en mis planes, no quise asustarla. Ahora han pasado unos días y no sé cómo contactar con ella otra vez. No sé qué excusa inventarme porque no quiero pedirle una cita de la nada sin saber si ella está interesada en mí de esa forma.

Quizá solo quería recibir mi agradecimiento y ya está. Suspiro y tomo un sorbo de mi café, mi pulgar roza el borde de la taza. Estoy de nuevo en el Café Nora, en la misma mesa donde nos sentamos el otro día. Llevo unos cuantos días viniendo antes de clase.

Me siento observado y, cuando echo un vistazo al mostrador donde están los camareros, veo al compañero del chico de pelo azul que también trabaja aquí. Es un chico de pelo negro, muy alto y serio, pocas veces lo he visto hablar, él solo prepara cafés mientras el chico de pelo azul es el que apunta los pedidos. Aunque el moreno no interactúa con nadie, lo he pillado mirándome varias veces y no sé si son imaginaciones mías, pero parece... molesto. Quizá está cansado de verme aquí todos los días, no lo culpo.

También he visto a mucha gente quedársele mirando cuando vienen a la cafetería. El chico definitivamente practica algún deporte o algo así, porque sus brazos están definidos y las mangas de la camisa negra del uniforme casi se le aprietan alrededor de sus bíceps, a la misma altura donde, en el brazo derecho, se ve el inicio de un tatuaje. Vuelvo a centrarme en mi café y lo saboreo un buen rato.

—Quisiera saber qué tiene de especial esta mesa —susurra el chico de pelo azul.

A veces tenemos conversaciones breves porque ya básicamente vivo aquí cada mañana. Está de pie a mi lado, en las manos lleva un trapo con el que ha estado limpiando las mesas vacías. Al levantar la mirada, me encuentro con sus ojos marrón oscuro y le sonrío.

—No lo sé... —Señalo la silla vacía frente a mí—. Supongo que por las vistas.

Él alza una ceja y noto el diminuto piercing que tiene en ella.

—¿Las vistas de una silla vacía?

Eso me hace reír y, por alguna razón, no estoy tan nervioso a pesar de que socializar no es una de mis fortalezas. Él también se ríe un poco antes de señalar la silla.

—¿Te molesta si me siento?

—Claro que no.

Se sienta y así, de frente, noto que su pelo azul es llamativo y está despeinado, apunta a todos lados. Me recuerda a un personaje de anime. Sus mejillas siempre están un poco rojas, incluso cuando está detrás del mostrador, supongo que por el vapor de café o las máquinas, no lo sé.

—Déjame adivinar —empieza y se pasa la lengua por los labios antes de continuar—. Rain rompió contigo en esta mesa y no puedes superarlo.

—¿La conoces?

Él asiente.

—¿Quién no conoce a Rain en el campus? Es brillante y superagradable con todo el mundo. Debería llamarse Sol, si me permites dar mi opinión.

La sonrisa amable y el brillo de los ojos de Rain llegan a mi mente. Supongo que tiene razón.

—La acabo de conocer, ya quisiera haber tenido el privilegio de que rompiera conmigo.

—Ah, es tu crush. —Él sacude la cabeza—. Apúntate a la lista, amigo.

—¿Qué? ¿Tú también? —pregunto, sorprendido.

Él se ríe a carcajadas.

—No, Rain es guapa, pero me gustan los chicos.

—Oh.

Él enarca una ceja.

—¿«Oh»? ¿Te incomoda?

—Para nada.

Él se recuesta en la silla y cruza los brazos, parece divertido.

—Relájate, tampoco eres mi tipo.

Me pongo nervioso porque no quería que pensara que asumiría algo así.

—No estaba asumiendo que...

—Apolo —dice y me sorprende que sepa mi nombre—. Era una broma.

—¿Cómo sabes mi nombre?

—¿Sabes cuántos pedidos he apuntado con tu nombre durante todos estos días?

«Claro, claro, es que soy idiota».

Se pone de pie y se estira un poco antes de meterse la mano en el bolsillo de su delantal y ofrecerme un pedazo de papel.

—Hay fiesta en el campus esta noche, ahí está la dirección.

—¿Ah?

Él sonríe.

—Rain estará ahí —informa como si eso lo explicara todo—. Ya me he cansado de verte merodear por aquí como alma en pena. Haz algo.

Tomo el papel y luego veo que su mano sigue extendida frente a mí, vuelvo a mirarlo y él sigue sonriendo:

—Me llamo...

—Xan —lo interrumpo con una sonrisa y le estrecho la mano—. ¿Sabes cuántas veces te he visto apuntar mi pedido con tu etiqueta de identificación en el delantal? —Señalo la parte izquierda de su delantal.

Él se ríe de nuevo y me suelta la mano.

—Ok, me lo merecía.

—¡Xan!

La voz del chico moreno nos interrumpe y, cuando lo miro, definitivamente parece molesto.

—Perdón, es un amargado —susurra Xan mientras se gira para irse—. Te veo por ahí, Apolo.

Me limito a sonreírle con la boca cerrada. Lo veo volver detrás del mostrador y comenzar a organizar cosas. El otro chico no deja de mirarme y me intimida, así que bajo la mirada al papel. Me doy cuenta de que hoy es viernes, por supuesto que hay alguna fiesta universitaria en alguna parte. Copio la dirección en Google Maps y me guardo el papel en el bolsillo para levantarme y salir de ahí.

Después de ducharme y pasar un par de horas echado en el sofá, me doy cuenta de que últimamente el piso parece vacío. Kelly sigue sin volver por aquí desde mi borrachera y mi estúpida «confesión» y Gregory nunca está. Así que no he podido disculparme con Kelly y no quiero enviarle un mensaje. ¿Por qué no puedo simplemente enviar un mensaje de disculpa? Es que todo es más fácil en persona. Siento que no es lo mismo decir algo a la cara que dejarlo a la interpretación de la persona en palabras escritas que se pueden leer con el tono que cada uno le dé.

Me meto en Instagram para entretenerme un rato viendo las historias de los demás. Paso por la de Rain y es una foto borrosa de ella frente al espejo, poniéndose un pintalabios rosa como el que usó el día que nos vimos y con la etiqueta #ListaParaLaFiesta, así que sí irá a la fiesta que ha dicho Xan. Dejo el dedo presionado en la pantalla para mantener su historia y me quedo mirando la imagen. Parece alegre y entusiasmada, y eso me hace pensar que de verdad no tiene intenciones de contactarme otra vez o de que nos veamos.

«Ah, Apolo, deja de montarte películas tú solo».

Despego el dedo y la historia de la persona que sigue me hace sonreír.

Daniela.

Mi primer amor, mi primera vez, la chica que me rompió el corazón y lo reparó antes de irse a la universidad.

Recuerdo esa tarde de hace un año como si fuera ayer.

El viento de la playa enviaba su largo pelo negro volando a un lado y el atardecer tintaba de naranja todo el cielo. Estábamos sentados en la arena, frente al mar, las olas a veces llegaban a nuestros pies. Habíamos pasado el fin de semana juntos, solos en la casa de la playa de un amigo de Dani. Ni siquiera sabía qué estábamos haciendo, no estábamos en una relación, pero tampoco estábamos viendo a otras personas. Dani se iría a la universidad la semana siguiente.

—¿No amas lo infinito que es el mar? —Me quedé mirando su perfil—. Tan amplio, tan abierto... tan libre.

Suspiré y volví a mirar el océano.

—Supongo.

—Me identifico con él. —Ella me tomó la mano sobre la arena—. Quiero ir a la universidad, quiero explorar, quiero conocer gente y quiero lo mismo para ti.

Auch, pero me recuperé para decir:

—Ares y Raquel van a intentar tener una relación a distancia, ¿por qué no podemos hacer lo mismo? —El ruego de mi tono era casi vergonzoso. Ella me apretó la mano y acercó su rostro al mío.

—Mírame a los ojos, Apolo —ordenó y lo hice, perdiéndome en la oscuridad de su mirada—. Y dime con sinceridad que eso es lo que quieres.

Abrí la boca y la volví a cerrar. Ella me acarició la mejilla.

—Ambos sabemos que nos queda mucho por explorar de nosotros mismos. —Sabía a lo que se refería—. Quiero que dejemos las cosas así... bonitas, libres y aún con mucho cariño entre ambos.

No pude evitar ponerme emotivo.

—Te quiero, Daniela. —La besé porque sentía que eso que teníamos se estaba desvaneciendo con la brisa del mar que nos rodeaba—. Te quiero —repetí sobre sus labios.

—Yo también te quiero, Apolo dedos locos.

Eso nos hizo reír a ambos. Y volví a besarla, quería saborear hasta el último momento juntos.

Mi mente viajó a esa noche en el club de Artemis cuando la vi por primera vez, cuando ella apareció a mi lado, sonriendo y bailándome para distraerme. Recordaba pensar: «Mierda, qué guapa es». Todo su rostro se iluminaba cuando sonreía.

Pero Dani era mucho más que una sonrisa bonita. Ella me escuchó tantas veces, me conoció a fondo como nadie lo había hecho. Me empujó a explorar lados de mí que había mantenido guardados muy por dentro sin ningún tabú, sin interponer nunca sus intereses sobre los míos. Así que ella tenía razón.

Nos debíamos un final bonito como este, romántico en la playa, con amor aún de sobra para ambos. El amor verdadero no ata, no asfixia, ni pone limitaciones.

Así que, cuando veo su historia, sonrío abiertamente porque ella tenía razón. Para mí, Dani no es un recuerdo amargo ni doloroso, es libertad y cariño eterno. En su historia, está en una fiesta con muchas luces, saltando con un vaso rojo en la mano mientras grita como loca y sacude el pelo. Su felicidad es contagiosa.

En la siguiente historia, besa a una chica con el pelo rojo. Sonrío porque lleva meses saliendo con ella y parece feliz. Dani nunca se ha puesto etiqueta, solo dice que es fluida y que se enamora de las personas sin importar si son chicos o chicas, para ella las etiquetas son anticuadas.

Le comento la historia con un corazón y, casi de inmediato, me entra una videollamada.

—¡LOLOOO! —grita Daniela a todo pulmón. Hay mucho ruido, música y oscuridad, pero veo retazos de su rostro—. ¡No me digas que estás encerrado en casa un viernes por la noche!

Me río un poco porque sé que, aunque hable, no hay manera de que me escuche con ese jaleo.

—¡Sal de ahí, Apolo Hidalgo! —chilla y la videollamada se cuelga de golpe.

Con ese ánimo, tomo mis cosas y salgo en dirección a la fiesta.

La vida nocturna del centro de Raleigh es ruidosa y brillante. Mientras camino siguiendo las indicaciones de mi móvil, cruzo una calle y entro a un circuito cerrado de casas muy bonitas. Sigo andando hasta que me detengo frente a una casa de dos pisos que, según la aplicación, es la indicada. Por las vibraciones que salen de allí, sé que estoy en el lugar correcto.

Me sudan las manos, así que me las limpio en los vaqueros y me doy ánimo.

«Vamos, has llegado hasta aquí, Apolo. Tú entra».

La puerta está abierta y a nadie parece importarle quién entra o sale de ahí, hay demasiada gente para tener algún tipo de control. La música me retumba en los oídos y me deslizo entre un grupo de gente que no sé si está bailando o solo está ahí quieta; la verdad, creo que es una combinación de ambas.

Llego a una especie de salón con una estantería inmensa a un lado de la pared. Hay varios grupos charlando y ahí la veo: Rain. Se está riendo entre un grupo de varias personas y se me acelera el corazón como el idiota que soy.

Doy un paso vacilante y nervioso hacia ella cuando mis ojos captan algo azul a mi derecha. Al girarme, veo a Xan a unos cuantos metros, y no está solo. Detrás de él está el chico de pelo negro, Xan está de espaldas a él y el chico lo tiene abrazado desde atrás. El chico besa un lado de la cara de Xan antes de descansar la mandíbula sobre su hombro y mirarme directamente a los ojos.

Y, durante unos segundos, trago grueso sin moverme. Las palabras de Dani de aquella tarde vuelven a mí: «¿No amas lo infinito que es el mar?».

«Sí que es infinito, Dani».

OCHO

APOLO

En medio del mar de personas, me quedo muy quieto y dudo...

Rain está a unos cuantos pasos. No me ha visto porque está riéndose abiertamente por algo que dice una chica que hay frente a ella. Noto que sus mejillas se ven más llenitas cuando se ríe.

«Adorable», pienso.

Puedo entender su popularidad en el campus, con esa calidez que emite y esa sonrisa que lo ilumina todo. Por supuesto que todos quieren estar a su alrededor. Me recuerda a Gregory. Creo que ambos tienen ese tipo de personalidad que brilla y atrae a las personas con facilidad.

Siempre he sentido curiosidad por lo diferentes que podemos llegar a ser todos. Creo que esa fue una de las razones por las que me interesé en estudiar Psicología, quiero comprender un poco más del comportamiento humano, el desarrollo de la personalidad, y todo eso. ¿Cómo es que, habiendo crecido en el mismo hogar, mis hermanos y yo tenemos personalidades tan diferentes? Nunca he podido evitar compararme con ellos o con sus amigos. A pesar de que Ares y Artemis son fríos en cierto modo, eso no los ha limitado a la hora de hacer amigos o relacionarse con los demás. Entonces ¿por qué yo lucho tanto con eso?

«Eres un alma vieja en un cuerpo joven». Las palabras del abuelo me ruedan por la cabeza como respuesta. Creo que siempre ha tenido la razón.

—¿Apolo?

La voz de Érica me sorprende a un lado y me giro para mirarla. Su rostro muestra sorpresa y yo debo de tener la misma expresión, porque no me esperaba encontrármela aquí. Es la única amiga que he hecho en la universidad, pero hasta ahora no me ha parecido del tipo de personas que asisten a fiestas. Supongo que no tenía que haber asumido nada de ella. Su pelo ondulado está recogido en una cola alta y lleva puesto un suéter rojo con unos vaqueros anchos.

—De acuerdo, inesperado —admito.

Ella se ajusta las gafas y me sonríe.

—Lo mismo digo, no pensaba encontrarte aquí.

—Créeme, lo he pensado mucho antes de venir.

—¿Quieres tomar algo? —Alza un vaso rojo y yo sacudo la cabeza antes de volver a mirar a Rain. Érica parece notarlo, porque añade—: Oh, Rain, ¿eh? Espera... El día que te conocí estabas escribiendo «Rain» en tu cuaderno, pero no porque te gustara la lluvia, sino por ella. —Todo hace clic en su cabeza y continúa—: Se me hizo raro que no te gustara la lluvia, pero que estuvieras escribiendo esa palabra una y otra vez... Guau, ahora que lo pienso, es muuuy intenso de tu parte escribir su nombre una y otra vez. Siempre son los calladitos, ¿no? —bromea.

Eso me hace reír un poco.

—Soy el chico más obvio que conocerás en la vida.

—Eso ya lo sé. —Ella me golpea el brazo con gentileza—. ¿A qué esperas para acercarte?

—No se me da bien socializar.

—Eso también lo sé, Apolo.

Nos movemos un poco a un lado para no bloquear el tráfico de personas pasando y Érica se apoya en la pared, cruzando sus brazos.

—Tenemos que trabajar en tus habilidades sociales.

—Mira quién habla.

Ella se hace la ofendida.

—Para tu información, tengo muchos amigos.

—Claro.

—¡Apolo! —grita alguien.

Veo el pelo azul moverse entre la gente hasta que llega a nuestro lado. Xan nos sonríe, sus mejillas siguen cargando ese sonrojo usual y me doy cuenta de que es parte de él, que el calor de la cafetería donde trabaja o las emociones no tienen nada que ver. Xan siempre tiene las mejillas ligeramente sonrojadas.

—¡Apolo! Señorita Érica. —Xan hace una reverencia.

—¿Os conocéis? —Érica nos señala.

Xan asiente.

—Apolo es cliente fijo en Nora.

—¿De verdad? —Érica me mira—. Nunca te veo allí.

—Siempre va por las mañanas, tú vas por las tardes —explica Xan antes de ponerse las manos en la cintura y observarme—. Me alegro mucho de que hayas venido. ¿Ya has hablado con Rain?

Érica suspira dramáticamente.

—¿Tú qué crees, Xan? ¿Ves esa miradita de cordero degollado?

Xan sacude la cabeza.

—¿Necesitas ayuda? Se me dan bien estas cosas.

—Estoy bien —digo un poco apenado.

Xan se gira para comentarle ideas a Érica de cómo acercarme a Rain. Inconscientemente, se rasca la parte superior del brazo y se sube la manga de la camisa hasta el hombro, entonces lo veo: moretones en la piel. Eso me hace fruncir las cejas, parecen las marcas de los dedos de una mano que ha apretado demasiado fuerte. Xan deja de rascarse y la manga vuelve a su sitio. Cuando sus ojos se encuentran con los míos, quiero decir: «¿Estás bien? ¿Necesitas... ayuda?». Pero sé que no es algo que quiera preguntarle delante de Érica. No creo que sea algo que tenga el derecho de preguntarle para nada, sin embargo, lo haré cuando tenga la oportunidad.

Mi mirada va hacia esa esquina del salón donde he visto a Xan al principio y me encuentro con el chico de pelo negro. Le está dando una calada a un cigarro mientras habla muy serio con otro chico.

«Algo está mal con ese chico...».

Observo de nuevo a Xan mientras se ríe con Érica, están hablando de una vez que ella se echó el café encima y tuvieron que limpiar el suelo juntos. Vuelvo al chico moreno, parecen tan opuestos... Xan es tan alegre, tan vibrante, y ese chico tiene una oscuridad que lo rodea y lo sigue a todas partes.

—Apolo, lo estás haciendo de nuevo —se queja Érica.

—¿Qué?

—Te quedas metido en tu cabeza y no hablas, llevas diez minutos en silencio absoluto.

—Lo siento.

—Bueno, ¿tienes algún plan? —Érica señala hacia Rain con los labios y, al seguir su gesto con la mirada, me encuentro a la rubia cuya sonrisa no se ha apagado en toda la noche.

Mi mente viaja a esa noche lluviosa de nuevo, a su silueta en la oscuridad con el paraguas, a su voz. Me pregunto si por eso mi corazón se acelera solo con verla. Conocerla de esa forma fue intenso y bastante difícil de olvidar. Sin embargo, necesito bajarle la intensidad, no quiero asustarla.

—Necesito aire fresco —digo y me doy la vuelta para seguir por el pasillo que lleva a la puerta por la que he entrado.

El aire nocturno me recibe apenas pongo un pie fuera y me siento en los escalones de la entrada. El cielo carece de estrellas esta noche. El vecindario parece muy callado para estar ubicado en el centro de la ciudad. Escucho pasos detrás de mí y echo un vistazo por encima del hombro, Xan se acerca y se sienta a mi lado. Vuelvo a mirar al frente y él no dice nada durante unos segundos.

—Es la primera vez que conozco a alguien que se llame Apolo.

Suspiro.

—Ya sé, los dioses griegos y todo eso.

—Tiene sentido.

Me giro ligeramente para mirarlo, ahí a mi lado, con ese pelo azul aún apuntado a todos lados.

—¿Por qué?

Xan echa la cabeza hacia atrás y clava la mirada en el cielo.

—¿De verdad tengo que decirlo?

—Sí.

Se encoge de hombros y me mira.

—Pues que pareces un dios griego, la verdad.

Me rio, pero él no.

—Claro, has visto muchos, ¿no?

Él solo me mira.

—No, solo a ti.

Silencio. Mi corazón se salta un latido o así lo siento. Aparto la mirada y sonrío, mientras sacudo la cabeza.

—No deberías decirle esas cosas a un cliente.

—Solo digo la verdad.

Me quedo callado un rato y Xan tampoco dice nada.

—¿Cómo lo haces? —pregunto directamente.

—¿Cómo hago qué?

—¿Cómo te relacionas con todos con tanta facilidad?

—Mmm... —Xan finge pensarlo mucho—. ¿Qué puedo decir? Nací entrometido y maravillosamente agradable. Es un don y una maldición.

Alzo una ceja.

—¿Una maldición?

Él asiente y se pone de pie. Baja los escalones de madera hasta la acera y me observa desde abajo.

—Cuando te llevas bien con todos y llamas mucho la atención, a veces atraes a las personas equivocadas.

Sus palabras me recuerdan los moretones en su brazo.

—¿Te ha pasado?

Él asiente de nuevo, sin dejar de sonreír.

—Muchas veces, pero he sobrevivido.

Me lo quedo mirando. Ahí, con sus vaqueros desgastados y su camisa blanca arrugada en varios lados, me doy cuenta de que no tengo ni idea de quién es Xan en realidad. Es un chico agradable, por supuesto, pero no sé nada más y quiero saber más. La facilidad con la que me he llevado bien con Érica y con él me hace sentir menos solo, ellos me hacen sentir que es fácil hacer amigos y que no soy defectuoso en esa área.

—Xan.

No sé cómo preguntárselo, así que me paso la lengua por los labios mientras él espera, los ojos bien abiertos a la expectativa y su sonrisa casual. Lo digo sin más:

—¿Estás bien?

Él frunce las cejas.

—¿A qué viene esa pregunta?

—Tu brazo... sin querer, he visto los moretones.

Su sonrisa se desvanece de inmediato. Une las manos sobre la tripa en un gesto que parece nervioso.

—Estoy bien, me golpeé con el borde de una puerta. Ya sabes, donde preparamos el café es un espacio pequeño. De pronto estás sirviendo el café y ni te das cuenta de las esquinas que hay a tu alrededor...

—Xan.

—De verdad, no vi la esquina que estaba justo ahí. Qué idiota, ¿no? Esa esquina de la cafetera es tan obvia...

—¿No acabas de decir que fue con la puerta?

Xan palidece y abre la boca para decir algo. La cierra durante unos segundos antes de recuperarse y añadir:

—Creo que he bebido demasiado, ya no sé ni lo que digo.

No he sentido ningún olor a alcohol cuando ha estado a mi lado. Me está mintiendo y no lo culpo, apenas nos conocemos y ya me he metido con algo que parece ser muy delicado en su vida. Sin embargo, callarme no es una opción cuando el bienestar de alguien está en juego. Si alguien necesita ayuda, tengo que ofrecerla.

Me pongo de pie y bajo los escalones despacio, Xan me observa con cautela.

—No sé qué pasa, pero estoy aquí. —Lo miro a los ojos—. Para lo que sea que necesites.

Xan aparta la mirada.

—Apenas me conoces. No le digas cosas tan profundas a un desconocido.

—Conocido o no, si no estás a salvo, puedo ayudarte.

—Estoy bien.

—Xan.

—Iré a por Rain, ya que no te atreves a hablarle.

Xan da un paso e intenta pasar a mi lado, pero lo agarro del brazo con gentileza para detenerlo.

—Espera.

Xan se zafa de mi agarre.

—Estoy bien, estás viendo cosas que no son. No eres nadie en mi vida para entrometerte así.

Me cruzo en su camino.

—Xan, escucha.

Parece dispuesto a escuchar, pero entonces sus ojos se fijan en algo que hay detrás de mí. Y su mirada se apaga con... ¿miedo?

—¿Qué pasa aquí?

Una voz masculina y bastante ronca resuena en la puerta. Cuando me giro, me encuentro con el moreno que no se le despega a Xan.

—Nada —contesta Xan enseguida.

—Xan —susurro—. ¿Fue él? Si no estás...

—Ey, nuevo, ¿por qué susurras? —dice el chico y me doy la vuelta para enfrentarlo. Ahí de pie, en lo alto de las escaleras, parece mucho más intimidante que otras veces.

—¿Por qué debería darte explicaciones? —pregunto.

Él ladea la cabeza.

—Tú no, él sí.

Señala a Xan y este le responde:

—Solo estábamos hablando.

—¿Y quién te ha dicho que podías salir de la fiesta?

Xan baja la cabeza.

—Necesitaba aire fresco.

—Claro.

No me puedo creer lo que estoy presenciando. ¿Qué clase de idiota controlador es este chico? Mis sospechas de que él sea el culpable de los moretones de Xan crecen a cada segundo.

—Estábamos hablando, ¿podrías volver adentro? —digo, porque no quiero que Xan se vaya con él.

El chico me observa y luego baja cada escalón lentamente hasta que queda frente a mí.

—Apolo Hidalgo, ¿no? —habla como si le diera asco mi nombre—. No sé si venir de una familia adinerada te hace creer que eres superior y que puedes meterte en las relaciones de los demás. Pero así no es como funcionan las cosas aquí. Aunque tu actitud explica por qué terminaste en los periódicos universitarios como el golpeado del campus.

—¿Me estás amenazando?

Xan se mete entre nosotros.

—Vamos dentro, ya, por favor —le ruega al chico.

—Nosotros no tenemos que ir a ningún lado —agrega el chico—. El que se tiene que ir es él.

Xan se gira hacia mí, la preocupación y la súplica en su expresión me llenan de tristeza.

—Apolo, vuelve a la fiesta, por favor. Déjame resolver esto.

—¿Que te deje resolver esto? —El chico empuja a Xan para apartarlo a un lado y se acerca a mí—. ¿Quién eres tú para que Xan tenga que pedirte algo así?

—¿Quién eres tú para querer controlarlo a toda hora?

—Soy su pareja, idiota.

—¿Y?

Él bufa.

—Tengo todo el derecho del mundo, porque estamos juntos.

—Si ese es tu concepto de relación, estás muy jodido.

—Lo que sea que pase entre Xan y yo no es tu maldito problema. —Él usa su altura y su mirada helada para intentar intimidarme—. Vuelve a la jodida fiesta.

—No me da la gana.

Él se tensa y aprieta los puños a ambos lados del cuerpo.

—De verdad que entiendo por qué te dieron una paliza —murmura entre dientes.

Xan pone la mano en el pecho del chico.

—Por favor, vámonos a casa.

El chico le quita la mano de mala gana y no se mueve. Veo cómo Xan busca su teléfono nervioso y llama a alguien.

—Solo estoy esperando a que me digas algo más para reventarte la cara. Una pena que acabes de curarte y que ya te vayan a moler a palos de nuevo.

—No me asustas.

Escuchamos que la puerta de la casa se abre. La ruidosa música resuena y desaparece cuando alguien cierra la puerta tras de sí. Luego llegan los pasos apresurados por las escaleras y, en unos segundos, ella está de pie entre nosotros, de espaldas a mí. Ese pelo rubio cubre mi visión y el olor a perfume cítrico me tranquiliza.

Rain...

—¿Qué coño haces? —La frialdad y la seriedad del tono de Rain me sorprende. ¿Rain también conoce a este idiota?

El chico chasquea la lengua y da dos pasos atrás mientras levanta las manos.

—Ah, Xan, no hacía falta que llamaras a la aguafiestas.

—Una pelea más y ya sabes dónde terminarás —amenaza Rain.

Miro a Xan, que está observando todo en silencio.

—Te espero dentro, Xan.

El chico se da la vuelta y se va. Yo me quedo sin entender nada.

Cuando Rain se da a su vez la vuelta hacia mí, suelta un suspiro largo antes de dibujar una cálida sonrisa.

—Lo siento, Apolo.

—¿Qué acaba de pasar? ¿Por qué ese idiota te hace caso?

Su sonrisa se apaga un poco y aparta la mirada.

—Se llama Vance y es mi hermano.

NUEVE

RAIN

—Yo me encargo.

Me sorprende la seguridad de mi voz. Mantengo la mirada en todos lados menos en él, aunque siento sus ojos sobre mí, pero estoy demasiado avergonzada para mirarlo. La verdad, no esperaba que Apolo y Vance interactuaran, rezaba para que eso nunca pasara. Me había olvidado por completo de que Xan es el dueño de Nora y yo había llevado a Apolo ahí. Supongo que el universo tiene formas muy retorcidas de juntar a las personas.

Xan me coge de la mano y se enfrenta a Apolo.

—Me iré con Rain. Ya no tienes nada de que preocuparte, Apolo. Todo está bien.

Quiero protestar. Nada está bien, pero lo entiendo. Xan no quiere que Apolo se meta en esta situación tan jodida y, siendo sincera, yo tampoco. No quiero que mi hermano se acerque a él lo más mínimo. Vance es peligroso y Apolo es...

Me permito echarle un vistazo rápido y su expresión preocupada le arruga un poco la cara. Esos ojos tan bonitos color café van de Xan a mí y se me acelera un poco el corazón. He subestimado lo bueno que es, tanto físicamente como de personalidad. Es gentil y amable, se sonroja con cualquier cosa y tiene una sonrisa angelical que le ilumina toda la cara.

«Basta, Rain».

—Sí, Xan tiene razón —respondo—. Estaremos bien.

Apolo duda por un segundo y sé que va a protestar, pero Xan se le adelanta.

—Esto es un asunto personal que no te incumbe, Apolo.

Hago una mueca ante la rudeza de su tono y de sus palabras. Xan nunca habla así, no es ese tipo de persona. Que decida ser así con Apolo me hace entrecerrar los ojos. Sin darse cuenta, Xan me aprieta la mano y lo miro. Lo veo tragar saliva, está... nervioso.

No me digas que...

—Sí. —La frialdad en el tono de Apolo también me deja confundida—. Ya lo has dicho, no tienes que repetirlo. Lo entiendo.

Apolo nos lanza una última mirada antes de pasar por nuestro lado y marcharse calle abajo. Me quedo en silencio unos segundos.

—¿Qué...? —Le suelto la mano a Xan y me paro delante de él—. ¿Qué ha sido eso?

—No se habría ido si no lo hubiera tratado así.

—No, ¿por qué estás tan a la defensiva con Apolo? ¿Y qué diablos ha hecho Vance esta vez?

—Nada, Vance solo se ha enfadado porque estaba aquí afuera hablando con Apolo. —Xan vuelve a mirar la acera ahora vacía por la que se ha ido Apolo y su expresión decae.

Respiro hondo y le vuelvo a tomar la mano.

—Vamos a por un café, conozco un sitio.

Llegamos a Café Nora y solo encendemos las luces de la barra, dejamos el resto de la cafetería a oscuras, lo que le da un aire casi triste y melancólico al local. Xan se prepara un café latte y a mí me prepara un chocolate caliente. Cuando termina, sale de la barra y se sienta a mi lado. Por un rato solo disfrutamos de nuestras bebidas.

—Sé lo que vas a decir, Rain. —Él suspira y lo miro. La luz amarilla de las bombillas de la barra se refleja en su rostro, su expresión es de tristeza pura. El azul de su pelo parece opaco bajo esta iluminación—. ¿Cuántas veces vamos a tener esta conversación?

—Las veces que haga falta —digo con sinceridad.

—Lo amo.

—Lo sé.

—Y él me ama.

—No —replico con firmeza—. Xan, mírame. —Cuando lo hace, tomo su mano sobre la barra—. Vance es mi hermano, es mi sangre. Tengo todas las razones del mundo para defenderlo, para abogar por él, y nunca lo he hecho ni lo haré. Porque lo conozco y no es buena persona. Él no tiene ni idea de lo que es el amor, lo único que sabe hacer es daño.

—Tú no lo entiendes, Rain. Nadie entiende lo que tenemos. Vance dice que los demás siempre intentarán separarnos, que él es único que me ama como soy, con mis fallos y todo.

—Vance te ha manipulado, Xan. Te ha alejado de todo el mundo. De mí, de los que solían ser tus amigos, hasta de tu familia. ¿Sabes por qué lo ha hecho? Para que tu mundo gire a su alrededor, para que no consideres ni por un segundo dejarlo, para que cuando intentes dejarlo no tengas a nadie en quien apoyarte por su culpa. Él se ha encargado de que sea así, de que estés solo.

—Él ha estado conmigo en los momentos difíciles, Rain. De verdad, no lo entiendes.

—Ha sido el único que ha estado contigo en los momentos difíciles porque te ha alejado de todos los demás. Cada cosa que él hace es calculada, Xan.

Toma un sorbo de su café y lo saborea como si pensara. Su mirada se pasea por todas las máquinas de café y suspira.

—Él puso una parte para comprar la cafetería cuando le conté que ese era uno de mis sueños. —Es mi turno de tomar un sorbo de mi bebida—. Me dejó ponerle el nombre de mi madre, que en paz descanse. ¿Sabes lo feliz que soy trabajando aquí todos los días? Siento que ella está conmigo, enseñándome a hacer el mejor café, como lo hacía cuando yo era un niño. Sí, sé que Vance no es perfecto, pero son gestos como este los que me hacen quedarme, Rain. Hay un lado de él que es dulce, atento y que me hace feliz.

—No puedes quedarte por una fracción de él, Xan, mientras el resto te hace daño, te cela y te controla.

—¿Por qué no? A veces soy tan feliz a su lado que siento que, cuando las cosas se ponen feas, simplemente estoy pagando esa felicidad y que está bien.

Eso me parte el corazón.

—Xan —digo con firmeza—. Tú te mereces ser feliz todo el tiempo. No tienes que pagar por nada, no es una deuda.

Xan no dice nada durante un rato.

—Creo que Apolo no volverá a hablarme después de lo que le he dicho. —Sé que intenta cambiar el tema y le dejo hacerlo porque tampoco quiero ahogarlo.

—Nah, sí lo hará. Apolo es muy comprensivo.

—Le gustas —agrega como si nada, mientras me observa con el rabillo del ojo.

—¿Eso crees?

—Lo sabes, Rain. Apolo no es más obvio porque no puede.

—De acuerdo.

Xan me hace un gesto con la mano, esperando.

—¿Qué? —Sonrío.

—No sé, y a ti... ¿te gusta?

Lo observo, divertida.

—¿Por qué esa pregunta?

Él se encoge de hombros.

—Solo curiosidad.

—Es la primera vez que muestras interés por mi vida amorosa.

—Ya te lo he dicho, es curiosidad.

—De todos los chicos que han pasado por tu cafetería que han estado interesados en mí, Apolo es el primero por el que sientes curiosidad —lo molesto.

Xan bufa y se señala.

—No sé qué estás pensando, pero no es cierto. Además, supongo que es hetero. No, gracias. Mi vida ya es lo bastante complicada.

—Tengo fe en que tu vida deje de complicarse pronto, Xan.
—Le doy un apretón en la mano. No puedo obligarlo a terminar con
Vance, sigue siendo su vida, su decisión—. Estoy aquí, tus amigos aún están aquí. El día que decidas salir de esa relación, estaremos aquí. Sí, dolerá al principio, será un despecho horrible, pero
pasará.

Xan se pone de pie y se inclina para abrazarme.

—El mundo no te merece, Rain Adams.

Eso me hace sonreír contra su pecho.

—A este paso, te llenaré la cafetería de chicos suspirando por mí
—bromeo.

—Si son como él, no me molesta para nada.

Me separo.

—¿Qué has dicho?

—Nada, nada.

Se ríe y se lleva las tazas detrás de la barra mientras lo sigo moles-
tando con eso. Tengo el presentimiento de que la llegada de Apolo a
nuestras vidas causará un cambio positivo. No obstante, el miedo
que me recorre el cuerpo solo de pensar que mi hermano pueda hacerle daño opaca esa sensación.

APOLO

No puedo dormir.

Me muevo de un lado al otro en la cama. Mi cabeza repasa cada
momento, cada mirada y, por supuesto, la forma en la que Rain y
Xan se despidieron de mí después de lo que pasó. Sin explicaciones,
solo con un «esto es un asunto personal que no te incumbe». Quería
hacer tantas preguntas, quería entrometerme, pero sabía que no era
mi lugar. Nunca he sido una persona que presiona o que interfiere en
los problemas de los demás sin permiso. Valoro la privacidad. Sin
embargo, me preocupa mucho lo de Xan con ese chico... Vance.

Y que terminara siendo hermano de Rain... La verdad, no me lo esperaba.

La sonrisa incómoda de Rain plaga mi memoria. El modo en que apretaba los puños y evitaba mirarme a los ojos... como si estuviera avergonzada. Y no tenía razón para estarlo, ella no era responsable por el tipo de persona que era su hermano. Era la primera vez que la veía así, ni siquiera aquella noche lluviosa la había sentido tan... tensa, parecía como si quisiera salir corriendo en ese mismo instante.

Me rindo y salgo de la habitación. El largo pasillo a oscuras me acoge hasta que salgo al salón y me sorprende encontrar la lámpara que hay junto al balcón encendida. Brinco cuando veo una figura en el extremo del largo sofá.

—¡Ah! —chillo—. Kelly... —murmuro su nombre al reconocerla ahí sentada en pijama, sosteniendo las rodillas contra su pecho. Mira hacia el balcón, tiene el pelo suelto a los lados de la cara—. ¿Kelly?

Ella baja la cabeza, usando su pelo como cortina para esconderse y se limpia la cara disimuladamente, ¿está llorando? ¿Se ha peleado con Gregory?

Doy un paso hacia ella.

—Estoy bien —asegura y levanta la cara para mirarme. Sus ojos hinchados dicen lo contrario.

—Kelly...

—¿No puedes dormir? Ya somos dos —dice con una sonrisa fingida que me entristece.

Me siento en el sofá a un cuerpo de distancia, no quiero incomodarla.

—Sí, ha sido una noche interesante. No dejo de darle vueltas a la cabeza.

Ella asiente.

—Apolo, el que lo analiza todo. —Ella sacude la cabeza—. Cuando te conocí, pensé que no querías hablar con nadie, que no perdías tu tiempo con nosotros, los simples mortales..., que eras un creído o qué sé yo. —Alzo una ceja—. Vamos, no me juzgues, con tu apellido y pues...

—¿Pues...?

—Lo bueno que estás. —Ella se encoge de hombros y finjo que no me afecta. No se me da bien recibir cumplidos—. En fin, ahora que te conozco, sé lo que pasa.

—¿Y eso es? —Cruzo los brazos para hacerme el interesado, lo que sea por distraerla de lo que la aqueja.

—Que te pasas el día pensándolo todo demasiado. Necesitas relajarte un poco.

—Eso es lo que todo el mundo me dice, únete al club.

Kelly hace una mueca y me saca el dedo.

—De verdad —sigo porque extrañaba esto. Siempre me he sentido muy cómodo con ella, pero supongo que los días que pasa aquí contribuyen a eso—. No eres la primera que lo dice: mis hermanos, sus novias, Greg... —Recuerdo a Charlotte y su relación abierta—. Amigas de la universidad, todo el mundo lo dice.

—Entonces ¿por qué no lo haces? —Ella se gira para mirarme a los ojos.

—¿Por qué no me relajo? —Suspiro—. No lo sé, no está en mi naturaleza.

—¿No te cansas de vivir así? Debe de ser agotador pensar cada cosa, como si vivieras caminando sobre un campo minado, analizando cada movimiento.

Ella abraza un cojín del sofá y mi atención baja a su escote por instinto, la V del pijama es ancha y puedo echar un vistazo a la piel entre sus pechos. Subo la mirada de inmediato, un poco sonrojado.

¿Qué estaba diciendo? Ah, me pierdo un momento y sin querer, de mi boca sale lo que quería preguntar desde que la he visto:

—¿Por qué estabas llorando?

«Ah, genial, Apolo, sutil».

Kelly aparta la mirada y suspira.

—Directo, ¿eh?

—Lo siento, no tienes que...

—Está bien, no es un gran secreto, soy una chica básica.

—No digas eso.

Ella se ríe.

—Es la verdad, lloro por un chico.

La dejo continuar:

—Por un chico que no me quiere.

No sé qué decir.

—¿Gregory?

—¿Quién más? —Suspira e intercambiamos una mirada, parece que pensamos lo mismo porque ella aclara—: ¿De verdad se te ha pasado por la cabeza la posibilidad de que fueras tú? No soy tan intensa como para llorar por ti, Apolo, cuando ni siquiera hemos... —Se detiene y es como si nuestras mentes estuvieran conectadas. También parece recordar la noche de la fiesta aquí, ella bailándome, restregándose contra mí, y luego cuando le confesé borracho a Gregory que ella me gustaba.

Silencio.

De acuerdo, el ambiente ligero se ha esfumado, eso es obvio. Me paso la mano por la nuca y me aclaro la garganta.

—No soy tan egocéntrico como para pensar que estabas llorando por mí, Kelly.

—Claro, lo sé, solo bromeaba. —Ella apretuja el cojín un poco más.

—Así que... Gregory, ¿eh? ¿Qué ha pasado?

—Estoy confundida... él y yo... pues lo pasamos bien, pero cada vez que parece que vamos a formalizar las cosas... alguno de los dos se cierra. Es extraño, como si nunca pudiéramos estar en la misma página al mismo tiempo. Y él...

—¿Qué pasa?

—Yo creo que sigue queriéndola.

Eso me hace fruncir las cejas.

—¿A quién?

—A su ex.

Me pilla completamente desprevenido. Gregory nunca habla de ninguna chica, es un caballero, pero creo que me habría mencionado a una ex, en especial si lo que Kelly dice es verdad y no puede olvidarla.

—No tengo ni idea de quién hablas.

—¿Ves? Nunca la menciona, es como su Voldemort.

—No sabía que Gregory había tenido una relación seria. Pensaba que su primer año en la universidad había sido salvaje como lo está siendo su segundo —comento.

Kelly suspira.

—No, por lo que sé, llevaba como dos meses en la universidad cuando la conoció.

—¿Cómo se llama?

—Érica.

—¿Qué?

Me quedo helado. No puede ser la misma Érica, la única amiga que he hecho en la universidad.

DIEZ

APOLO

Kelly saca el teléfono para mostrarme Instagram y en la pantalla está el perfil de Érica. La mayoría de sus fotos son cafés y selfis de ella sonriendo de oreja a oreja. No hay ninguna foto en la que no se la vea feliz. Y confirmo que sí es la misma Érica, mi única amiga de la facultad. Y la conversación que tuve con ella hace unas semanas y su reacción al marcharse airada cobran sentido: «¿Party Monster es tu amigo?».

—Ya veo —disimulo, porque no sé si decirle que la conozco aporte algo a esta conversación, Kelly ya parece lo bastante triste—. ¿Sabes qué pasó entre ellos?

—Ni idea, no sé quién dejó a quién, pero él... No sé cómo explicarlo, Apolo. A veces puedo ver claramente cuándo está pensando en ella, aun estando a mi lado.

—Lo siento, debes de sentirte...

—Horrible algunas veces, otras no siento nada.

—¿Eh?

—Por eso digo que estoy confundida. Me afecta y me duele unas veces y otras simplemente me da igual. No sé lo que siento.

—Ah, entiendo.

La verdad, no entiendo lo que pasa entre ellos dos. Kelly apoya la cara en el sofá y me observa durante unos segundos.

—¿Nunca vamos a hablar de eso?

Me tenso un poco.

—¿De qué?

—De... lo que le dijiste borracho a Gregory.

Ah.

Puedo sentir el calor recorriéndome la nuca. Sin embargo, ella tiene razón, nunca lo he explicado. Ni siquiera me he puesto a pensar en eso ni tampoco me he disculpado con ella.

—Lo siento, Kelly, no sé qué me pasó. Tuve un mal día y bebí... La verdad, siento haberte puesto en una situación incómoda.

Kelly no dice nada durante unos segundos, solo me mira con una intensidad que no sé cómo interpretar.

—Es refrescante.

—¿Qué? —pregunto, confundido.

—Tu forma de ser. Tú... eres refrescante, Apolo —dice—. Siempre tienes cuidado de lo que haces para no herir a nadie y te disculpas cuando debes hacerlo... He conocido a pocas personas como tú.

El modo en que dice «tú» y en que su mirada baja a mis labios es tentador, tengo que admitirlo. Por eso la he evitado, por eso no he querido lidiar con esto para nada. Porque ella me gusta, y estar así a solas únicamente lo hace más obvio e imposible de evitar. Me rio por lo bajo para calmar el ambiente.

—Y esta es la parte en la que me dices que soy diferente —bromeo, pero ella no se ríe.

Me pongo rígido cuando ella se arrastra un poco en el sofá hasta quedar a mi lado, hasta que puedo sentir el calor de su cuerpo mezclarse con el mío. De cerca, veo mejor lo hinchados que tiene los ojos y lo roja que está su nariz. Aun así, está preciosa. Sus labios parecen tan llenos, tan húmedos...

—¿Kelly? —susurro.

No sé qué está haciendo, pero sé que no deberíamos estar tan cerca. No debería tentarme, y es lo que siempre ha hecho desde que la conozco. Me mira a los ojos y sonríe antes de decir:

—¿Yo... te gusto?

Su mano acuna mi mejilla y casi cierro los ojos ante el contacto. Ha pasado tiempo desde la última vez que alguien me tocó con tanta delicadeza y cariño. Ah, está claro que necesito un poco de eso, solo que no creo que debería dármelo ella.

—Kelly.

—Tenemos que hablar de eso en algún momento.

—Lo acabamos de hacer y me he disculpado —respondo con firmeza.

Su sonrisa se desvanece y ella baja la mano. Casi protesto.

—Oh, claro, fue un error. —Se aclara la garganta y aparta la mirada—. Entendido.

Ella vuelve a abrazar el cojín y se pasa la lengua por los labios, apenada. Y en ese momento, todas las veces que me han dicho que me relaje, que me deje llevar sin pensar tanto, me pasan factura. No es el mejor momento, quizá no sea ni la persona indicada, pero quiero besarla. He querido hacerlo desde que la empecé a conocer. Y son las palabras de Gregory lo que termina de darme fuerzas: «No tenemos nada serio, pero aprecio tu sinceridad... Necesitas dejar de tomarte la vida tan en serio, Apolo. Tienes dieciocho años, estás en la universidad y te llueven las chicas. Tú disfruta».

Así que tomo la mejilla de Kelly, ella se tensa un poco y nuestros ojos se encuentran. Trago saliva con dificultad, mis intenciones son claras. Cuando ella se acerca para cortar el espacio entre nosotros, nuestros labios se rozan y una corriente cálida me recorre el cuerpo. Y es como si desatara todo mi deseo. Dejo de pensar y la beso como un desquiciado.

Pocas veces en la vida me he dejado llevar como ahora.

No beso a Kelly con delicadeza, pero tampoco soy salvaje. Nuestros labios se rozan y se chupan con ligera torpeza al principio hasta que cogemos el ritmo. Ella sabe lo que hace, ladea la cabeza y su lengua entra en acción, llevándome a la locura. Unos cuantos segundos de esto y ya puedo sentir el calor que me baja a la entrepierna. Nuestras respiraciones se escuchan en el silencio del salón. Me muerde el labio, suelto un jadeo ronco y vuelvo a besarla con desesperación. Mi boca se mueve de manera más agresiva y ella gime por lo bajito antes de pasar una pierna por encima de mi regazo y sentarse a horcajadas sobre mí para presionarse contra lo que ya es una inminente futura erección.

Mis manos bajan a sus caderas y las aprieto. Ella jadea contra mis labios. No sé si es porque me gusta de verdad, pero las sensaciones que me recorren no se comparan con nada que haya sentido en mucho tiempo. Con Charlotte todo fue muy rápido, muy físico, con Kelly es... más. Este beso es increíble, no solo está cargado de deseo, sino de una necesidad de... cariño... de ser apreciado por alguien. Cómo nos acariciamos, cómo nos besamos... cada gesto tiene un toque de gentileza, de calidez. Mis dedos suben y rozan el borde de su camiseta, entrando en contacto con la piel de su cintura y de su abdomen.

Nos separamos un segundo para respirar.

—Apolo... —susurra mi nombre al abrir los ojos y me pierdo en su mirada durante unos segundos porque no sé qué decir.

Tomo un mechón de su pelo y se lo pongo detrás de la oreja. No deberíamos hacer esto, ¿o sí? ¿Cómo he pasado de consolarla mientras lloraba por otro chico a besarla y tenerla encima de mí de esta forma? ¿Qué estoy haciendo?

—No deberíamos... —gruño cuando ella mueve sus caderas. Ya estoy duro por completo y ni siquiera sé qué iba a decir. Kelly entierra su rostro en mi cuello y lame la piel con agilidad mientras se sigue moviendo. Suspiro, cierro los ojos y dejo caer la cabeza hacia atrás contra el sofá—. Kelly...

Ella sigue lamiendo hasta subir a mi oreja para murmurar:

—Deja de pensar tanto, Apolo.

Su respiración es pesada. Enrosco las manos alrededor de su cintura y puedo sentir cada movimiento que hace encima de mí. La deseo... mucho. Y eso me impulsa a agarrarla de los hombros para despegarla de mí. Me mira confundida y le subo la camiseta, exponiendo sus pechos... pequeños y sexis. Mi erección se sacude un poco ante la vista y ella no dice nada, solo me mira, esperando.

Ya no puedo más.

Me rindo y me inclino hacia sus pechos, mi boca se cierra sobre uno de ellos. Ella gime y arquea la espalda mientras yo lamo y chupo con deseo. He esperado demasiado, me ha tentado tanto... Dibujo un círculo con la lengua sobre la punta ya endurecida de su pecho. Ella me acaricia el pelo y acelera los movimientos de sus caderas. Su entrepierna presionándose contra mi erección es una tortura. Paso al otro pecho, dejando estelas de saliva por toda su piel. Sus movimientos se vuelven torpes y descoordinados, sus gemidos más fuertes, subo la mano y le cubro la boca porque sé que Gregory debe de estar en su habitación.

Puedo sentir la calidez emanando de su entrepierna. Me pongo aún más duro imaginando lo mojada que debe de estar y lo mucho que me gustaría estar dentro de ella ahora mismo. Ella me toma el rostro y me besa de nuevo. Esta vez sí es un beso desesperado, sexual, hambriento. Ya no hay gentileza, ambos estamos demasiado excitados para eso. Nos deseamos y queremos follar, eso está claro.

Pero entonces, el ruido de una puerta que viene del pasillo de las habitaciones nos sorprende. Ambos nos despegamos tan rápido como podemos. Kelly se baja la camiseta y cae lo más lejos posible del sofá, mientras yo agarro el cojín y me tapo la visible erección. Nuestros pechos suben y bajan rápido mientras vemos salir del pasillo a Gregory despeinado. Tiene un ojo entrecerrado mientras se esfuerza por mirarnos.

—¿Qué hacéis despiertos? —pregunta mientras bosteza y su mano tantea la pared buscando el interruptor para encender la luz.

—Charlando para que nos entre sueño —responde Kelly—. No enciendas la luz, nos vas a quitar las pocas ganas de dormir que nos han entrado hablando.

—Me ha parecido escuchar quejidos... —Gregory bosteza otra vez.

—Ah, el balcón está abierto. Ha pasado un coche por la avenida con unos chicos gritando y chillando cosas. Ya sabes, el fin de semana... —explica Kelly. Me sorprende la naturalidad con la que miente, mientras yo no he podido pronunciar palabra.

—Ah... —Gregory se rasca la nuca y me mira—. ¿Estás bien? Asiento.

—Sí, pero no puedo dormir mucho.

—Sigues pensando en Rain, ¿eh? —comenta Gregory y me tenso. Miro a Kelly, cuya expresión se ha ensombrecido—. Estás obsesionado con esa chica, no te culpo, Rain es...

—¿Por qué no has ido a la fiesta? —interrumpo para cambiar el hilo de esta conversación. No soy tan idiota como para ponerme a hablar de otra chica mientras Kelly está a mi lado y acabamos de besarnos como locos.

—Me dieron una patada en el último partido de fútbol y me duele la pierna. Voy a tomarme algo para el dolor —contesta Gregory. Se va a la cocina y esta se ilumina cuando abre la nevera para sacar una botella de agua.

Él vuelve al pasillo, pero se detiene y mira a Kelly como si la esperara. Ella sonríe y se levanta.

—Espero que puedas dormir bien, Apolo —me dice ya de pie.

Camina hacia él y me la quedo mirando hasta que desaparecen en el pasillo. Por un segundo, me atrevo a imaginarla yendo a dormir conmigo, no con él. Y eso me confunde y me crea una amarga sensación en la boca del estómago. ¿Van a follar? ¿Kelly sería capaz de follar con él justo después de haberse excitado por mí?

«Ese. No. Es. Tu. Problema. Apolo», me recuerdo.

Cuando la he besado, sabía que estaba con él. No tengo derecho a sentirme mal. Sin embargo, como soy idiota, me siento extraño de todos modos y no lo entiendo. Lanzo el cojín a un lado y me voy a mi habitación.

Me dejo caer de espaldas en mi cama y reviso el teléfono. Me encuentro con un mensaje de texto de un número desconocido:

No podré dormir si no me disculpo: perdón por la forma en la que te hablé. Solo intentabas ayudar. Rain me ha dado tu número. Xan

Eso me devuelve al desastre mental en el que me encontraba hace un rato. Me paso la lengua por los labios y le respondo:

Yo: No te preocupes, no ha pasado nada.

Xan: Mañana puedes pedir lo que quieras en la cafetería, invita la casa para recompensarte.

Eso me hace sonreír en medio de la oscuridad.

Yo: Vale, hasta mañana, Xan.

ONCE

XAN

Uno, dos, tres, cuatro, cinco.

Ding...

Las puertas del ascensor se abren y respiro hondo. Camino despacio hasta la puerta de nuestro piso y me quedo de pie delante de ella durante unos segundos. Deseo con todo mi corazón que Vance haya bebido lo suficiente en la fiesta y que esté ya durmiendo como un tronco. Mañana será otro día.

Pongo la clave de la puerta y esta se abre con un suave ding. Apenas pongo un pie dentro, escucho el ruido del televisor en el salón, al final del pasillo. Por supuesto que está despierto, esperándome. Vance no es de los que deja pasar las cosas con tanta facilidad. Suelto una bocanada de aire, cierro la puerta y me quito los zapatos para dejarlos en la entrada. Vance es bastante obsesivo con lo de mantener todo impecablemente limpio. Cuando compró este piso, lo reformó: suelos de mármol blanco, cocina blanca... Todo es tan claro que, cuando hay un poco de polvo, se nota de inmediato.

Entro en el salón y ahí está él: Vance. Tiene el pelo negro despeinado, está sin camisa y lleva unos pantalones de pijama, que le cuelgan bastante bajo. Ese cuerpo definido y con músculos marcados ha sido mi lugar seguro tantas veces... Él no me mira, solo le da un trago a la cerveza. Aprieto los labios, no sé qué hacer.

—Vance.

—¿Lo has pasado bien?

Su voz no es cálida, es... oscura. El corazón se me acelera un poco por miedo a discutir, sin embargo, la conversación que he tenido con Rain me da un poco de fuerza.

—He estado en Nora, con tu hermana.

—Eso lo sé.

Coge el mando de la televisión y cambia del programa donde está a otra aplicación que muestra las cámaras de la cafetería.

Frunzo las cejas.

—No sabía... que podías ver las cámaras desde aquí.

Vance me mira.

—¿Y eso te molesta? ¿Porque puedo ver todas las veces que ese niñato ha ido a la cafetería?

Sé que se refiere a Apolo y ahora todo tiene sentido. Por eso Vance ha ido a ayudarme tanto a la cafetería últimamente, porque vio a Apolo en las cámaras. He sido un idiota al creer que iba porque quería pasar más tiempo conmigo.

Vance se pone de pie y camina hacia mí despacio, sus ojos buscan algo en mi expresión.

—¿Te crees que soy idiota, Xan?

—No, tenemos muchos clientes que van todos los días, Vance. Él es uno más.

Él sonríe con malicia.

—¿Uno más? ¿Y qué ha sido esa mierda en la fiesta?

—Es sentido común preocuparse por alguien. Apolo es amable con todo el mundo. No hay nada detrás, te lo juro.

—Quizá no hay nada de su parte, porque por lo que he oído en las grabaciones de la cámara está pillado por mi hermana, pero ¿de tu parte? Te conozco, Xan, sé cómo miras a alguien que deseas.

Sacudo la cabeza.

—Estás loco.

—Y me atrevo a decir que, si no fuera porque he estado contigo todos estos días, habrías coqueteado más con él.

—Vance, hemos hablado de esto. Deja de pensar lo peor de mí, no te he dado motivos para dudar.

Él da otro paso y retrocedo. Me choco con la isla de la cocina detrás de mí, ya no puedo moverme más. Vance me coge la mejilla con delicadeza.

—Mantente alejado de él. No sé qué vas a hacer, pero no quiero volverlo a ver en la cafetería.

Abro la boca para protestar y él me besa. Es un beso corto para callarme, pero de todos modos me hace sentir mil cosas, porque lo amo tanto... Él se separa y añade:

—Estábamos tan bien, Xan. Por favor, no dejes que un tío que acaba de llegar lo arruine todo. Tenemos una vida juntos, hemos construido todo esto con mucho esfuerzo y lo sabes.

—Lo sé.

—Entonces ¿qué es más importante para ti? ¿Cuáles son tus prioridades? ¿Un chico que acabas de conocer o yo?

—Por supuesto que tú eres mi prioridad, pero también quiero hacer amigos, Vance.

Intento aferrarme a lo que he hablado con Rain.

—No los necesitas, Xan, ¿quién estuvo contigo cuando tu madre enfermó? —Mi silencio lo deja seguir hablando—: ¿Quién estuvo ahí para ti en todo? ¿Con las cuentas? ¿Con tu dolor cuando la perdiste? —Él me sostiene la cara con ambas manos y me mira a los ojos—. Nadie te conoce como yo, Xan. Sé que a mi hermana le encanta meterte ideas en la cabeza, pero ella no ha estado en tus peores momentos y lo sabes. Todo son palabras bonitas y promesas vacías hasta que las cosas se ponen feas de verdad y el único que está ahí para ti soy yo.

—Es solo que... tener amigos... es lo normal, Vance —murmuro por lo bajo.

—No, no es lo normal, Xan. Todos fingen tener amigos, pero tú has madurado, has pasado esa etapa ingenua de creer que los amigos son necesarios.

Quiero decir algo más, pero él vuelve a besarme. Esta vez no es un beso corto. Me besa con pasión, su lengua entra en mi boca de forma brusca. Me pasa los brazos por la cintura, baja las manos para apretarme el trasero mientras ladea la cara y profundiza su beso. Su boca deja la mía para lamerme el cuello y me dejo llevar, ¿cómo no hacerlo? Nunca pensé que llegaría a amar a alguien de esta forma. Me consume y me desarma cada vez más.

El sonido de la ducha resuena por toda la habitación, Vance se ha dejado la puerta del baño abierta. Estoy acostado de lado en la cama, la sábana me cubre el cuerpo desnudo. Clavo los ojos sobre la gran pared de cristal que nos da una vista preciosa de Raleigh por las noches, sin que nadie nos pueda ver a nosotros desde afuera.

Vance sale ya vestido, secándose el pelo con la toalla.

—Estaré en el estudio. Tengo directo, puede que no vuelva hasta el amanecer. —Se inclina y me da un beso corto—. Descansa.

No digo nada porque esta es la rutina de todos los fines de semana. Vance hace directos por la noche desde el estudio que está al otro lado del piso. Pocas veces duerme conmigo y eso es algo que echo mucho de menos. Esta habitación, por muy lujosa que sea, se ha vuelto fría y solitaria para dormir.

Lo veo salir y cerrar la puerta, y pienso en otra cosa que me incomoda un poco. Vance nunca ha hecho pública nuestra relación, ni siquiera ha salido del armario con sus seguidores. Respeto su tiempo y sus decisiones, pero es un poco incómodo verlo usar su atractivo y coquetear para atraer a chicas con descaro... Siento que las usa, las deja hacerse ilusiones... o quizá lo pienso demasiado. Estoy seguro de que ellas lo aceptarían igual si fuera sincero.

Pero luego está el tema de las «colaboraciones» que hace con otras influencers, donde coquetean o hacen vídeos de relaciones «goals» y esas cosas. Sé que no es real; aun así, me duele un poco verlo hacer esas cosas con otras personas y no conmigo. No tengo nada en contra de ellas, pero me encantaría ser quien haga ese tipo de vídeos con él. Ver comentarios donde nos desean lo mejor y esas cosas bonitas que le ponen cuando él sube vídeos con chicas.

Me giro para tumbarme bocarriba y me quedo mirando el techo. Al final, pienso en lo que he estado evitando desde hace rato: Apolo.

Su expresión dolida me persigue y sé que debo disculparme, por eso le he pedido su número a Rain en la cafetería. Cojo el móvil de la mesilla de noche y le escribo:

No podré dormir si no me disculpo: perdón por la forma en la que te hablé. Solo intentabas ayudar. Rain me ha dado tu número. Xan

Nervioso, espero una respuesta que quizá no llegue. Apolo está en todo su derecho de no hablarme nunca más después del espectáculo de la fiesta. Mi móvil vibra y abro el mensaje tan rápido que casi lo llamo por accidente.

Apolo: No te preocupes, no ha pasado nada.

Vuelvo a respirar.

Xan: Mañana puedes pedir lo que quieras en la cafetería, invita la casa para recompensarte.

La advertencia de Vance me chilla en la cabeza; aun así, puedo prepararle un último café antes de pedirle que no vuelva a Nora. Ni siquiera sé cómo le voy a decir eso.

Apolo: Vale, hasta mañana, Xan.

Suspiro, aparto el móvil y miro el techo de nuevo. Me pongo de pie y camino al ventanal, observando las luces de la ciudad.
Me siento solo...
Vance dice que no hace falta tener amigos, pero él sí los tiene y sale con ellos, se divierte mientras yo estoy aquí en este lugar frío y solo. Nunca he sido una persona que se rodeara de mucha gente, solo éramos mi madre y yo. Me crie a las afueras de Raleigh, en una zona rural y de gente con una mentalidad bastante cerrada. Tuve que fingir que era como los otros chicos porque la única vez que dejé

salir mi yo verdadero se burlaron tanto que aún tengo pesadillas con eso. Sin embargo, siempre he querido rodearme de más gente, y tener muchos amigos. Siempre he querido que me acepten como soy, que se rían conmigo, y que me apoyen y me dejen apoyarlos. Es como si hubiera una parte de mí... de ese Xan niño que quiere ser aceptado y tener esos amigos que nunca tuvo en la escuela.

Pero Vance tiene razón. Quizá lo único que necesito es una sola persona que esté ahí conmigo. Mi madre lo era todo para mí y ahora él lo es. Este vacío que busca aceptación y amistad se llenará con el tiempo, ya no soy un niño. Así estoy bien, no necesito nada más.

Me visto y voy a hacerme una manzanilla. Con la taza en mano, me acerco al estudio. La puerta está entreabierta y puedo ver a Vance sentado frente al ordenador riéndose y pasándose la lengua por los labios.

—Gracias por esas donaciones, rosita276, tú siempre apoyándome tanto. A ver cuándo nos vemos y te doy un abrazo.

Hago una mueca y me giro sobre mis talones para volver a la habitación. Al entrar, veo la pantalla de mi móvil encendida.

Una llamada perdida de Apolo.

Trago saliva con dificultad y dudo. Miro la puerta de la habitación y la cierro. Me siento en la cama y le devuelvo la llamada.

—Eh, ¿me has llamado?

Su voz suena ronca al otro lado de la línea.

—Sí, solo quería asegurarme de que estuvieras bien.

—Estoy bien, deja de preocuparte por mí.

Apolo suspira.

—No puedo dormir.

—¿Y llamarme es la solución? —pregunto mientras me pongo cómodo en la cama y dejo la taza de manzanilla sobre la mesilla de noche.

—Lo siento, ¿estabas durmiendo?

—No.

—¿Estás... con él?

—Sí, ahora está... trabajando. —Antes de que él pueda decir algo sobre Vance, hablo—: ¿Y por qué no puedes dormir? ¿Piensas demasiado en Rain?

—Pienso demasiado en todo, pensar es mi pasión.

Eso me hace sonreír.

—Lo noté en la cafetería... y ¿en qué piensas?

—En que debo dejar de besar a chicas si no estoy seguro de lo que quiero con ellas.

Oh.

—Apolo... eres todo un chico malo, ¿eh?

—Nah, no es lo que crees. Todos me dicen que debo relajarme y todo eso, vivir la vida, pero entonces termino dejándome llevar en los peores momentos.

—¿Y la terminas cagando?

—Básicamente.

—¿Y qué hay de malo en eso? Bienvenido a la vida, Apolo, donde todos la cagamos constantemente.

—No me gusta equivocarme... Tengo que ser...

—¿Perfecto? —termino por él—. Si eso es lo que piensas, vas a tener una larga vida de decepciones. Buscar la perfección solo hará que te frustres.

—Se te da bien dar consejos, Xan.

—Gracias.

—¿Se te da igual de bien darte consejos a ti mismo?

Me tenso.

—No mucho.

—Creo que todos somos así, ¿no? Expertos a la hora de darles consejos a los demás y no a nosotros mismos.

Tomo un sorbo de mi manzanilla y digo:

—¿Por qué nos estamos poniendo profundos a las dos de la mañana?

Otro suspiro de Apolo.

—Las mejores conversaciones se tienen de madrugada.

—Bueno, háblame de ti, Apolo. Lo único que sé hasta ahora es cómo te gusta el café, que besas a chicas, que te da miedo cagarla y que te gusta Rain.

—Por dónde empezar... —susurra y sonrío hasta que la puerta de mi habitación se abre de golpe.

Vance entra y su mirada va al móvil en mi oreja. Su rostro se enrojece de una furia absoluta y lo bajo de inmediato mientras cuelgo la llamada.

—¿Con quién hablabas? —Corre hacia mí y pongo el móvil fuera de su alcance, a mi espalda—. ¡Xan!

—¿No estabas haciendo un directo?

Él se inclina y me agarra del brazo con fuerza. Hago una mueca de dolor, pero consigo soltarme.

—Vance, ¡cálmate!

—¡¿Con quién hablabas?! —me grita en la cara y me coge del pelo para obligarme a levantarme.

—Vance, para.

Lucho por liberarme, pero sus dedos se tensan y el dolor en mi cuero cabelludo crece. Con la otra mano, me quita el móvil y solo puedo ver que su ira sobrepasa todos los límites al ver el nombre de Apolo en la última llamada.

—¡Sabía que no podía confiar en ti!

Vance me suelta y me estrello contra la pared, yo gimo de dolor. Me lanza el móvil, furioso y lo atrapo apenas en el aire.

—¡Acabamos de tener esta maldita conversación! Y en cuanto me descuido, ¿lo llamas? ¿Qué mierdas te pasa, Xan?

—Él solo quería saber que había llegado bien a casa, es todo.

—Es que de verdad no te importo nada.

—Vance...

—¡Acabamos de hablarlo! ¡Maldita sea!

—No estaba haciendo nada malo, solo estaba hablando con él.

—¿Justo después de que te dijera que no quería que lo hicieras? Tú no me amas, Xan, porque si lo hicieras, no me harías esto.

—¿Hacerte qué?

—Hablar con alguien que te he pedido específicamente que apartes de ti.

—Vance...

Él se da la vuelta y se agarra la cabeza cuando me mira, sé que no va a gustarme lo que va a decir:

—Por eso nadie te tomaba en serio antes de que yo llegara a tu vida, porque haces cosas como esta.

Eso duele mucho. Antes de que conociera a Vance, salí con varios chicos e incluso me enamoré. Por desgracia, ninguno quería nada serio, siempre terminaba con el corazón roto. Por eso las palabras de Vance abren una herida llena de inseguridades y no sé qué decir.

—¿Esto es lo que eres, Xan? ¿Un promiscuo de mierda?

—No, no. Te amo a ti, Vance, solo a ti. No hay nadie más.

—Entonces, demuéstralo. —Sus ojos negros me observan de pronto—. Dame tu móvil.

—¿Qué?

—Dame tu maldito móvil. No voy a poder seguir haciendo el directo tranquilo si no estoy seguro de que no estás aquí hablando a escondidas con él.

—Vance, te estás pasando de la raya, no voy...

—¡Dame tu maldito móvil!

La furia que emana de él me aterra y termino cediendo. No quiero que esto escale a más, no quiero que vuelva a hacerme daño. Y como si quisieran empeorar las cosas, mi móvil vibra con una llamada entrante de Apolo.

—Debe de estar preocupado porque le he colgado, es todo.

—Contesta y ponlo en altavoz. Le vas a decir que lo quieres fuera de tu vida o yo qué sé.

Sacudo la cabeza y Vance tensa la mandíbula.

—Xan.

—Vance, por favor.

—¡Hazlo! ¿O debería hacerle algo a él?

Eso me paraliza.

—No.

—Entonces, haz lo que te digo.

Asiento, contesto y lo pongo en alta voz.

—¿Xan? ¿Todo bien?

Al escuchar la voz de Apolo me dan ganas de llorar, porque tengo mucho miedo y porque hace unos minutos me sentí acompañado y a salvo hablando con él; sin embargo, me contengo.

—Apolo, creo que es mejor... que borres mi número. La verdad, no tengo tiempo para andar haciendo amigos ahora. Mucha suerte con todo.

—¿Qué? ¿Qué dices, Xan?

—Por favor, déjame tranquilo, no me compliques la vida. No me llames más. Adiós.

Y cuelgo.

Durante unos segundos que parecen eternos, Vance solo me mira y luego se me acerca y me toma de la cara.

—¿Ves? No ha sido tan difícil, Xan. Nos vamos a ahorrar muchos problemas con esa llamada. ¿Quieres otra pelea como esta?

—No.

—Y no la tendremos porque él ya no estará. Vamos a estar bien, somos tú y yo contra todo. Eres lo más importante para mí, por eso me pongo así.

Me abraza. Su cuerpo solía ser un lugar cálido y seguro, pero ahora lo siento frío, como las paredes y el cristal del ventanal con vistas a la ciudad. Con la barbilla sobre su hombro, dejo que las lágrimas se formen en mis ojos. Las luces de la ciudad se vuelven puntos borrosos y una tristeza profunda me recorre y me asfixia.

Recuerdo a mi madre y todo lo que trabajó y luchó por mí, lo mucho que sufrió cuando enfermó. Lo dio todo por criarme... ¿Estaría orgullosa de mí? ¿O todo lo contrario? Ya no sé quién soy o cuál es mi camino. Lo único que tengo es a Vance y él parece seguir cambiando cada día. El chico dulce y serio del que me enamoré ya casi ni sale a la superficie. Pocas veces recibo algo de cariño, como antes cuando follamos, sin que algo doloroso pase después, como ahora.

Tengo una deuda constante de cariño y el precio es el dolor.

Vance me acaricia la espalda.

—No llores, no es para tanto. No seas dramático, Xan.

—Lo siento.

—Haré que se te pase todo esto.

Vance me sigue abrazando y comienza a besarme el cuello mientras me toca. Lo último que quiero es follar, pero no tengo fuerzas para detenerlo o para enfrentarme a él. No quiero que me grite o me golpee de nuevo porque piense que no quiero hacerlo, porque estoy pensando en Apolo o cualquier locura que se pueda imaginar. Por eso no protesto cuando me besa y me quita la ropa, ni cuando me gira y me inclina sobre la cama. Mi cuerpo responde al estímulo automático de la costumbre y la familiaridad, pero mi mente está nublada, ausente, es como si no estuviera aquí.

Y no quiero estar aquí, así que me permito pensar en otras cosas, en los que solían ser mis amigos, en el aroma del café fresco de mi madre, en las palabras de Rain, en lo amable y cálida que es la sonrisa de Apolo. Las lágrimas caen de mis ojos y aterrizan sobre las sábanas y las mojan.

Porque me siento solo, atrapado, y porque, más que nada en este mundo, quiero tener amigos.

DOCE

APOLO

—Creía que eras mi amigo, Apolo.

Me reprocha Érica enfadada.

—Y lo soy.

—¿Un insuficiente? ¿En serio?

Érica le echa un vistazo a mi ensayo frunciendo las cejas. No la culpo, nos preparamos juntos este trabajo de Psicología Social. Le encantó todo lo que le dije que escribiría, pero de los dos, la única que terminó plasmando sus brillantes ideas fue ella. Yo apenas escribí unas cuantas líneas; de verdad, ha sido un milagro que no suspendiera más trabajos. He tenido muchos problemas de concentración y de motivación. Cuando intento indagar qué pasa, todo me lleva a esa jodida noche y lo aparto de inmediato. Sin mencionar lo que pasó la última vez que vi a Rain, que conocí a su hermano y que Xan me pidió que me alejara de él.

—¿Qué ha pasado?

Érica me devuelve mi papel y se cruza de brazos. La brisa otoñal mueve sus rizos con suavidad, uno le cruza la nariz y ella lo aparta de mala gana. Está esperando una respuesta. Evito mirarla y me centro en un árbol que ya ha perdido todas sus hojas al otro lado de la ventana de la cafetería de la universidad.

—¿Apolo? —insiste.

—No lo sé.

Ella suspira y le da un sorbo a su café.

—Ah, teníamos que haber ido a Nora, el café de aquí es horrible.

Me paso la lengua por los labios y la miro. Pienso que tiene razón, pero por algún motivo, no he ido a Nora desde hace más de una semana. Tampoco he hablado con Rain. Cuando estoy en casa, me paso el día en mi habitación encerrado, no quiero encontrarme a Kelly y ni puedo mirar a Gregory después de lo que pasó. Es como si no quisiera lidiar con nada ahora, pero ¿por qué?

—Apolo, ¿estás bien? —Asiento, Érica hace una mueca—. No lo parece, sé que no eres el más hablador, pero últimamente estás más callado de lo normal, y estás... —Señala el sándwich que no he tocado—. Es el tercer almuerzo que te veo dejar esta semana.

—Solo estoy un poco desanimado, supongo.

—¿Deprimido?

—No, ya se me pasará.

—¿Echas de menos a tu familia?

Ahora que Érica lo menciona, tiene algo de razón. Echo de menos la sonrisa angelical de mi sobrina, las caras de Artemis, los consejos de Claudia y el abrazo cálido del abuelo. Las vacaciones de Acción de Gracias parecen tan lejos..., quizá pueda ir un fin de semana en plan sorpresa. Aunque no quiero preocuparlos y estoy seguro de que, si voy, comenzarán de nuevo con lo de que necesito ir a terapia. Sé que necesito hablar de esa noche, de lo que pasó, pero cada vez que me imagino hablándolo, me dan escalofríos.

—Me tomaré ese silencio como un sí —responde Érica.

¿Ah?

Claro, su pregunta.

—Creo que todos extrañamos a nuestra familia, ¿no?

Érica abre la boca para decir algo y le lanzo una mirada seria, no quiero hablar de eso. Ella suspira.

—Bueno, ¿cómo te ha ido con Rain? Nunca me dijiste si hablaste con ella en la fiesta o no. De un momento a otro, desapareciste.

—Eh, es complicado.

—¿Por qué?

—Es una larga historia.

Érica me observa, curiosa.

—Apolo, ¿de verdad te gusta Rain?

—¿Por qué parece que lo dudaras?

—No lo sé, para el proyecto estuve investigando cosas muy random. —Se detiene, concentrada—. ¿Alguna vez has oído hablar del efecto puente colgante? Es un término que se utiliza para describir los fenómenos de atribución errónea de excitación.

—No lo he escuchado.

—Según Google, ocurre cuando una persona cruza un puente colgante y ve a alguien. Su miedo a caerse hace que su corazón lata con fuerza. Y la persona puede confundir esta sensación con el sentimiento palpitante que se siente al enamorarse.

—¿A dónde quieres llegar?

—A que quizá no te gusta Rain, solo confundes lo que sientes porque ella te salvó esa noche. Fue la luz en tu oscuridad, seguridad a tu miedo... Fue esa persona al final del puente colgante.

Bufo.

—Érica, sin ofender, pero llevas poco más de un año en la carrera, y ¿ya me estás analizando? Peor aún, ¿diciéndome que mis sentimientos no son reales?

—No te estoy diciendo eso, solo era una observación. —Se encoge de hombros.

Sonrío.

—Vámonos, señorita observadora.

Salimos de la cafetería y voy mirando a Érica mientras continúa diciéndome que, si necesito ayuda con los ensayos, ella estará ahí. Con el rabillo del ojo, capto ese pelo rubio y giro el rostro al frente para verla venir: Rain. Su pelo se ondea a un lado con el viento, y en medio de los árboles secos del jardín de la universidad, ella resalta... con su energía y con esa sonrisa que me lanza cuando me ve y que me acelera el corazón. Nah, Érica tiene que estar equivocada, esto es real.

—¡Apolo! —Sacude la mano en el aire mientras se acerca, va toda vestida de negro con unos vaqueros holgados y un suéter manga larga.

Érica suelta una risita a mi lado.

—Voy a ver si la gallina puso... —dice mientras comienza a alejarse.

—¿Qué? —pregunto confundido.

Érica me señala a Rain con la boca y susurra «Al ataque» antes de irse.

Me aclaro la garganta y le devuelvo a la sonrisa a Rain cuando ella se detiene frente a mí.

—Hola —saludo un poco nervioso.

—Cuánto tiempo sin verte, Apolo. —Parece tan emocionada de verme que siento la necesidad de pellizcarle las mejillas porque es tan tierna..., sin embargo, me controlo.

—Sí, he estado un poco ocupado... —Bajo la mirada al ensayo con el insuficiente en mi mano, Rain sigue mi mirada— fallando en la universidad, supongo.

Ella sacude la cabeza.

—No te preocupes, todos somos un poco torpes al principio. —Se encoge de hombros—. El primer semestre es de cambios, ajustarnos a las expectativas, entender el sistema y todo eso. No te sientas mal.

La energía de Rain es tan potente que enseguida me siento animado, es algo muy extraño, así que entrecierro los ojos y la molesto un poco:

—¿Dices que sacaste malas notas el primer semestre? Guau, no me lo esperaba de ti, Rain.

Ella se ríe.

—Oh, yo siempre saco sobresalientes. —Se toca la cabeza—. Soy insufriblemente inteligente.

—Entonces, esas palabras de aliento solo se aplican a los pobres mortales como yo.

—Tú no eres un pobre mortal. —Rain me mira a los ojos—. Como dijo Xan, eres más bien un dios griego.

Maldigo el calor que siento subirme por el cuello porque no puedo ser más obvio. Rain alza una ceja.

—¿Te estás sonrojando?

—Nope.

Rain se ríe y se me acerca de forma juguetona.

—Apolo, dios griego.

Me rio con ella.

—Para.

—Diooos griegooo.

—Rain —le advierto. Cuando no para, me atrevo a dar un paso hacia ella, cosa que la obliga a retroceder, por su rostro está claro que se divierte.

—¿Oh? ¿Se ha enojado el dios griego?

Doy otro paso y ella retrocede de nuevo. Esta vez se tropieza y, antes de que pueda caerse, la agarro de la cintura. Ese olor a perfume cítrico lo invade todo y me ofrece un bienestar abrumador. Rain encaja a la perfección en mis brazos y su sonrisa se desvanece con nerviosismo, tiene las mejillas enrojecidas. Durante unos segundos, no decimos nada, estamos tan cerca que puedo ver que algo destella en sus ojos. Bajo la mirada a sus labios, están entreabiertos y me pregunto cómo será tenerlos contra los míos. Ella se aclara la garganta y se suelta para decir:

—Debo... ir a clase.

—De acuerdo.

Sonrío.

—Nos vemos, Apolo.

—Nos vemos, Rain.

Ella se va y sigo mi camino, con el corazón aún acelerado.

Dos días después, me encuentro caminando hacia Nora al terminar las clases.

Solo quiero asegurarme de que Xan esté bien. Así que suspiro y empujo las puertas de la cafetería. Durante unos segundos, veo a los clientes en las mesas, está lleno como de costumbre, pero no hay nadie detrás del mostrador. Entonces, ese pelo azul sale de debajo de la barra, seguro buscando algo en los cajones inferiores, y me detengo. Xan está igual que siempre, relajado, con las mejillas sonrojadas, y silba y tararea la canción que suena por los altavoces. Lo único diferente que noto es que lleva puesta una camiseta de cuello alto. Las alarmas se disparan en mi cabeza, pero respiro hondo mientras me acerco, ya sé que confrontarlo no lleva a nada.

Xan me ve y durante unos segundos sus ojos se abren un poco antes de continuar preparando cafés como si nada. Por suerte, no veo a Vance por ninguna parte.

—Hola —digo al llegar al mostrador.

Xan se gira hacia mí y me ofrece esa sonrisa de servicio al cliente, clásica y distante.

—Bienvenido a Nora, ¿en qué puedo ayudarte?

—Xan, ¿estás bien?

Él no dice nada, solo se queda ahí, esperando y recuerdo la llamada de hace unos días.

«Apolo, creo que es mejor... que borres mi número. La verdad, no tengo tiempo para andar haciendo amigos ahora, mucha suerte con todo. Por favor, déjame tranquilo, no me compliques la vida. No me llames más. Adiós».

—Quiero un café latte para llevar —respondo al fin.

Xan mete el pedido en el sistema y me dice:

—Serán tres dólares con cuarenta y cinco. —Pago y él continúa—: Estará listo en cinco minutos.

Me da la espalda para irse a preparar el café. Me quedo ahí mirándolo, en parte no me lo creo porque Xan nunca me ha tratado así, ni siquiera cuando solo era un cliente y no hablábamos. Siempre ha sido cálido y divertido. Solía hacer bromas cuando yo venía a pedir y ni nos conocíamos.

«Apolo, ¿eh? Déjame adivinar, hoy con este clima, seguro que pasas de tu clásico latte y quieres un chocolate caliente», me decía.

No puedo evitar culparme un poco, ¿me he entrometido demasiado? ¿Le he incomodado? Para mí es imposible ver lo que está pasando con Vance y no decir nada. Sin embargo, ¿decir algo era lo mejor? ¿O ayudar a Xan poco a poco a que se dé cuenta por sí mismo? Me pasé varias noches viendo foros y testimonios de víctimas de abuso, y los caminos y las respuestas son variados. Lo más importante es estar ahí para la persona, dejarle claro que te preocupa su seguridad y estar pendiente de llamar a las autoridades, incluso cuando la víctima se enoje porque lo hagas, en algunos casos es de vida o muerte. Quizá para Xan solo soy un desconocido entrometido, pero para mí, él es un buen chico y nadie se merece pasar por algo como esto, nadie.

Recojo mi café ante el silencio frío de Xan y salgo de ahí.

Me siento un poco intenso al esperar en la oscuridad sentado en uno de los banquitos que hay delante de Nora, mientras observo cómo Xan acomoda y cierra todo. Tengo la esperanza de que, quizá cuando termine, podamos hablar. Mientras espero, saco mi móvil y envío un mensaje de texto:

Yo: Si me vieras en estos momentos, tendrías una sensación de *déjà vu.*

Raquel: ¿¿?? ¿En qué andas, Lolo?

Yo: Esperando a un chico en la oscuridad.

Raquel: JAJAJAJA
Esto no me lo esperaba.

Yo: Ni yo.

Raquel: ¿Es guapo?

Yo: No es lo que crees, solo estoy preocupado por él.

Raquel: Claro, y yo iba a ver a Ares practicar fútbol porque me encanta ese deporte.

Yo: Ni se lo menciones a Ares.

Raquel: Tranqui, Ares está a miles de kilómetros ☹

Yo: Oooh, ¿lo echas de menos?

Raquel: Siempre, pero ese no es el tema. Ya me he hecho un chocolate caliente, cuéntame cosas de este chico que tiene a Lolo Hidalgo esperando en la oscuridad.

Sonrío porque aún falta para que Xan cierre, así que le cuento a Raquel todo lo que ha pasado, con Rain, Xan y Vance. Siempre me he sentido tan cómodo con ella y con Dani, sin miedos, con total confianza. Y pensar que todo comenzó porque Raquel me dio una copa aquella noche en el bar de Artemis. Nunca pensé que llegaríamos a ser tan buenos amigos todos.

Raquel: Vaaale, demasiada información. Me descuido dos segundos y ya tienes tremenda movida en la universidad.

Yo: Lo sé.

Raquel: Apolo, ¿te puedo preguntar algo?

Yo: Claro.

Raquel: ¿Te gusta Xan?

Bufo y me rio.

Yo: Claro que no.

Raquel: Mmm, estás en la fase de negación.

Yo: Que no, Raquel, solo estoy preocupado por otro ser humano en una situación difícil.

Raquel: Ujuuum.

Puedo imaginar sus ojos entrecerrados en este momento en incredulidad.

Yo: Me gusta Rain, lo sabes.

Raquel: Te puede gustar Rain y te puede gustar Xan, las dos cosas no se cancelan la una a la otra, pueden coexistir.

Yo: Parece que...

Raquel: Que estoy estudiando Psicología, ¿eh?

Yo: No te inventes cosas, ¿de acuerdo? Sería demasiado complicado que me gustaran los dos.

Raquel: Complicarse parece ser la pasión de los Hidalgo.

Veo que Xan se pone la chaqueta, un gorro negro y apaga las luces.

Yo: Lamento cortar tu momento de psicóloga loca, pero ya me tengo que ir.

Raquel: Buena suerte, tigre, grrr.

Hago una mueca y me meto el móvil en el bolsillo. La odio.
Corro a las puertas de Nora y encuentro a Xan cerrándolo todo. Cuando se gira y me ve, da un brinco.
—Lo siento, no quería asustarte.
Xan no dice nada y comienza a caminar, lo sigo.
—Xan, quería disculparme si te he incomodado, solo me preocupaba por ti.

Se mete las manos en los bolsillos de la chaqueta. Se detiene cuando nos hemos alejado de Nora, le lanza un vistazo a la cafetería en la distancia y una expresión de miedo cruza sus ojos antes de mirarme.

—Apolo, no tienes que disculparte, no has hecho nada malo, ¿de acuerdo? Vete a casa.

—Si no he hecho nada, entonces ¿por qué ya no quieres hablarme? —No me gusta la necesidad que brota de mi tono de mi voz.

Xan se pasa la lengua por los labios.

—Mi vida es complicada, Apolo. Me gustaría que pudiéramos ser amigos, pero... ahora no se puede, ¿de acuerdo? Quizá más adelante.

—¿Te lo ha prohibido Vance?

Xan hace una mueca ante la mención de ese nombre.

—No, ha sido mi decisión.

—¿Tu decisión? ¿De la nada? Xan, estábamos hablando de lo más relajado esa noche y de pronto cuelgas. Y cuando vuelvo a llamarte, ya no quieres seguir hablándome. Es demasiado obvio que esto no es tu decisión.

—¿Por qué no lo dejas estar? Si alguien no quiere hablarte, lo dejas y ya.

Sus ojos me evitan.

—Si supiera que esto es tu decisión, me apartaría sin dudarlo.

—¿Qué necesito hacer para demostrarlo? ¿Jurarlo? ¿Por qué debería darte explicaciones? Acabas de llegar a mi vida, no tienes ningún derecho.

Pocas veces a lo largo de mi existencia me he enojado, pero Xan sabe exactamente qué decir para frustrarme. Doy un paso hacia él y toda su compostura de frialdad y desinterés se quiebra un poco. Me mira, nervioso.

—¿Qué haces?

Me detengo justo frente a él.

—Mírame a los ojos y dime que no quieres volver a hablarme.

Sus mejillas se enrojecen aún más que de costumbre. Y él aparta la mirada.

—No tengo que hacer nada.

No quiero incomodarlo, así que retrocedo.

—Aquí estaré, Xan, para lo que necesites. No me voy a imponer ni te obligaré a hablarme. Solo quiero que sepas que él no debería escoger a tus amigos, que no debería controlar tu vida hasta este punto, y sé que tú lo sabes. Eres un chico inteligente. Buenas noches.

Y me voy, porque es como hablar con una pared y yo tampoco puedo obligarlo a ser mi amigo. Mientras me alejo, algo palpita con fuerza en mi pecho y tardo unos segundos en darme cuenta de que es mi corazón. Sonrío como un idiota porque puede que la loca de Raquel tenga razón. Complicarse la vida parece ser la pasión de los Hidalgo.

TRECE

RAIN

«No puedo dejar de pensar en él».

Es ridículo y no debería estar pasando. ¿Cuántas veces nos hemos visto? ¿Cuatro, cinco? Eso no debería ser suficiente para que se mantenga en mi cabeza tan seguido. Ni en las novelas de mi madre se enamoran tan rápido. ¿Enamoran? Ah, Rain, necesitas un poco de autocontrol. Es su culpa, por estar tan bueno, por tener una mirada tan dulce y una sonrisa tan cálida. Solo soy una víctima más del envoltorio perfecto que es Apolo Hidalgo. Tengo un pequeño crush y ya está, no pasa nada. Es normal, normalísimo.

—¿Qué te ha hecho ese cuaderno para que lo tortures así? —me pregunta Gregory, señalando delante de mí.

Veo que mis apuntes son un desastre. He clavado el lápiz con tanta fuerza que el papel se ha roto en varias partes. Disimulo con una sonrisa angelical.

—Estoy explorando mi expresión artística.

Gregory levanta una ceja.

—¿Asesinando las hojas? No dejas de sorprenderme, Rain Adams.

—Cállate.

Él alza las manos, a modo de rendición.

—¿Has venido a repasar los apuntes o a atacar a tu cuaderno? —Gregory toma un sorbo de su bebida energética y la pone sobre la isla de la cocina. Su cocina.

Sí, porque tengo un crush tan normalísimo, que ahora mismo estoy en el piso de Gregory. El que sé que comparte con cierto chico que no se me va de la cabeza.

«Muy sutil, Rain».

—Vamos a repasar —propongo.

Paso la página que he destrozado y llego a los apuntes. Mis ojos inquietos viajan al pasillo de entrada y luego al pasillo que lleva a las habitaciones, aprieto los labios. Gregory sigue mi mirada.

—Apolo no está —responde como si yo hubiera preguntado.

—De acuerdo, gracias por esa información que no he pedido.

Gregory se echa hacia atrás en la silla y se cruza de brazos.

—Me recuerdas a alguien. Eres muy obvia, Rain.

—¿Obvia?

—Ambos sabemos que tu media supera la mía por mucho. No me necesitas para este examen, así que estás aquí por cierto Hidalgo.

Me río de forma fuerte y sonora, muy exagerada.

—¡Por favor, Gregory! —bufo, entornando los ojos—. Estás imaginando cosas.

Él solo me observa, divertido.

—Nunca te había visto así —comenta, sonriente—. Sueles ser tan calmada, nunca estás inquieta ni nerviosa. Te tiene mal, ¿eh?

Abro la boca para protestar, pero entonces escuchamos el sonido de la puerta principal. Me quedo fría y entro un poco en pánico. ¿Qué pensará Apolo al verme aquí? ¿Será raro? ¿Será obvio, como ha dicho Gregory? No, no tiene que serlo. Gregory y yo nos conocíamos antes de que Apolo llegara a la universidad; tampoco es la primera vez que lo visito. Todo está bien.

Apolo sale del pasillo de entrada y se detiene cuando me ve.

—Oh, Rain —dice, sorprendido y mira a Gregory—. No sabía que teníamos visita.

Me lo quedo mirando porque ha pasado más de una semana desde que lo vi por última vez en la universidad. No hemos hablado ni nos hemos enviado mensajes, nada. Maldigo por dentro porque sigue estando igual de guapo que siempre. Hoy lleva camiseta blanca y vaqueros, tiene el pelo más desordenado que nunca. También noto sus ojeras y el cansancio en su expresión. Por lo que parece, él sigue luchando por adaptarse a todo.

—Sí, he venido a repasar unos apuntes con Gregory —digo, ocultando los nervios en mi voz.

Apolo se acerca y me pasa por el lado para buscar una botella de agua en la nevera. Observo su perfil mientras echa la cabeza hacia atrás y bebe, hasta su cuello es sexy. Aparto la mirada y me encuentro a Gregory con una expresión de burla que me dan ganas de darle una bofetada. Apolo termina y se sienta al otro lado de la isla, junto a Gregory.

—¿Qué estudiáis?

Gregory me mira.

—Sí, Rain, ¿qué estudiamos hoy?

Le lanzo una mirada de pocos amigos porque no tengo ni idea de qué apuntes estamos repasando, o bueno, que se supone es lo que deberíamos estar haciendo.

—Creo que Anatomía, Apolo. Necesitamos voluntarios —agrega Gregory.

Estoy a punto de lanzarle algo cuando el rostro de Apolo se contrae, confundido.

—¿Anatomía? ¿En Ingeniería?

—Está bromeando. —Suelto una risita nerviosa—. Ya sabes cómo es.

—Y este bombón tropical se ha agotado. —Gregory se pone de pie, estirando los brazos—. Voy a echarme una siesta.

—Claro. —Me levanto porque esa es mi señal para irme, pero Gregory alza la mano y me apunta con el dedo—. No, no tienes que irte. De hecho, es jueves de películas y yo estoy un poco enfermo.

—Estabas bien esta mañana —le recuerda Apolo.

—Pero ya no, las cosas cambian, Apolo. La vida es un constante ciclo de movimiento y ganas —explica con una expresión solemne.

—¿Qué?

—El hecho es que, Rain, me debes un favor. Así que acompaña a Apolo a ver la peli de hoy, es de terror y le da miedo. —Y se da la vuelta como si nada—. Chao.

Nos deja solos, sin más. Gregory es muchas cosas, pero sutil jamás.

Nos quedamos en silencio. Me gustaría decir que no es un poco incómodo, pero sí lo es. Él no esperaba encontrarme aquí y yo no sé qué buscaba al venir. Apolo se rasca la nuca, tiene los ojos en todos lados menos en mí.

—¿Cómo has estado? —pregunto, intentando ahogar esta incomodidad—. Pareces estresado.

—Creo que es un poco de todo. Echo de menos a mi familia y las clases son duras, ya sabes.

Eso despierta mi curiosidad.

—¿Cómo es tu familia? Solo sé que son ricos y bastante conocidos.

Eso no es del todo cierto, porque sé mucho más que eso. He buscado información sobre su familia: tiene dos hermanos y sus padres están separados. Es muy fácil encontrar esas cosas cuando hay hasta artículos de prensa sobre los Hidalgo.

—Somos una familia normal, supongo. Mi hermano mayor, Artemis, está casado, y tengo una sobrina preciosa que se llama Hera. El mediano es Ares, estudia Medicina y tiene una novia desde hace años que es una de mis mejores amigas. Mi padre es..., ya sabes, como son todos los padres. Y mi madre... —Se detiene y aprieta los labios antes de volver a hablar—: También está mi abuelo, al que adoro, gracias a él soy un ser humano decente.

—¿Así es como te ves a ti mismo? ¿Como un ser humano decente?

—Eso me gusta creer.

—Creo que te minimizas. A mí me pareces un ser humano increíble —digo con sinceridad.

Apolo se ha portado muy bien desde que lo conocí. Lo que más me ha hablado de su carácter es la forma en la que ha estado ahí para

Xan, aunque lo acaba de conocer y a pesar de lo testarudo que es ese «peliazul».

Apolo se sonroja como de costumbre, recibir cumplidos es algo que aún parece costarle y no lo entiendo. Hablando superficialmente, es muy atractivo, estoy segura de que ha recibido muchos cumplidos a lo largo de su vida. ¿Cómo es que aún no se acostumbra a ellos?

—¿Y tú cómo estás? —Su pregunta me hace suspirar.

—Cansada y... —«Pensando en ti a cada rato, revisando mi móvil y esperando un mensaje tuyo. Confundida porque pensé que éramos por lo menos amigos y has desaparecido»—. Y...

Apolo espera y, cuando no digo nada, habla él:

—¿Y?

Nos miramos a los ojos. Ese contacto directo me desarma un poco.

—Te he echado de menos. —Expulso las palabras sin querer y me cubro la boca. Apolo está igual de sorprendido que yo. Ambos nos ponemos rojos de inmediato—. Quiero decir, echaba de menos hablar contigo.

—Lo siento, la universidad me ha consumido.

—No tienes que darme explicaciones —aclaro—. Lo entiendo.

Ah, odio esto. No suelo estar en esta posición de vulnerabilidad con frecuencia. Las personas no me desestabilizan con facilidad. Supongo que he subestimado a este chico de ojos cálidos y el efecto que provoca en la gente que lo rodea, el efecto que provoca en mí.

Apolo llena el silencio y señala el sofá.

—¿Película?

Asiento y me relajo mientras camino al sofá para sentarme y ponerme cómoda. Mucho mejor: esta es la Rain que soy, nada de complicaciones. Apolo pone una bolsa de palomitas en el microondas y trae algunas bebidas que deja en la mesa frente al televisor.

—No sabía que Gregory y tú teníais esta tradición.

—Fue idea de Kelly —responde y luego se detiene como si recordara algo—. Nos acostumbramos.

—Kelly es la novia de Gregory, ¿no?

Apolo duda y asiente antes de volver a la cocina a por las palomitas. Ya estamos listos y él se sienta en la otra esquina del sofá, dejando un espacio bastante grande entre nosotros. Aprecio que no quiera hacerme sentir incómoda, pero creo que esto es un poco extremo. Sin embargo, no lo cuestiono.

—¿Qué veremos?

Apolo se encoge de hombros.

—Puedes escoger tú.

Alzo una ceja.

—¿Seguro?

Se me ocurren varios títulos, pero escoger una película romántica sería demasiado obvio, ¿no? Me muerdo el labio y echo un vistazo a la puerta corrediza de cristal que da al balcón, las luces de la ciudad se ven al otro lado.

—Rain —me llama y vuelvo a mirarlo—. De verdad, puede ser la película que tú quieras. No voy a juzgarte.

—De acuerdo —le digo.

Escojo ver *Los imprevistos del amor*. Es una película muy emotiva de mejores amigos a amor imposible, donde la vida siempre los pone en situaciones donde no pueden estar juntos hasta el final. Es una de mis favoritas.

Apolo apaga las luces y pone la película. Él se sienta, estirando el brazo en la parte de atrás del sofá. Su mano queda más cerca de mí y me doy cuenta de cómo se le sube un poco la camiseta blanca y se ve un destello de su abdomen. El reflejo de los colores del televisor le da diferentes tonos a su rostro, que veo de perfil. Dejo de mirarlo y me centro en la pantalla, con las manos juntas en mi regazo. Mi vestido holgado ha sido una buena elección para estudiar sentada a una mesa, no en un sofá donde se me sube un poco y lo bajo constantemente.

Apolo parece notar el movimiento y se gira hacia mí justo en el momento en el que lo estoy mirando. Sus ojos bajan a mis muslos, donde estoy tirando del borde del vestido, sus labios se abren ligeramente y le sonrío soltando la tela. No quiero que piense que lo he hecho a propósito para seducirlo o qué sé yo.

—Hay... —Se aclara la garganta y busca algo en su lado del sofá. Me pasa una manta—. Está limpia, lo juro.

La recibo sonriendo.

—Te creo.

Me cubro las piernas con la manta y seguimos viendo la película. Comentamos alguna cosa y nos reímos mucho en la escena en la que a la protagonista se le queda el condón dentro. Ya casi vamos por la mitad de la película cuando sucede: fuera resuena un trueno. Apolo se tensa y yo miro hacia el cristal del balcón, las gotas de lluvia comienzan a caer con fuerza, mojando el suelo del balcón y el cristal. Es difícil concentrarme en seguir viendo la pantalla cuando noto lo tenso que él está. Sus manos se han vuelto puños, las venas de su cuello y de sus brazos resaltan un poco y su mandíbula está tensa.

Mi mente viaja a ese recuerdo, al miedo que sentí al encontrarlo ahí bajo la lluvia, casi muerto. No me puedo ni imaginar lo que la lluvia le provoca a él. No sé qué hacer ni qué decir, estoy igual que aquella noche. Durante un par de minutos, dudo y pienso tantas cosas..., abro la boca para decirlas y no sale nada.

Así que me quito la manta y tiro de ella mientras me muevo hasta quedar junto a él. Nos arropo, pasando mi brazo por detrás de él para darle un abrazo de lado. Apolo descansa su cabeza en mi hombro, pero no me mira.

—Todo estará bien —le aseguro, mientras le acaricio el pelo.

Cada minuto que pasa, siento cómo la tensión de sus músculos disminuye, cómo se relaja poco a poco. Él descansa la mano sobre mi pierna y, aunque hay una manta de por medio, el gesto me hace ser muy consciente de cada parte de él que está presionada contra mí, de su olor y su calidez.

Apolo se mueve y gira su rostro. Su nariz me roza el cuello y dejo de respirar ahí mismo.

—Tu olor... me calma, Rain.

Su aliento me acaricia la piel y me paso la lengua por los labios, porque no sé qué decir a eso. Y porque cada nervio de mi ser ha sentido esas palabras. Estamos demasiado cerca, demasiado juntos.

Trago con dificultad y la película termina, la oscuridad de los créditos y el sonido de la lluvia convierte este momento en muchas cosas que no sé definir. Apolo se mueve de nuevo y esta vez no es su nariz lo que me roza la piel. Son sus labios, húmedos y suaves. Es un roce breve, pero me acelera todo. Apolo para, como si quisiera saber si voy a protestar o a negarme, pero en vez de hacer algo de eso, le expongo mi cuello aún más, esperando que esa sea respuesta suficiente para él.

Sus labios se abren y se cierran sobre la piel, entre mi hombro y mi cuello, besando, lamiendo. Lucho por no soltar un jadeo. ¿En qué momento he pasado de calmarlo a esto? ¿Por qué se siente tan bien? Su boca sube hasta mi oreja, escuchar y sentir su respiración agitada me debilita.

—Apolo... —murmuro.

Él se aparta un poco, lo suficiente para que podamos mirarnos a los ojos. Su expresión es una combinación de deseo y de necesidad que no me esperaba. Su mirada baja a mis labios y no necesitamos palabras, ambos sabemos lo que queremos ya mismo.

Así que ahí en el sofá, con la lluvia resonando afuera, Apolo Hidalgo me besó.

CATORCE

APOLO

Un beso...

La chica que he estado buscando desde aquella noche está en mis brazos. Sus labios rozan los míos despacio, como si estuviéramos tratando de alcanzar el ritmo que funciona para los dos. No es un beso apasionado, tampoco de esos que te dejan sin aire. Es un beso gentil, de descubrimiento, de tanteo y de exploración. Y lo disfruto, quizá demasiado, porque puedo sentir la intensidad de cada roce, la calidez de su respiración. Olvido por completo la lluvia que cae afuera.

Rain invade todos mis sentidos, paso mi brazo por un lado de su cintura para pegarla un poco más a mí. Ella me acaricia el cuello con delicadeza y ladea la cabeza mientras nos besamos tanto que ya está escalando. Mi respiración se está acelerando, mi cuerpo se vuelve muy consciente de la cercanía de sus pechos, de su olor y del contacto de nuestras lenguas. Si esto sigue así...

Ella jadea un poco antes de separarse. Sus ojos encuentran los míos y me pierdo en ellos durante unos segundos.

—Esto ha sido... —dice, pero no termina, se pasa la lengua por los labios.

Yo tampoco sé qué decir. Al tenerla así de cerca, puedo ver cada detalle de su expresión y que duda sobre qué decir o hacer. Es la primera vez que veo esta parte vulnerable de Rain y es... preciosa. Baja la mirada a mi brazo, que aún la rodea, y lo aparto de inmediato.

—Perdón.

—No tienes que disculparte. —Ella se mueve un poco, agrandando el espacio entre nosotros—. Creo... que debería irme.

«¿Qué?».

—Aún está lloviendo.

Ella se pone de pie.

—No pasa nada, no estoy hecha de azúcar.

—Rain...

Ella comienza a caminar hacia la puerta y la sigo, apresurado.

—Espera. —Me cruzo en su camino, aún estoy un poco acelerado por el beso—. ¿He hecho algo mal?

—No, claro que no, Apolo. El beso ha sido... increíble, es solo que...

Espero y, cuando no sigue, le digo:

—Rain... —Doy un paso hacia ella, se pasa la lengua por los labios y sus ojos caen sobre mi boca—. ¿Qué pasa?

Ella suspira y parece dudar de nuevo durante unos segundos antes de envolver sus brazos alrededor de mi cuello y estampar sus labios contra los míos. Me pilla por sorpresa, pero rápidamente le devuelvo el beso.

—El problema... es que... si sigo aquí... —susurra sobre mis labios—. Si te sigo besando, voy a querer más... Apolo, mucho más.

La giro y la presiono contra la pared.

—¿Y eso es un problema?

Ella asiente, mordiéndome el labio.

—Sí.

—¿Por qué?

Mis manos recorren las curvas de su cuerpo hasta que agarro sus nalgas y las aprieto con deseo. No sé cómo hemos llegado a esto, pero que ella esté actuando como si estuviéramos haciendo algo prohibido me está encendiendo.

Rain me besa de una forma mucho más agresiva que en el sofá y su mano se escabulle dentro de mi camisa. Me toca los abdominales, hace que se me tense cada músculo y que se endurezca una parte muy específica de mí. Nuestras respiraciones ya son un desastre y me dejo llevar por las sensaciones, mientras nuestras lenguas danzan, incrementando las ganas que nos tenemos. Sin darme cuenta, ya estoy moviendo mis caderas contra las de ella, presionando y rozando.

—Apolo —gime por lo bajito. Dejo sus labios para besar su cuello, mi mano acariciando su pecho torpemente. Rain se gira, dándome la espalda, rozando sus nalgas contra mi erección y no dudo en besarle el cuello, mis manos apretando sus pechos. Ella se agarra de la pared, jadeante—. Tócame... ahí.

No necesito ser un genio para saber a lo que se refiere. Mi mano se escabulle dentro de su vestido y mis dedos la acarician por encima de la ropa interior. Puedo sentir lo caliente y húmeda que está.

—Rain... —murmuro en un jadeo contra su oído mientras la toco.

Muevo su ropa interior a un lado. Mi dedo se desliza con facilidad dentro de ella porque está empapada. Me mojo el pulgar y lo uso para rozar su clítoris, estimulándola al máximo. Ella mueve sus caderas al ritmo de mis caricias. Mi erección está presionada entre sus nalgas, y el roce y las sensaciones de todo me tienen al borde de la locura.

—Apolo... —gime mientras acelero mis dedos y ella se tapa la boca para ahogar sus gemidos.

Descanso la frente contra su nuca. En esta postura, lo veo todo: su trasero presionado contra mí, mis manos dentro de su vestido que se le ha subido bastante mientras ella mueve las caderas de forma sexual y lujuriosa. Puedo ver el punto mojado en la parte frontal de mis vaqueros y no me sorprende, estoy mal mal. Rain ahoga un fuerte gemido y sus movimientos se vuelven torpes. Sé que está a punto de correrse, así que agrego más estímulo para ella y chupo el lóbulo de su oreja mientras mi mano incrementa el ataque en su humedad.

Sus gemidos se vuelven más seguidos y la penetro con el dedo de manera más profunda, mientras hago círculos en su punto sensible. Rain termina con un gemido ahogado y puedo sentir las contracciones alrededor de mi dedo, lo aprietan y hacen que me excite aún más. Ella ni siquiera ha recuperado el aliento cuando se gira y me besa con pasión, mientras me desabrocha los vaqueros. Una parte de mí recuerda que estamos en el pasillo, pero lo olvida enseguida cuando ella me baja un poco los vaqueros junto con los calzoncillos y se arrodilla.

—Ah, Rain... —jadeo cuando ella me toma en su mano.

No duda en metérselo todo en la boca. Pongo ambas manos contra la pared porque me fallan las piernas. Esto va a ser mucho más rápido de lo que ha sido nunca. Su boca es cálida, húmeda y me recibe con deseo, succionando y lamiendo con una habilidad increíble. Cometo el error de bajar la mirada y verla, nos miramos a los ojos y eso es lo único que necesito.

—Voy a...

La aviso para darle tiempo de apartarse, pero ella sigue. La presión sube y sube, el placer me sobrepasa y termino dentro de su boca, con un gruñido y apretando las manos hasta que son puños contra la pared.

Nuestras respiraciones se escuchan por todo el pasillo y Rain se levanta, mientras se limpia los labios y traga. Me subo los vaqueros y apenas alcanzo a abotonarlos cuando la puerta del piso se abre de golpe. Rain se acomoda el vestido y yo me quedo helado.

Kelly entra, silbando y se queda paralizada cuando nos encuentra ahí en el pasillo. Lo que sea que ve en nosotros parece ser muy obvio, porque aparta la mirada.

—No sabía que había visita.

Rain se aclara la garganta.

—Eh, yo ya me iba. —Corre hacia la puerta antes de que pueda detenerla y se va.

Kelly se queda ahí, observándome durante unos segundos antes de pasar a mi lado y seguir a la habitación de Gregory. Me quedo procesando lo que acaba de pasar. Levanto los dedos, que aún tienen el recuerdo de la humedad de Rain, y suspiro.

Esto ha sido... increíble.

RAIN

«Rain, Rain, Rain... ¿Qué has hecho?».

No me importa la lluvia que cae sobre mí ni que me empape en cuestión de segundos. Quizá necesito este frío para alejar a la Rain calenturienta que al parecer sale a la luz con mucha facilidad, en especial cuando se trata de Apolo Hidalgo. Se suponía que iba a consolarlo en el sofá, se suponía que...

Nos hemos besado...

Nos hemos tocado...

Y luego... lo que ha pasado en el pasillo quedará para la historia de las cosas más calientes que he hecho en mi vida. Dado mi historial, es difícil quedar en el top de esa lista. Madre mía, lo bien que se le dan los dedos. Es como si supiera exactamente cómo estimular de forma doble para hacer que me corra. Ardo de solo recordarlo.

«¿Cómo he pasado de consolarlo a terminar sobre sus dedos y a chupársela?».

Me doy una bofetada mental, así no es como imaginaba que surgirían las cosas con Apolo. Nos estamos conociendo y sí, me encanta follar, pero me habría gustado hablar un poco más antes de hacer algo tan intenso. Sin embargo, ¿me arrepiento? Ni loca, porque ha sido genial.

Pillo un Uber a mi casa, y cuando me bajo, piso un charco y maldigo. Al levantar la vista, me sorprende ver a una figura sentada en la acera del frente. Entrecierro los ojos mientras me acerco para intentar ver quién es.

—¡Xan! —exclamo al pararme frente a él.

Está empapado, su pelo azul parece oscuro al estar mojado y pegado a su cara. Pero eso no es lo que me llama la atención, sino el corte que tiene en el labio y lo hinchado que tiene los ojos y la nariz. Ha estado llorando. Me inclino sobre él.

—¿Qué ha pasado? ¿Estás bien?

—No... tenía dónde ir, Rain... Lo siento, yo...

—Ey, ey... —Sacudo la cabeza—. Estoy aquí, estoy aquí —repito, mientras le cojo la mano—. Vamos dentro, estás helado.

—No... quiero que tu madre me vea así... yo...

—No te preocupes. A estas horas mi madre debe de estar escribiendo en el estudio. Iremos directos a mi habitación.

—Si se entera de que he venido aquí... —Sé que se refiere a Vance, el miedo es claro en su voz.

—Él nunca viene entre semana, tranquilo. —Lo ayudo a levantarse—. Vamos, Xan.

Entramos a casa en silencio y con mucho cuidado. Subimos las escaleras a mi habitación y le paso una toalla y una camisa que me queda grande con unos pantalones cortos. Mientras él se ducha, yo uso el baño del pasillo y me pongo el pijama. Quisiera decir que es la primera vez que veo a Xan así; sin embargo, sí es la primera vez que viene a mi casa. Las cosas han debido de ponerse muy feas con Vance y no puedo evitar sentir la esperanza de que quizá este sea el momento que al fin le abra los ojos a Xan. Se sienta en mi cama, mientras se seca el pelo con la toalla.

—No quiero hablar.

—De acuerdo —convengo—. No tienes que hacerlo.

Presionarlo o incomodarlo jamás será la respuesta a nada. No obstante, debo asegurarme de que no esté lastimado.

—¿Estás herido? —pregunto. Xan sacude la cabeza, aunque el corte en su labio habla por sí solo—. ¿Quieres comer algo?

Asiente y, en ese momento, me doy cuenta de que Xan ha perdido peso en los últimos meses. Mi interior arde con rabia al recordar un comentario de Vance sobre que Xan tenía unos kilos de más. Mi hermano está destruyendo al chico delante de mí de muchas formas, y la impotencia y la culpa me recorren una vez más.

—Ahora vuelvo, ponte cómodo.

Le preparo un sándwich en la cocina y estoy sirviendo el zumo cuando mi madre entra a buscar un poco de café.

—Oh, no sabía que habías vuelto. Qué noche tan lluviosa, le hace honor a tu nombre.

Me besa la cabeza y sigue su camino a la cafetera. Las ojeras debajo de sus ojos son obvias, sé que no lo ha tenido fácil desde lo que pasó, aunque todos finjamos que no ha ocurrido nada.

—No tienes muy buen aspecto, mamá.

—Tú tampoco. —Me señala el pelo, que aún gotea en las puntas—. ¿Te has mojado en la lluvia?

—Un poco.

Mi madre toma un sorbo de café y me observa durante unos segundos.

—¿Todo bien?

Me paso la lengua por los labios, dudando. La confianza que tengo con ella es inmensa, pero no sé hasta qué punto puedo desahogarme o si tengo derecho a contarle los secretos de alguien más. Xan se cierra de una manera increíble cuando intento pedir ayuda a otra persona, niega el abuso por completo y me hace parecer loca. Por otro lado, está el hecho de que Vance no le haya contado nada de su sexualidad a nuestros padres. Eso es algo que no me corresponde a mí, a pesar de lo mierda que es mi hermano; mi parte estúpidamente leal respeta sus tiempos. Sé que mi madre se lo tomaría bien, mi padre ya es otra historia.

—Xan está de visita. Ha tenido un día difícil.

Es lo único que digo. Mi madre lo conoce, la he llevado al Café Nora un par de veces a escribir. De lo que no tiene ni idea es de que Xan está saliendo con Vance.

—Oh, ¿las cosas no le están yendo bien en la cafetería?

Suspiro.

—Algo así.

—Dile que si necesita que organice un club de lectura o un evento en la cafetería para darle publicidad, estoy más que disponible.

Eso me hace sonreír, porque mi madre es el tipo de persona que siempre quiere ayudar.

—Se lo diré. —Suelto una bocanada de aire y hago una mueca antes de añadir—: Mamá, una amiga me ha contado algo de un amigo suyo. Es un chico que está en una relación... muy mala con otro chico que hasta le pega. Queremos ayudarlo, pero nada funciona, es como si el chico estuviera ciego. No logramos sacarlo de ahí, es frustrante.

Mi madre baja la taza de café.

—El chico no está ciego, Rain. De la misma forma que las arañas tejen sus telarañas, los abusadores hilan su manipulación en la mente de la víctima, un hilo a la vez. Ayer fue un comentario, hoy un gesto, mañana una acción... Es minucioso, te aísla para que sientas que es tu mundo, que no hay nadie más. Cuando ya está seguro de sus hilos, vienen los golpes y las promesas de que no volverá a pasar. Te dice que lo hiciste enojar y que siente tanta furia porque te quiere y le importas mucho, porque, si no te «quisiera», no se enojaría tanto... Y vuelves y te quedas porque no hay nadie más o eso es lo que te hace creer. —Mi madre me dedica una sonrisa triste y me da una palmada en el hombro—. No está ciego, hija. Está atado por miles de hilos invisibles que tú no puedes ver.

Mis ojos caen sobre la ventana de la cocina, las gotas de lluvia resbalan por el cristal. Las palabras de mi madre resuenan en mi cabeza. Me imagino al chico de pelo azul que está sentado en mi cama, rodeado por todos los hilos que Vance ha tejido sobre él y pienso en formas de cortarlos de una vez por todas.

QUINCE

APOLO

¡BIENVENIDOS AL FESTIVAL DE OTOÑO!

La pancarta es inmensa y cuelga precariamente de la pared del edificio principal de la universidad. Las letras son rojas y negras, los colores que representan a la mascota de la universidad y a todo el equipo de fútbol americano. Este evento es una especie de preparación antes del partido de esta noche. También se pretende recaudar fondos para el programa de becas y para reparar algunas cosas del equipo.

El clima no está colaborando mucho, está nublado y una brisa helada nos roza cada cierto tiempo. Doy gracias por estar en la parrilla, asando la carne de las hamburguesas, porque estoy al calor. Cuando Érica me dijo que este sería mi trabajo, me quejé bastante, pero ahora ya veo que no fue tan mala idea. Por su parte, mi amiga escogió ser guía de padres y de cualquier transeúnte que decida pasarse a participar en el evento. Aunque no hay nada de sol, hay toldos blancos desplegados por toda la hierba porque, al parecer, alguien no vio el tiempo. Los estudiantes llevamos una camisa roja para identificarnos, aunque no sirve de mucho, pues todos cargamos chaqueta.

Érica aparece a mi lado, con una gran sonrisa y su pelo recogido en una coleta alta. Mechones ondulados escapan y adornan su cara.

—¿Qué tal tu primer evento universitario?

Suspiro.

—Las hamburguesas se están vendiendo.

—Y se venderían más si sonrieras un poco —señala mientras me da una palmadita en el hombro—. Tienes que usar tu encanto, Apolo. ¿Por qué crees que te di este trabajo?

—¿Por qué se me da bien la parrilla?

Ella entorna los ojos.

—A ver, una sonrisa. —Me agarra la cara con ambas manos—. Vamos, tú puedes.

Finjo sonreír, levantando las esquinas de mi boca. Érica hace una mueca.

—Olvídalo, pareces un asesino en serie.

Ella me ayuda a darle la vuelta a la carne sobre la parrilla.

—¿Qué te pasa? —pregunta directamente—. Has estado en otro mundo, bueno, más de lo normal.

—Estoy bien.

Ella alza una ceja, así que bajo las pinzas de la carne y me limpio las manos con unas servilletas antes de sentarme en una de las mesas de pícnic.

—Bien... —Suelto una bocanada de aire. Si algo he aprendido con ella es a no andarme con rodeos—. Digamos que pasaron cosas... con... alguien y le he enviado un par de mensajes y no me responde.

Érica se cruza de brazos.

—¿Pasaron cosas? ¿Habéis follado?

—¡Érica!

—Relájate, ya eres grande como para andar endulzando hechos.

—No follamos, pero sí... nos tocamos. Y pensaba que había sido genial para ambos, y ahora no me responde. Entonces, estoy dudando si solo fue bueno en mi cabeza.

—Fue Rain, ¿no? —No digo nada—. Quizá lo está procesando, Apolo. La última vez que hablé contigo, solo erais amigos que coqueteaban un poco y ahora ha pasado esto. Tal vez se está tomando su tiempo asimilándolo.

—O tal vez se arrepiente o no le gustó... y ya no quiere saber nada de mí.

—¿Por qué no me sorprende que seas tan pesimista hasta para el amor?

Abro la boca para protestar cuando Érica palidece: ve algo detrás de mí. Me giro y veo a Gregory; viene saludando a media universidad, porque por supuesto que todo el mundo lo conoce, y él sonríe y bromea. Cuando vuelvo a mirar a Érica, cualquier indicio de la chica cálida y conversadora se ha ido, solo está ahí sentada, con el cuerpo tenso y la expresión helada.

—En algún momento, tienes que contarme qué ha pasado entre vosotros —digo con sinceridad.

—Es mi ex, eso es todo. —Hasta su tono ha cambiado.

—¡Apolo! —exclama Gregory cuando llega a nuestro lado, su sonrisa se mantiene cuando la ve—. Érica.

—Gregory. —Ella asiente con la cabeza a modo de saludo.

—¿Qué tenemos por aquí? ¿Estás de cocinero? ¿Eso quiere decir hamburguesa gratis para mí?

Suspiro y me pongo de pie.

—No seas tacaño. Son cinco dólares, siete si quieres el combo.

—Para él, son diez dólares —interrumpe Érica. Gregory y yo intercambiamos una mirada—. Acaba de darle diez dólares a los chicos que venden limonadas y ni siquiera se la bebió. Puede darnos diez a nosotros.

Gregory se pasa la lengua por los labios y se los muerde.

—Alguien ha estado pendiente de lo que hago. Creía que no querías saber nada de mí.

—Soy una mujer de negocios. Mi deber es observar a los posibles clientes y ver cuánto dinero les puedo sacar.

Gregory bufa.

—Bien, te doy veinte si me acompañas a comer. —Él señala la mesa de pícnic.

—No estoy a la venta.

—No he dicho que lo estuvieras, solo pido tu compañía.

Érica suelta una risa de burla.

—Compañía nunca le falta a alguien como tú.

—Ah, ¿celosa, ericito?

Ella se sonroja, aunque no sé si de rabia o de vergüenza.

—No me llames así.

—¿Por qué? ¿Te trae recuerdos?

Érica se pone aún más roja.

—Voy... a... ver la carne —le digo a nadie en particular, porque ninguno de los dos me mira mientras siguen con su discusión.

Hay mucha tensión ahí. Y eso despierta mi curiosidad: «¿Por qué rompieron?». Me centro en mi trabajo y cuando vuelvo a levantar la mirada, veo ese destello de pelo azul venir en la distancia: Xan. Es la primera vez que lo veo desde la última conversación que tuvimos en la puerta de su cafetería.

«*¿Por qué debería darte explicaciones? Acabas de llegar a mi vida, no tienes ningún derecho*».

Ah, sus palabras aún arden un poco. Aunque quiero ayudar y tengo las mejores intenciones, sigue siendo su vida y yo acabo de llegar. Tengo que recordar mis límites.

Xan camina entre los estudiantes, va bien abrigado con un suéter negro y una chaqueta vaquera por encima. Sus mejillas se mantienen ligeramente sonrojadas como de costumbre. Noto que tiene un corte en el labio y que está hinchado. Aprieto los puños porque sé que eso no ha sido un accidente. Cuando Xan me ve, levanta una mano para saludar. Hago lo mismo, aunque estoy confundido porque la última vez que lo vi él no parecía querer hablarme de nuevo.

—Hola —saluda al llegar. Se queda al otro lado de la parrilla.

—Hola.

—¿Recomiendas las hamburguesas? —Se pasa la lengua por los labios y creo que está nervioso, aunque puede que solo me lo esté imaginando.

—No mucho, pero están decentes si tienes hambre y quieres colaborar con la universidad.

—¿Tienes alguna opción sin... carne?

—Eh, ¿el pan, la lechuga y el tomate?

—Está bien, entonces, paso. —Se rasca la parte superior de la oreja donde tiene los pendientes. Lo he visto hacer eso un par de veces en la cafetería cuando está incómodo.

—¿Cómo estás?

—Bien, ¿y tú?

—Bien.

Silencio. Es extraño. Es como si hubiera algo en el aire que no hemos aclarado. Xan respira hondo.

—Escucha, Apolo, sé que no he sido... bueno, la verdad es que... —Otra pausa—. Quería disculparme. Tú intentabas ayudar y yo fui un idiota. Mi vida es... complicada, pero eso no significa que pueda tratar mal a los demás.

—Xan...

—Fui grosero.

—Xan, no pasa nada, lo entiendo —digo con sinceridad.

Sé que no es una mala persona ni tampoco grosero a propósito. Creo que, cuando se siente acorralado o vulnerable, se aleja. Él aparta la mirada, pero puedo verlo claramente en sus ojos: Xan tiene miedo. Le asustan muchas cosas que no me ha dicho y una persona en específico: Vance. Aun así, está aquí, disculpándose. Eso requiere valor de su parte porque estoy seguro de que Vance le ha pedido que se aleje de mí.

—¿Qué tal la cafetería? ¿Sigues preparando el mejor latte del campus? —Cambio de tema, Xan está demasiado tenso.

Él relaja los hombros.

—Nope, mi nueva especialidad es el matcha.

—¿De verdad? No me apetece una bebida verde. Tengo trauma con los batidos que me hacía Clau en casa cuando me ponía malo.

—¿Clau?

—Mi cuñada.

—Ah, cierto, tienes hermanos. Rain mencionó algo.

Finjo tranquilidad.

—¿La has visto?

—Hace unos días... —Su expresión se ensombrece—. Y hoy habíamos quedado en vernos aquí, pero no la veo por ninguna parte.

—Está dentro con el grupo que vende chocolate caliente —responde Gregory, uniéndose a nosotros. Le echa un vistazo a Xan—. El chico del café.

Xan sonríe.

—El mismo.

—¿Qué te trae por aquí? —Gregory descansa una mano sobre mi hombro—. Espero que no sean las hamburguesas de Apolo, porque saben horrible.

Le quito la mano.

—Cállate.

—¿Qué? No puedo permitir que el chico que hace esos cafés divinos, que me dan la energía que necesito para sobrevivir a la universidad, se muera probando tus hamburguesas.

—No las has probado.

—No necesito hacerlo, Apolo. —Gregory se encoge de hombros—. Solo tengo que mirar a mi alrededor. Mira los platos en las mesas de pícnic, ¿qué ves?

Le hago caso y veo que hay varios platos con restos de hamburguesas casi enteras. Ah, genial.

—Érica ha dicho que estaban buenas. —Es lo único que puedo decir.

Gregory hace un puchero y me acaricia la cabeza con dramatismo.

—Oooh, Érica te ha mentido, Apolo. Lo sé, el mundo real es cruel y despiadado.

Xan sonríe y me lo quedo mirando durante unos segundos. Cuando sus ojos se encuentran con los míos, él se centra en Gregory.

—Apolo es demasiado bueno para este mundo —agrega Xan con un tono de broma.

—Genial, ahora sois dos en mi contra.

—Solo queremos protegerte. —Gregory vuelve a sobarme la cabeza y le aparto la mano.

—Bueno, voy a ver si encuentro a Rain dentro. —Xan se despide con un gesto y se va.

Gregory y yo nos ponemos cómodos en la mesa de pícnic. Ya he preparado suficiente carne y dudo que alguien más venga a comprar si están tan malas.

—¿A dónde se ha ido Érica? —pregunto para iniciar el tema, porque alguno de estos dos tiene que contarme algo. Y Gregory es uno de mis mejores amigos.

El semblante alegre de Greg desaparece.

—No lo sé.

—Ah, Greg, ¿qué pasó entre vosotros?

Mi amigo suspira y se rasca la nuca.

—Éramos muy diferentes, yo quería estar de fiesta todo el tiempo, y ella... Bueno, ya la conoces, no le gusta salir tanto. Entonces, conocí a Kelly y era como una versión de mí en chica. Salíamos juntos, nos emborrachábamos, nos divertíamos y, por un momento, pensé que Kelly era exactamente lo que necesitaba. Éramos tan iguales en cuanto a personalidad... Así que decidí romper con Érica para salir con Kelly.

—Idiota.

—Lo sé, no estoy orgulloso, ¿de acuerdo? Las primeras semanas con Kelly fueron geniales. Íbamos de fiesta en fiesta, había sexo loco... todo lo que pensé que quería. Pero luego, cada noche, cuando me iba a dormir después de una fiesta o de un día cualquiera, empecé a sentir un vacío. Me encontré ahí mirando el techo, sintiéndome mal porque las fiestas y la diversión eran geniales, pero me faltaba profundidad, algo más.

—Déjame adivinar, ese algo más era lo que Érica te daba.

—Lo sé, soy un básico que se dio cuenta demasiado tarde. Empecé a echarlo todo de menos, la manera en la que las cosas más simples con Érica me llenaban profundamente: ver una película juntos enrollados en el sofá, pelearnos por el último dónut, su cara de emoción y expectativa cuando me ponía a escuchar su nueva canción favorita... —Una sonrisa triste se forma en sus labios—. La quiero, Apolo. Y ella no quiere saber nada de mí, con toda la razón.

—Guau, no sé qué decir, Greg. Creo que nunca te había escuchado decir algo tan profundo.

—No soy tan idiota como parezco, Apolo. Soy un loco extrovertido, pero tengo mi corazón.

—¿Kelly sabe todo esto?

—No se lo he dicho directamente, pero creo que lo sabe. Lo de nosotros siempre se ha mantenido en la superficie. Es como si nos necesitáramos para fiestas, para pasarlo bien, pero no hay... nada más allá.

—Yo... —Me aclaro la garganta, tengo que ser sincero sobre lo que pasó la otra noche entre Kelly y yo—. Ella... yo...

—¿Os besasteis en el sofá la otra noche?

—¿Lo sabías?

—Bro, no podíais ser más obvios.

—Ah.

—No hay mal rollo, creo que ya te he dado una idea de lo que pasa entre ella y yo. No es nada serio y ella puede hacer lo que quiera.

—Sí, pero igual... ¿no te molesta?

—¿A ti te molesta?

Sacudo la cabeza y él sigue:

—¿Entonces? Ahora es diferente si me dices que te gusta Érica, porque ahí sí, te pegaría, solo un poco.

—Ella ya no es tu novia.

Gregory se tensa.

—¿Te gusta?

—No, claro que no.

—Bien.

Nos quedamos callados durante unos segundos y en la distancia vemos a Xan salir junto a Rain del edificio, llevan unos vasos de chocolate caliente en las manos. Rain viste unos vaqueros con un suéter grueso de color rosa pálido que me recuerda al que llevaba puesto el día que nos conocimos en Café Nora. Lleva el pelo rubio suelto a ambos lados de la cara. Al lado de Xan, se nota mucho que ella es más alta que él. Y mi mente va a lo que pasó en el pasillo, sus gemidos, mis dedos dentro de ella, sentirla presionada contra mí, su boca...

—¿Hola? —Gregory me saca de mi espiral lujuriosa. Sigue mi mirada—. ¿Qué pasó con Rain?

—Es... complicado.

Como si el universo también quisiera responder, escuchamos un alboroto en la entrada del evento. Vance sonríe y camina como si fuera dueño del lugar mientras todos lo saludan y le piden una foto. Frunzo las cejas confundido.

—¿De qué va eso? —pregunto.

Greg suspira.

—Supongo que ya lo conoces. Es el hermano de Rain y es un streamer superpopular de videojuegos. Casi nunca viene por el campus, es raro que esté aquí. Tal vez ha venido a ver a su hermana.

—Está aquí por Xan.

Greg levanta una ceja.

—¿Ah? ¿Por qué estaría aquí por Xan?

Me quiero pegar ahí mismo. Pensaba que todos sabían de su relación. ¡Imprudente, Apolo Hidalgo!

—Porque... él también trabaja en la cafetería de Xan. Quizá han quedado en verse aquí.

—Ah, tienes razón, he visto a Vance en Nora.

Vance se dirige a Xan y a Rain y comienza a hablar con ellos de lo más normal. Me parece injusto que dos personas tan cálidas y agradables como ellos dos tengan una sombra negativa como Vance encima.

—Ay, Apolo —susurra Greg.

—¿Qué?

—Con esa mirada de corderito perdido que tienes, me he dado cuenta de que llevas razón.

—¿Razón en qué?

—En que lo que sea que está pasando contigo y —señala hacia Rain y su grupo— es ridículamente complicado.

DIECISÉIS

APOLO

«Esto sabe fatal».

Escupo un pedazo de la hamburguesa que he decidido probar y me doy cuenta de que Gregory tiene razón: sabe a plástico. En mi defensa, la carne venía ya preparada, yo solo la he puesto en la parrilla. Me siento culpable por todos los que le dieron una oportunidad a esto, porque se llevaron una gran decepción al morderla.

Empiezo a recogerlo todo porque ya está oscureciendo. No es que se note mucho, ya que ha estado nublado todo el día, pero el frío se ha vuelto menos llevadero y la oscuridad ya se escabulle en los lugares donde no hay farolas en esta zona de la universidad. Suspiro y miro hacia la entrada del edificio donde estaban Xan, Rain y Vance hace un rato antes de entrar y desaparecer de mi vista. Necesito distraerme, así que limpiar la parrilla parece un buen plan.

Gregory, por su parte, se ha acostado sobre la mesa de pícnic y está usando su móvil, moviendo los dedos rápidamente.

—Podrías ayudarme.

Greg gira la cabeza para mirarme y me sonríe.

—No, te lo mereces por vender esas abominaciones culinarias.

—No he preparado la carne, solo la he asado.

—Claro, claro.

Le lanzo un trapo.

—Deberías ayudarme. Es tu culpa que Érica no esté aquí.

—¿Mi culpa? —Sacude la cabeza y se sienta—. De acuerdo, te ayudo con una condición.

Sé que no me va a gustar.

—¿Qué?

—¿Qué pasó con Rain?

—No sé de qué hablas.

Greg alza una ceja.

—Podría ayudarte y darte consejos. Soy un hombre muy sabio, Apolo.

Bufo.

—Claro, porque has llevado lo tuyo con Érica de una manera genial. Cinco estrellas, Cupido.

—Eso ha sido un golpe bajo. Hoy estás de malhumor, no es mi culpa que tus hamburguesas...

—Cállate, Greg. Si no vas a ayudar, por lo menos cierra la boca.

—Guau, te preparo una comida espectacular en casa y ¿así es como me lo pagas?

Él se vuelve a tumbar y, con el rabillo del ojo, veo movimiento en la entrada del edificio. Rain es la primera en salir, seguida de Xan y luego Vance. Para mi sorpresa, este es el que comienza a caminar hacia nosotros, con desdén y con las manos metidas en los bolsillos delanteros de sus vaqueros. Aprieto los utensilios que estoy limpiando.

—Ah, me he perdido las hamburguesas. —Hasta su voz es molesta. Greg se sienta al notarlo—. Party Monster. —Lo saluda Vance, sacudiendo la mano.

—Chico streamer —responde Gregory.

Rain y Xan llegan detrás de él, y ninguno me mira cuando me saludan. No hay rastro del Xan que ha pasado por aquí hace un rato. No hay sonrisa, no hay nada en sus ojos. Y Rain solo mantiene los ojos en todos lados, menos en mí, como si estuviera avergonzada, ¿por qué? No lo entiendo. Es como si la oscuridad de Vance los apagara y eso me hace odiarlo cada vez más.

Vance se sienta en la mesa de pícnic al lado de Gregory. El ambiente es pesado y asfixiante.

—¿Cómo va tu inicio en la universidad, Apolo? —pregunta Vance como si nada.

Este hijo de...

Mi mirada viaja a Rain y ella se pasa la lengua por los labios.

—Vance, es tarde, vámonos.

—¿Por qué? —Su hermano sonríe—. Te he hecho una pregunta, Apolo.

Miro a Xan y el corte en su labio, imagino a este idiota poniéndole las manos encima. El miedo que Xan debe de pasar a cada rato con él. La rabia comienza a hervirme en las venas, tensando cada músculo de mi cuerpo.

«¿Cómo eres tan descarado, Vance? ¿Cómo vienes aquí, sonríes y bromeas después de herir a Xan? ¿Quién coño te ha dado poder de salirte con la tuya?».

Vance ladea la cabeza, observándome.

—¿Te has quedado mudo, Hidalgo?

—Vete a la mierda, Vance.

Las palabras dejan mi boca de forma natural. Puede que Vance tenga control sobre Xan, incluso sobre Rain, pero nada en este mundo le daría poder sobre mí. Si creía que su actitud descarada me obligaría a fingir una conversación normal, está jodido. Gregory se me queda mirando, confundido.

—¿Qué mierdas acabas de decir? —Vance se levanta.

—Lo que has escuchado, cobarde de mierda.

Nunca he sido grosero ni violento, ni mucho menos una persona impulsiva, pero esta ira dentro de mí es incontrolable. Nació aquella noche que me atacaron y ha estado ahí palpitando, creciendo. La he ignorado, pero Vance definitivamente la detona y lo único que quiero hacer en estos momentos es quitarle esa maldita expresión arrogante de la cara de un puñetazo.

—¿Apolo? —Gregory se pone alerta, nota que he apretado los puños.

—¿Cobarde? —Vance da un paso hacia mí, y Rain se cruza en su camino.

—Vance, vámonos.

—¿Por qué? —Él no despega sus ojos de los míos—. Ven y repítelo a la cara, niñato.

Le doy la vuelta a la parrilla y, en ese momento, Gregory se pone delante de mí.

—Ey, ey, bro, cálmate.

—Quítate. —Mi voz es fría y determinada.

—¿Qué pasa? —pregunta Gregory.

—Me conoces, si hago esto, es porque lo merece —digo y Gregory se aparta.

Vance hace a un lado a Rain.

—A ver, muéstrame que...

Le doy un puñetazo que me deja ardiendo los nudillos. Vance se endereza y escupe sangre a un lado: no se lo esperaba. Antes de que pueda recuperarse, le doy otro y otro. La furia me envuelve, irradiando calor por todas mis extremidades. Termino encima de él, dándole golpe tras golpe. Mi mente intercambia la noche lluviosa del callejón con esto y no puedo parar.

—¡Maldito abusador de mierda! —exclamo.

Vance intenta zafarse sin éxito y alcanza a golpearme una vez, pero no me duele. No puedo sentir nada más que rabia.

Unos brazos me sostienen desde atrás. Me quitan de encima de Vance y me hacen dar unos cuantos pasos atrás. Él se queda ahí tendido, en el suelo.

—¡Ya es suficiente! Han llamado a la patrulla universitaria.

La voz de Gregory suena lejana. Mi pecho sube y baja rápidamente, mis ojos están clavados en Vance, que gime de dolor y se sienta, le gotea sangre de la nariz.

—¿Eso es lo peor que puedes hacer? —Vance sonríe con los dientes ensangrentados.

Me suelto de Gregory y voy a atacarlo de nuevo cuando el color azul invade mi visión. Xan está delante de mí, me agarra la camisa con fuerza, está temblando.

—Por favor, para —suplica. Cuando levanta la mirada, sus ojos están enrojecidos—. La violencia no es... Tú no eres como él, Apolo. Tú... no eres como él —repite.

Veo a Vance tapándose la nariz y siento el ardor en mis nudillos, la sangre que gotea de ellos. Es como si despertara de un trance de ira absoluta. Mis ojos viajan a Rain, quien no ha movido un múscu- lo ni ha dicho nada. En ese momento, noto a los estudiantes en la distancia, observándolo todo.

—Apolo, tenemos que irnos antes de que llegue la patrulla uni- versitaria —advierte Gregory.

Xan va a soltarme, así que pongo mi mano sobre la suya en mi pecho y aprieto.

—No te vayas con él, Xan.

Las palabras salen de mí sin que pueda controlarlas, lo visceral de todo este asunto me ha hecho más espontáneo. Xan observa nuestras manos y sus labios tiemblan, mientras se suelta de mi agarre.

—Lo siento, Apolo.

Se da la vuelta para ir hacia Vance, lo ayuda a levantarse y se van. Dejo caer los brazos derrotado. Miro a Rain, confundido. No sé qué esperaba de todo esto, sin embargo, estoy seguro de que no imagina- ba que se iría con él.

—No podemos abrir los ojos por él, Apolo —dice con una son- risa llena de tristeza—. Solo podemos estar aquí para él cuando nos necesite.

—Esto es una mierda.

—Será una mierda aún más hedionda si llega la patrulla, ¿pode- mos irnos? —Gregory comienza a caminar hacia el aparcamiento.

Rain se acerca y me toma de la mano.

—Vamos.

Observo nuestras manos unidas.

—Pensaba que me odiarías. Acabo de darle una paliza a tu her- mano.

—La violencia no es la respuesta, pero... se lo merecía. —Ella suspira y la tristeza apaga su expresión—. Vance sí que se lo me- recía.

155

XAN

—¡Maldito niñato de mierda!

Un vaso vuela y se estrella contra la pared del piso. Hago una mueca cuando el cristal se esparce por todo el suelo del salón. Aún estoy temblando después de lo que ha pasado.

—Lo voy a destruir, Xan. Voy a acabar con él.

Vance camina de un lado a otro y yo me mantengo a una distancia prudente. He aprendido a no acercarme cuando está así, nunca termina bien.

—Hay que curarte las heridas. —Intento desviar su atención, porque me aterra lo que pueda hacerle a Apolo.

—No, no. —Una sonrisa diabólica llena sus labios y mi miedo crece—. Voy a denunciarlo, Xan. Él me pegó primero y mira cómo me ha dejado. Esto es agresión. Él no tiene ni un rasguño, estoy seguro de que hay testigos en la universidad. —Se ríe abiertamente, el eco resonado por la amplitud del piso y me dan ganas de vomitar—. ¿Imaginas la humillación que supondrá para su reconocida familia? Me aseguraré de filtrarle todo esto a la prensa.

Mi estómago se revuelve ante sus ideas. No, no puede hacerle eso a Apolo. Vance va a la habitación y regresa con su móvil que se ha estado cargando desde que llegamos.

—Vamos, tenemos que ir a la comisaría, serás uno de mis testigos.

Lo veo caminar a la puerta y el miedo me paraliza, aun así me atrevo a decirlo casi en un murmullo:

—No.

Vance se gira, no estoy seguro de que me haya oído hasta que veo que su rostro se contrae y el enfado se extiende por él.

—¿Qué?

—No voy a ir contigo y no voy a ser tu testigo.

156

—Xan, no te estoy pidiendo que mientas por mí, solo dirás la verdad. Él me atacó primero. Di lo que viste y punto.

—No, tú tampoco vas a ir ni lo vas a denunciar.

Mi voz es temblorosa y poco determinada, pero encuentro la fuerza al recordar la rabia en los ojos de Apolo y su decepción cuando le di la espalda. Él estaba tratando de ayudarme, quizá no de la manera correcta porque la violencia nunca lo es, pero, de todos modos, intentó devolverle a Vance un poco del dolor que me ha causado.

—¿Qué mierda acabas de decir?

Vance se aproxima, la ira emana de sus poros. Sé a lo que me estoy exponiendo al hacer esto; sin embargo, una cosa es permitir lo que me hace y otra dejarle que le arruine la vida a alguien que lo único que ha hecho es preocuparse por mí.

—No vas a denunciarlo, Vance.

—Ah, ¿no? —Su tono cambia, se vuelve helado y amenazador—. ¿Y cómo piensas detenerme?

No puedo permitir que el miedo me haga retractarme ahora. Sé que Vance explotará de rabia. Sé que seré el centro de su enfado después de que lo diga. Sé que dolerá. Aun así, me armo de valor porque estoy cansado de que sean las personas que me rodean quienes den la cara por mí.

—Si lo denuncias, te denuncio yo a ti —digo con claridad.

Vance frunce las cejas, está completamente confundido, sé que no se esperaba que dijera algo así. Yo tampoco lo esperaba y decirlo en voz alta... libera algo dentro de mí. Es la primera vez que admito que hay algo que denunciar en nuestra relación, que hay algo que no está bien.

—¿Que tú qué? —Vance está tan sorprendido que no me ataca, no me grita, solo me observa.

—Me has escuchado. Te juro que, si denuncias a Apolo, si le haces algo... iré a la policía, Vance, y no me volverás a ver nunca más.

—Xan. —El tono de Vance se suaviza—. No hay nada que denunciar, lo sabes. Nuestras discusiones solo han sido cosas de pareja y las hemos superado juntos. Pensaba que había quedado claro.

—Mírate —digo—. Tú... me has dejado así muchas veces y tú mismo has dicho ahora que es agresión..., ¿no? ¿Solo es agresión cuando se trata de ti? ¿Y yo? —Señalo el corte que tengo en el labio.

—Xan. —Él me agarra la mejilla con suavidad—. Ha sido una noche difícil, y aunque Apolo me ha atacado, tienes razón, no vale la pena. —Él me sonríe—. Siento haberte puesto en una situación difícil.

No tengo la fuerza ni el valor para nada más, así que decido quedarme callado y ayudarlo a limpiarse las heridas.

Después de eso, Vance sigue como si nada. Bromea, me cocina mi plato favorito y suspende su directo para estar conmigo. Cuando nos vamos a dormir y me abraza desde atrás, lo dejo hacerlo porque estoy exhausto emocionalmente y un poco roto, más de lo usual. Una parte de mí acaba de darse cuenta de algo doloroso.

Cuando he amenazado a Vance con lo de ir a la policía, me esperaba gritos, incluso golpes. Pero él ha cedido por completo, luego me ha tratado bien, me ha consentido, me ha hecho percatarme de algo muy poderoso. Algo que me ha roto el corazón por completo:

Vance ha cedido porque sí hay algo que denunciar.

Porque algo sí está mal entre nosotros.

Porque él mismo ha explicado claramente hoy lo que es agresión. Me he visto en ese espejo, golpeado, con moretones. Eso no es algo que pase en todas las parejas, como él ha dicho. No es normal y no está bien.

Siento como si una grieta dolorosa se abriera en mi pecho, porque ahí, en sus brazos, cálidos y cómodos, dejo de sentirme seguro, y las lágrimas ruedan a un lado de mi cara.

Y casi puedo ver a mi madre preparando su café, sonriendo, hace años, cuando le conté que me gustaban los chicos.

—¿Estás segura de que te parece bien?

Mi madre me puso una taza de café delante.

—Lo único que me importa es que encuentres a alguien que te quiera y te valore. ¿Acaso no trata de eso el amor, Xan? ¿Qué importa *si es un chico o una chica? Si te quiere y te hace feliz, eso es lo único que necesito.*

Me paso la lengua por los labios, intento controlar las lágrimas.

«Lo siento, mamá. No sé cómo he llegado hasta aquí y tampoco sé cómo salir».

DIECISIETE

APOLO

En el piso, Rain me limpia los nudillos en el sofá mientras Gregory se abre una cerveza y le da un trago largo antes de exhalar con alivio.

—Uf, cómo lo necesitaba. —Greg se sienta en el sillón a un lado—. ¿Queréis una?

Rain sacude la cabeza y yo ni respondo. No sé qué decir, mi cuerpo aún se está recuperando del arrebato de ira y adrenalina que he tenido. Mi mente está entumecida y nublada porque me desconozco por completo. Es como si la persona que se ha destrozado los nudillos atacando a otro ser humano no hubiera sido yo. Toda mi vida he defendido la paz, que la violencia nunca resuelve nada, ni siquiera he tenido nunca ni una discusión acalorada. Y hoy he ido en contra de todo lo que he creído y lo que he sido. Aún recuerdo las broncas que les echaba a mis hermanos cuando querían resolver cosas con los puños. Siempre me he creído más maduro, incluso mejor por no recurrir a eso como ellos y, ahora mírame, aquí con los nudillos ensangrentados.

«Ah, si el abuelo se entera...»

Lo último que quiero es decepcionar a las personas que me importan. Rain termina y me suelta las manos para ponerse de pie.

—Deberías aplicarte una bolsa de hielo, ayudará con la inflamación —recomienda y va al fregadero para limpiarse las manos. La pesadez de todo lo que ha pasado con Vance aún danza en el aire.

—Bueno, hace falta un poco de chisme para mejorar este ambiente decadente. —Empieza Greg y se estira en el sofá—. Hoy he hablado con Érica.

Rain pone cara de sorpresa mientras se seca las manos.

—¿De verdad? Eso sí que es un milagro.

Frunzo las cejas.

—¿Tú lo sabías? —Miro a Rain, esperando una respuesta.

—Claro que sí, eran una pareja superconocida en la universidad —comenta Rain, y se apoya a un lado de la isla de la cocina—. Ya sabes, a Gregory lo conoce todo el mundo, y él presumía de ella por todos lados.

Eso me extraña, porque nunca ha hecho eso con Kelly. Gregory hace una mueca.

—Aunque yo estaba lleno de emoción, ella aún me odia con pasión y mucha razón. —Su rostro se ilumina—. Oh, eso rima, ¿no? Soy todo un poeta.

Rain bufa y yo sacudo la cabeza.

—Además —me cuenta Rain—, eran muy *couple goals*. A todo el mundo le encantaba la buena pareja que hacían. Eran algo así como rey y reina del baile de secundaria.

—Me gustaría decir que mi querida tormenta está exagerando —Gregory sonríe—, pero no. Sí, éramos todo un boom. ¿Qué puedo decir? Cuando tanta belleza se junta, es inevitable.

—Y ni eso evitó que fueras un idiota, ¿no? —Sueno más cruel de lo que quiero; sin embargo, Greg entrecierra los ojos, juguetón.

—No tienes que recordarme mi tragedia. Bien, hablemos de otra persona. —Greg señala a Rain—. A ver, llovizna, ¿le has hablado a Apolo de todos los tíos intensos que te persiguen?

Rain entorna los ojos.

—Estoy segura de que Xan ya lo ha puesto al día, porque siempre se está quejando de que le invaden la cafetería con la esperanza de verme.

—Una chica popular, ¿no? —La molesto—. Es un privilegio que estés aquí con nosotros esta noche.

—Ahí donde la ves toda angelical, es peligrosa. No dejes que esos ojos cálidos y esa sonrisa brillante te engañen —me advierte Greg.

—Tranquilo, su popularidad explica muchas cosas. ¿Por eso no me respondes a los mensajes, Rain? ¿No te da tiempo?

Y así el humor se va a la mierda.

Un silencio incómodo lo invade todo. Rain no sabe qué decir y yo ni sé para qué he abierto la boca. Al parecer, aún estoy molesto. Greg y yo intercambiamos una mirada y él parece entenderlo.

—Voy... —Él se bebe lo que le queda de cerveza, se levanta y deja la botella en la mesita al lado del sillón—. Voy al baño.

Mi amigo nos deja solos y Rain sigue apoyada de lado contra la isla de la cocina. Tiene los brazos cruzados sobre el pecho, vuelve a no mirarme. Recuerdo el beso y todo lo que pasó en el pasillo. No es el mejor momento, pero han pasado días sin que ella me responda los mensajes. Necesito saber qué piensa, si he hecho algo mal.

—Rain.

—¿Apolo? —Me sonríe.

—Lamento todo esto, no suelo... ser así.

—¿Impulsivo? ¿Violento?

Me avergüenza escuchar esos adjetivos porque sé que describen mi comportamiento esta noche.

—Supongo.

Rain suspira y se sienta en el sofá al otro lado, donde antes estaba Gregory. Parece cómoda, el color rojo de su suéter le sienta bien. Ella se pone el pelo detrás de las orejas con los dedos, en un movimiento delicado, pero calculado como si estuviera reuniendo fuerzas para decir algo.

—Apolo, lo que pasó la otra noche...

—¿Fue un error? —termino por ella.

Mi lado pesimista sale a la luz, nunca he tenido buena suerte con las personas que me gustan. Ella se queda callada y eso lo dice todo, porque su silencio no es un «no, no fue un error». La veo apretar los labios y entrelazar los dedos sobre su regazo.

—Rain, hoy no quiero hablar —digo mirándola a los ojos.

He tenido suficiente esta noche. No quiero hablar ni escuchar un rechazo en caso de que eso sea lo que planea decirme y, por su silencio hace unos segundos, es lo más probable.

—¿Quieres que me vaya? —Su tono decae.

Ella se pone de pie y no sé por qué hago lo mismo y me acerco hasta estar a unos centímetros de distancia.

Nuestras miradas se encuentran y le acaricio la mejilla con gentileza. Quiero decir algo, pero sé que en el momento en el que abra la boca y tengamos una conversación, la magia se puede romper y se irá. Así que me arriesgo y me inclino, mis labios rozan los suyos y me detengo, esperando su respuesta. Ella se agarra de mi cuello y me besa, con suavidad y pasión, justo como esa primera vez que nos besamos. Cuando se separa, su respiración se ha acelerado un poco.

—Apolo, yo...

—Shhh.

La beso de nuevo porque, aunque esta noche ha sido un desastre, esto se siente bien. Despeja todas las cosas que invaden mi cabeza desde la pelea.

Nos besamos hasta que nuestros labios palpitan y somos un desastre de respiraciones aceleradas y calidez. Me separo en busca de aire. Entonces ella me agarra la cara y me mira a los ojos con una intensidad abrumadora.

—Solo una noche.

—¿Qué?

—¿Vamos a tu habitación?

Eso me pilla por sorpresa, pero asiento y le cojo la mano para guiarla. Al pasar el pasillo, un poco de lucidez llega a mi cerebro intoxicado por esos besos y comienzo a pensarlo todo. Dentro de la habitación, Rain vuelve a besarme y sus manos se deslizan dentro de mi camisa. Me odio por ser tan intenso, porque mi mente se ha quedado pegada en esas tres palabras: «Solo una noche».

«¿Qué quiere decir? ¿Que eso es lo único que ella quiere? ¿Un polvo de una noche?».

Caminamos a la cama. Cuando caemos sobre ella, aterrizo encima de Rain, quien se ríe un poco al quedar debajo de mí. Todo su rostro muestra alegría mientras me sostengo con ambas manos a los lados de su cara para no aplastarla por completo. Me la quedo mirando, hipnotizado.

—Rain.

—¿Sí? —Ella acaricia el pelo que me roza la frente.

—¿Solo una noche?

Su sonrisa desvanece.

—Sí.

—¿Sí qué?

—Esto... tú y yo... puede ser algo de una sola noche.

—¿Crees que eso es lo que quiero?

—No, supuse que... ya sabes, estarías de acuerdo, nada de complicaciones.

Me quito de encima y me siento en la cama, con la mirada fija en la pared. Rain aparece a mi lado, pero no dice nada.

—Yo no follo por follar, Rain. Puedo juguetear, tocar o qué sé yo, pero acostarme con alguien es especial para mí. Tú me gustas mucho y me muero por hacerlo contigo, pero... no quiero nada de una noche. Soy el tipo de persona que lo da todo y lo quiere todo.

Rain aparta la mirada.

—Lo sé.

—Entonces ¿por qué...? —pregunto lo que he querido saber desde hace días—: ¿Por qué no respondes mis mensajes? ¿Por qué me has evitado? ¿Es porque quieres algo sin complicaciones?

Rain abre la boca y aparta la mirada durante unos segundos. Así que hablo de nuevo:

—Rain, puedes ser sincera. No me voy a romper porque seas clara sobre lo que quieres.

Miento, porque me gusta mucho. Quizá me rompa un poco si dice que no quiere nada conmigo, pero eso no quiere decir que me haya ilusionado tanto que no pueda ver las señales claras: algo está mal. Compartimos un momento muy íntimo la otra noche, lleno de química y deseo. Lo último que me esperaba después de eso era que me evitara abiertamente.

—Ese es el problema, Apolo. —Frunzo las cejas—. No... he sido sincera contigo. No quería continuar viéndote y que esto... entre nosotros avanzara sin ser sincera contigo.

Algo está muy mal. Lo tensa que está, el modo en que ha unido las manos en su regazo y se muerde el labio con ansiedad de vez en cuando me indica que lo que sea que vaya a decir va a doler y no me va a gustar nada de nada. Así que respiro hondo y la escucho.

DIECIOCHO

RAIN

Aquí estamos.

Ha llegado el momento que he estado evitando. La razón por la que no quería que Apolo me encontrara en el principio: tener que contarle todo esto.

Todo había empezado hacía unos meses en una cabaña lujosa en el lago Lure. Mi madre tenía una propiedad preciosa a la orilla del lago, donde a veces se escapaba para escribir, lejos de la ciudad y de mi padre. Mi hermano pequeño Jim y yo la acompañábamos en ocasiones. Vance solo venía con nosotros en verano, le encantaba nadar y disfrutar del buen tiempo. En invierno, solo íbamos mi madre y yo, compartimos una pasión por la melancolía de un lago helado, un buen chocolate caliente y una fogata.

A mi padre no le gustaba nada, pero después de rogarle, decidió ir con nosotros. Una visita se convirtió en dos y luego visitábamos el lago cada dos semanas. Al principio, no pensé nada raro, aunque él odiara el aire libre o cualquier contacto con la naturaleza. Luego, mi padre comenzó a ir solo al lago, y eso sí me hizo sospechar que algo estaba pasando. No dije nada.

Una noche fresca del verano, la vecina de al lado nos invitó a una fiesta en su casa. Mi madre tenía esta propiedad vacacional desde hacía años y conocíamos a todos los vecinos, menos a ella. Era una

167

señora elegante, de semblante frío y pocas sonrisas. Al parecer, se había mudado hacía un par de meses y estaba tratando de integrarse en la comunidad. Fuimos todos a la fiesta. La casa era preciosa, estaba decorada en blanco y con detalles dorados: las barandillas de las escaleras, las lámparas, las luces... El lugar derrochaba lujo, lo cual no era muy común en la zona. Como eran casas de vacaciones, la gente de este vecindario solía optar por un aspecto más rústico. Al parecer, ese no era un estilo que le interesara a esta señora.

—Ah, ¿quién hace una fiesta de etiqueta en una casa de vacaciones? —se quejó Vance, mientras se aflojaba la corbata a mi lado. Por mi parte, había decidido ponerme un vestido veraniego verde de tirantes finos.

—Cada uno hace lo que quiere, Vance. En especial si la casa probablemente le ha costado un millón o dos de dólares.

Vance bufó.

—Diría que tres y me estoy quedando corto. —Señaló un candelabro dorado—. Eso es oro, hermanita, nada fake.

—Claro, porque ahora eres experto en eso. —Tomé un sorbo de mi zumo de ¿naranja? La verdad, no tenía ni idea de qué sabor tenía ese cóctel.

Mi madre se excusó para irse a dormir, las interacciones sociales no eran lo suyo, la verdad. Ella prefería la soledad y este tipo de eventos la agotaban. Jim se fue con ella. Vance y yo nos quedamos con mi padre, algunos vecinos aún bebían y hablaban con la señora de la casa.

A la hora de irnos, no encontrábamos a mi padre, así que Vance y yo salimos por la puerta delantera para caminar hasta nuestra casa, pues asumimos que él se había ido primero sin avisarnos. No teníamos el padre más dedicado del mundo.

Sin embargo, al llegar a casa, mi padre no estaba y nunca olvidaré la expresión en la cara de Vance al pensar, analizar o qué sabía yo. Mi hermano siempre había sido muy observador, notaba cosas que se nos pasaban a los demás miembros de la familia.

Vance salió disparado de regreso a la fiesta y yo lo seguí, pero me quedé en la carretera viéndolo alejarse y meterse de nuevo en la casa de la señora. Silencio.

No escuché absolutamente nada en un par de minutos y luego caos, gritos y Vance regresando endemoniado, con mi padre pisándole los talones. Sentí un frío en el estómago mientras se acercaban. Mi padre intentó agarrarlo y Vance se soltó de golpe.

—¡No me toques! —gritó y la furia era clara en el rostro de mi hermano.

—Vance... —dije cuando llegó donde estaba yo—. ¿Qué ha pasado?

Vi sus puños llenos de sangre y el rostro golpeado de mi padre. Estaba horrorizada por completo: jamás en la vida habría pensado que mi hermano podría llegar a lastimar a mi padre.

—Hijo, escúchame, baja la voz.

Vance iba a atacarlo de nuevo cuando me crucé y le exigí:

—¿Qué narices ha pasado?

—Díselo, papá —lo tentó Vance—. Vamos, si tienes los cojones para hacer esta mierda, tenlos para decirle a tu hija la porquería de hombre que eres.

Mi corazón amenazaba con salírseme del pecho. Miré a mi padre.

—¿Papá?

—Vance, no hagas esto —suplicó mi padre.

—¿Papá? —repetí porque necesitaba una explicación.

—Por supuesto que para eso no tienes el valor —se burló Vance, su tono era amargo, pero dolido—. Papá se está follando a la nueva vecina.

Y mi mundo se detuvo, algo se rompió dentro de mí.

«No, no».

Mis padres llevaban más de veinte años casados. Era imposible, mi padre no haría algo así. No destruiría su familia de esta forma, no nos heriría así. Bajé la mano que sostenía a Vance y mis ojos encontraron los de mi padre.

—Papá...

Esperé una negación, una explicación, que dijera que todo había sido un malentendido, que Vance estaba equivocado, pero mi padre bajó la mirada y se quedó callado.

Y dolió, ardió, quemó.

«Hay palabras que hieren, pero son los silencios como este, los que destruyen y acaban con todo».

—Por favor, no... se lo contéis a vuestra madre, yo...

—Vete a la mierda —escupió Vance.

El rostro de mi padre se volvió borroso y me di cuenta de que yo estaba llorando. Me limpié las mejillas y me esforcé por mantener una pose firme.

—Tienes hasta mañana para contárselo —dije con la voz un poco rota. Contuve la rabia, mi decepción y todo lo que sentía. No sabía a qué edad había cogido la costumbre de reprimir mis sentimientos—. Si no lo haces, lo haremos nosotros.

Y me di la vuelta. No podía mirarlo ni estar cerca de él.

Mi padre no tuvo más remedio que contárselo a mi madre al día siguiente. Ella estaba devastada, no se lo esperaba en absoluto. Ellos no eran perfectos juntos, pero tenían confianza, habían pasado gran parte de su vida juntos. No se separaron, pero se notaba a leguas que ya nada era igual entre ellos. Mi madre se refugió en sus libros y mi padre en su trabajo.

Vance estaba furioso, dudaba que tuviera una forma sana de descargar esa ira. Intenté ayudarlo, pero nada funcionó. Él continuó cosechando ese odio, ese desprecio por mi padre y por la persona que se había liado con él: Sofía Hidalgo.

Luego Vance se enteró de que el hijo de esa señora empezaría a estudiar en la universidad y supe desde el inicio que estaba preparando algo, pero no sabía qué. Traté de explicarle que Apolo no tenía la culpa de nada, que él era una víctima en este enredo, como nosotros. De nuevo, nada funcionó.

Aquella noche lluviosa, me llamó, borracho. El ruido de fondo me dejaba claro que estaba en un bar.

—Necesito esto, Rain, necesito herir a alguien.

—Vance, no. —Me entró el pánico al escucharlo—. ¿Dónde estás?

—Lo he visto. De los hijos de esa mujer, él es el único que aún la visita después del divorcio con el viejo Hidalgo. Ese es su punto débil y está aquí a mi alcance, Rain.

—Vance, escúchame. No hagas ninguna tontería. —Silencio—.
¡Vance!

Y me colgó.

De inmediato, salté de la cama, me abrigué y cogí el paraguas.
Revisando mi teléfono, vi las historias de Instagram de Vance, estaba
en un bar del centro de Raleigh, a media hora de donde yo estaba.
Tomé un Uber y, cuando llegué al bar, él no estaba por ninguna parte.

«No, no, mierda».

Salí a la calle, la lluvia me mojaba los pies mientras me protegía
con la sombrilla. Vance no podía estar lejos. Busqué, caminé, recorrí
cada bar, cada rincón y entonces pasé por ese callejón, donde encontré a Apolo.

Después de dejar que se fuera con los paramédicos, me puse a
llorar desconsoladamente en el callejón. Alguien había salido herido
y yo podía haber hecho algo para detenerlo y me sentía como la peor
persona del mundo por no decirle a la policía que conocía la identi-
dad del atacante. Iba en contra de todo lo que yo creía, me odiaba
por el silencio, pero... Vance era mi hermano. Mi madre lo estaba pasando mal con lo de mi padre, no sabía si mi familia podía resistir el
golpe de que él fuera a la cárcel.

Fui egoísta.

Fui una mierda de persona.

Lo puse primero a él, que había atacado a alguien hasta casi ma-
tarlo, por el simple hecho de que era mi hermano. No tenía justifi-
cación.

Por eso mantuve a Apolo lejos de mí al principio. No quería in-
volucrarme. No podía mirarlo a los ojos sabiendo que podía darle la
justicia que se merecía y no lo hacía.

—Y yo cuando dejes de meterte en mis asuntos, Rain. —Me
había dicho Vance cuando se enteró.

—No sé de qué estás hablando.

—Sí que lo sabes, espero que seas inteligente para quedarte tranquila. Nunca te haría daño, pero no diría lo mismo de los que te
rodean.

Pero me he dejado llevar, he conocido a Apolo, y cuanto más lo conozco, peor me siento por todo lo que ha pasado. Quizá una parte de mí esperaba que él fuera una mala persona, así me sentiría menos mierda, pero no. Apolo es todo lo contrario, es cálido y bueno. Me siento tan culpable por dejar que las cosas avanzaran tanto entre nosotros sin decirle la verdad... Pero ya no más.

Así que después de contárselo todo, espero su respuesta.

Apolo está congelado. Tiene los ojos bien abiertos y los puños apretados. No dice nada y no lo culpo, es demasiada información. Sin embargo, me estoy muriendo por dentro.

—Apolo...

Él no me mira, tiene los ojos fijos a un lado, como si estuviera procesándolo todo.

—Vete.

Auch. Recibo el ardor de esa petición y la merezco.

—Apolo, solo...

—¡Vete! —levanta la voz ligeramente y salto porque no me lo esperaba—. Necesito... Vete, Rain.

Asiento y me levanto para dirigirme al pasillo. Le echo un último vistazo por encima del hombro; no se ha movido, pero la rabia y la decepción es clara en su expresión. Me doy cuenta de que quizá esto se ha terminado antes de que haya tenido la oportunidad de empezar y se me rompe el corazón.

«Lo siento tanto, Apolo».

DIECINUEVE

APOLO

Volver a casa.

Es lo que necesito. Es lo que hago después de la semana que he tenido. La mansión Hidalgo me recibe con su altura y sus anchas ventanas. No he dormido nada, y en cuanto ha salido el sol, he vuelto a casa. Sé que no me esperan, sé que están ahí dentro, en la cocina, desayunando. Este es mi hogar y, por alguna razón, me siento como un extraño en este momento.

Con mi llave, abro la puerta y puedo escuchar las voces que provienen del pasillo de la cocina. Quiero subir a mi habitación y olvidarme de todo, pero necesito a mi familia. Así que voy a la cocina y ahí están: Claudia, con vaqueros y un suéter rojo que hace juego con su pelo recogido en una cola alta, sostiene a Hera en brazos de lado, poniendo el peso de la niña en su cadera; Artemis lleva ropa negra de deporte, se está tomando su café con leche; y el abuelo está ayudando a picar lo necesario para hacer unos huevos fritos con verduras.

—Hola —saludo, cansado.

Todos me miran más que sorprendidos.

—¡Dodo! —dice Hera. Al ver su carita, mis males se esfuman durante unos segundos. Ella extiende los brazos hacia mí—. ¡Dodo!

—Princesa. —Me acerco y la cojo, ella me abraza de inmediato.

—¿Estás bien? —pregunta Claudia con suavidad, mirando lo hinchados que tengo los nudillos.

—No te esperábamos, hijo, pero qué grata sorpresa. —El abuelo me abraza del lado que no sostengo a Hera—. Pareces...

—Puedes decirlo —lo aliento.

Artemis se aclara la garganta.

—¿No deberías estar en clase?

—Artemis —lo regaña Claudia—. Estoy segura de que si está aquí es por algo. ¿Qué dijimos de ser más... ya sabes, humano?

—No estaba... —explica Artemis—. Solo me preocupa que se haya saltado las clases o qué sé yo.

—No soy un niño, Artemis, ya no tienes que actuar como mi padre.

Mi hermano mayor se pone de pie y baja su taza de café. Claudia y él intercambian una mirada y él hace una mueca, mientras se acerca.

—¿Qué haces? —pregunto.

Artemis me da un abrazo corto de lado, sin palabras. Sé que es su intento de ser más expresivo.

—Me alegro de verte —exclama con una sonrisa y me da una palmada en la espalda antes de apartarse.

El abuelo me observa con mucha intensidad, me conoce mejor que nadie. Así que no me sorprende cuando me dice:

—¿Qué necesitas, hijo?

Clau coge a Hera de nuevo y me sacudo las manos.

—Ayudar a preparar el desayuno, eso... es... —Clau me brinda una sonrisa cálida—. Es lo que necesito ahora.

—De acuerdo.

El abuelo me explica cómo ayudarlo y nos ponemos manos a la obra para preparar un superdesayuno. Los olores me reconfortan y me hacen sentir en casa: el café, las verduras recién cortadas, el aceite de la sartén para los huevos. Escuchar la risa adorable de Hera y los chistes del abuelo... también me hace sentir en casa.

Esto es lo que necesito ahora.

Bien abrigado, me siento frente a la piscina, observando lo cristalina que está el agua, casi me convenzo de meterme dentro en este frío clima. El sol brilla en el horizonte, dándome calidez y tranquilidad. Escucho pasos lentos detrás de mí.

—Sigues sin saber espiar, abuelo —bromeo y lo ayudo a sentarse a mi lado. Él trae dos tazas de chocolate caliente y me da una.

—Es la edad. Me delatan estos pasos lentos y el crujido de los huesos al moverme.

Eso me hace sonreír. Sus arrugas se acentúan un poco cuando me devuelve la sonrisa.

—Ah, supongo que eres el hijo de tu padre —dice tomando un sorbo de su taza.

Frunzo las cejas.

—¿A qué te refieres?

—Cuando te vi entrar a la cocina, me recordaste a tu padre. Cuando algo salía mal en la empresa, con Sofía o en su vida, Juan aparecía en mi puerta. No decía nada, solo me ayudaba a cocinar o a acomodar alguna cosa. —Él sonríe con nostalgia genuina—. Y me llenaba el corazón porque eso significaba que, pasara lo que pasase, mi hijo sabía que tenía un lugar al que volver cuando el mundo lo lastimara, un lugar seguro.

Mi vista se nubla ante sus palabras, pero respiro hondo para controlarme. Él abuelo me pone la mano en el hombro y me da un apretón.

—Este siempre será tu lugar seguro, Apolo.

—Lo sé.

—Y no sé qué ha pasado, pero si necesitas hablarlo, aquí estoy. También está Claudia, y Ares solo está a una llamada de distancia.

—¿Y Artemis? —tonteo un poco y el abuelo suspira.

—Sería mi última opción para hablar de emociones.

Me río.

—¿Y papá?

—Ni siquiera estaría en mis opciones.

—¡Abuelo! —exclamo, riendo aún más.

—¿Qué? Si algo tenemos los Hidalgo es honestidad cruel y necesaria.

Mi sonrisa se apaga.

—Honestidad... Ah, un poco de eso me habría ahorrado muchas cosas. Me habría evitado... tanto.

—Al parecer, te habría evitado destruirte los nudillos. —El abuelo me toma la mano y los revisa—. Debo decir que jamás esperé ver esto, la violencia...

—... nunca es la respuesta, ya lo sé. —Aparto la mano de su inspección—. Créeme, nadie está más sorprendido que yo.

—¿Se lo merecía?

—¿Qué?

—Hijo, te he visto crecer. Te he visto llorar dos horas el día que pisaste a uno de tus cachorros por accidente. Te conozco, algo tuvo que haberte hecho explotar. La persona que golpeaste, ¿se lo merecía?

Me quedo mirando el agua de la piscina y todo pasa por mi mente: el callejón, Rain, la emoción de conocerla, el aroma a café en Nora, Xan y sus mejillas siempre sonrojadas, Vance y sus provocaciones, los moretones en los brazos de Xan, la discusión fuera de la fiesta, el festival de otoño... Me recuerdo a mí, ahí encima de Vance, golpeándolo con toda la furia posible. Y luego está ella, Rain... que me lo cuenta todo y eso desata otra cadena de emociones: mi madre... liándose con un hombre casado, Vance queriendo venganza y Rain sabiendo todo este tiempo que fue él. Vance podría estar en la cárcel ahora, Xan estaría a salvo. Rain ha tenido este poder en sus manos todo este tiempo y no ha hecho nada.

Me ha mirado a la cara, ha presenciado lo que ha pasado Xan y no ha hecho... nada.

—¿Apolo? —El abuelo me pone la mano en el hombro de nuevo.

Aprieto los puños con fuerza, tensando la mandíbula.

—Yo... —Me giro para mirar al abuelo—. Tengo... estoy... Hay mucha rabia, abuelo, me desborda y me consume... Desde la noche del ataque, tengo esta pesadez en el pecho. Y lo odio, porque las emociones malas y negativas no eran parte de mí antes de todo esto. El mundo es una mierda y eso ya lo sabía, pero ahora...

—Ahora has salido allá afuera y lo has presenciado. —Suspira y me acaricia el pelo—. Mientras crecías, me preocupaba que fueras demasiado bueno para este mundo, Apolo. Me preocupaba que el mundo real te golpearía más fuerte que a los demás.

—Y tenías razón.

—No. —Sacude la cabeza—. No, estaba muy equivocado, hijo. Ser una buena persona no te hace débil o menos fuerte que los demás. Y tú eres una excelente persona. No dejas de serlo por sentir rabia o frustración, tampoco si te equivocas. No hay emociones malas, Apolo, las decisiones que tomas basándote en una emoción pueden ser buenas o malas, pero tus sentimientos nunca lo son.

—Son tantas cosas a la vez... que evito sentirlo todo porque es demasiado y lo bloqueo. No sé cómo lidiar con lo malo, con esto.

—Porque te has dado tu primer golpe con el mundo allá fuera, lejos de tu familia, en una ciudad en la que estás solo. Y has vuelto a casa para encontrarte a ti mismo, tu base, tu hogar. Luego volverás allá afuera y te volverán a dar otro golpe y llegará el día en que no necesites volver a casa para encontrarte porque ya te conoces mejor, ya lidias mejor con tus emociones.

—Tenías que haber sido psicólogo, abuelo.

—¿No eres tú el que está estudiando Psicología?

Suspiro.

—Mírame... ¿crees que parezco muy sereno y que soy capaz de guiar a alguien con su salud mental?

—Claro que no, acabas de empezar la carrera. Lo que sí sé es que eres el chico más empático que conozco y eso será muy bueno para las personas que ayudes en el futuro.

—No sé qué hacer.

—Sí lo sabes. Lo has sabido desde hace mucho tiempo, incluso antes de que llegara este día. ¿Qué te detiene?

—Me avergüenza, abuelo.

Suelta una carcajada tan sonora que me hace saltar un poco. Mi abuelo se ríe abiertamente, sosteniéndose la barriga. Y me río un poco porque verlo así me llena de paz.

—¿Vergüenza? Ah, —Tose ligeramente, aún riéndose—. ¿Qué te podría avergonzar, Apolo?

—No lo sé. No estaría muy bien visto que un estudiante de Psicología fuera a terapia.

—Ya, entonces, si Ares se pone enfermo o está herido, ¿no puede ir al hospital porque estudia Medicina?

—Si lo dices así, parezco idiota.

—No eres idiota, hijo, solo necesitas claridad. Te lo dije la noche del ataque y muchas veces después: necesitas ayuda de un profesional que te ayude a gestionar todas esas emociones que has estado reprimiendo después de lo que pasó.

—Y esa es la otra razón por la que no quiero ir, me aterra lo que pueda salir a la luz.

—¿Y crees que teniéndolo todo ahí guardado desaparecerá por sí solo? Todas tus emociones son válidas y necesitan ser sentidas.

—Hablar contigo me sienta bien y...

—No, no soy un profesional, Apolo. Solo soy un viejo que ha vivido demasiado, que se ha llevado muchos golpes y que sigue adaptándose a todo este mundo tecnológico y nuevo. —Otro suspiro—. Créeme, salir de mi zona segura no ha sido fácil, pero si yo pude aprender a jugar a esa cosa de los disparos para poder hablar con mis otros nietos en el PartyChat, tú puedes ir a terapia.

—¿Los hijos del tío Jamel? Espera... ¿Has estado jugando al *Fornite*?

El abuelo saca el pecho orgulloso.

—Cada vez aguanto más tiempo con vida —agrega—. La última vez, fueron tres minutos.

Sonrío porque me parece adorable.

—¿Y el tío Jamel...?

—Aún distante —dice con tristeza—. Estoy viejo para mantener esas brechas con mis hijos. Sé que me contestan el teléfono pensando en lo que puedan heredar cuando muera, pero mis nietos son inocentes en todo esto. He puesto de mi parte, he buscado la forma de conectar con ellos y me he comprado esa consola del infierno. Y ahora hacemos videollamadas todos los sábados e iré a visitarlos en dos semanas. —El abuelo se levanta—. Así que, ve a terapia, o tu abuelo te llevará arrastrado, Apolo Hidalgo.

—Sí, señor.

Lo veo volver dentro de la casa con pasos lentos y cautelosos. Ese viejo de pelo blanco y carcajadas ruidosas me ha dado mucho y lo adoro. Hoy me ha dado otra lección importante, no solo con sus palabras, sino con lo que me ha contado. Sus otros hijos lo metieron en el geriátrico, lo dejaron al olvido y, aun así, ahí está, intentando conectar porque su sabiduría va más allá del rencor o del orgullo, porque es una buena persona y el hecho de que lo hayan herido o apartado no ha cambiado eso.

Supongo que es el momento de hacer lo que debería haber hecho desde que me di cuenta de los miedos que tengo, del malestar que siento cada vez que llueve, de los días que me pasé andando como un zombi y de la ira que explotó con Vance. Quizá después de que recoja un poco las piezas, podré decidir qué hacer con la información que Rain me ha dado. Por ahora, necesito centrarme en mí.

Está bien necesitar ayuda, Apolo.

Es el momento.

PARTE DOS

XAN

VEINTE

APOLO

Hablar sobre aquella noche sigue siendo difícil.

Así que después de la segunda cita con mi terapeuta, me siento drenado mentalmente y sin energías. En las últimas dos semanas, me he convertido de nuevo en un pequeño zombi: voy a la universidad, vuelvo al piso, duermo y repito el ciclo. Ya ni siquiera salgo a correr por las mañanas, que era algo que me solía gustar mucho, y me inspiraba a empezar el día con buen pie.

Gregory ha intentado romper el ciclo invitándome a miles de cosas, desde fiestas hasta noches de pelis y otras actividades. Érica también ha hecho sus intentos en la universidad. No he ido al Café Nora porque no sé si puedo mirar a Xan a la cara y no decirle que su novio fue quien casi me mata de una paliza. Y Rain...

Intento no pensar en ella para nada.

He indagado con mi terapeuta sobre cuál es la emoción principal que me corroe cuando se trata de Rain y es engaño, me siento traicionado. Sí, siento mucha rabia porque no haga nada con lo que sabe, pero lo que más me hiere es que no haya sido sincera conmigo desde el principio. No me gustan las mentiras y duele que Rain haya pasado tanto tiempo conmigo, que haya tenido tantas oportunidades de decirme la verdad y que aun así decidiera no hacerlo.

Y luego está el hecho de que mi madre esté involucrada en todo esto. Soy el único de la familia que la visita.

—Pasa, hijo —dijo mi madre con una gran sonrisa la última vez que la visité—. Acaban de poner esas cortinas en los ventanales, ¿qué te parecen?

—Son... bonitas. —Le devolví la sonrisa.

Nunca me habían interesado los lujos o nada que tenga que ver con la decoración; en cambio, mi madre se moría por esas cosas. Estaba acostumbrada a un estilo de vida con mi padre y el arreglo del divorcio aún le permitía mantenerlo. Mi padre le dio suficiente dinero con tal de que ella se olvidara de las acciones en la compañía Hidalgo.

—Cuéntame, ¿cuándo empiezas la universidad?

—La semana que viene.

—Oh. —Ella rodeó la isla de la cocina, se puso un delantal y empezó a preparar la masa de las tortitas—. Siéntate, te prepararé tus favoritas, con trozos de fresa y plátano, ¿eh?

Asentí. No esperaba que lo recordara, y era la primera vez que la veía cocinar.

—¿Estás asustado? —preguntó mientras batía la mezcla.

—Un poco, ya sabes que ... no se me da bien hacer amigos.

Mi madre sacudió la cabeza.

—Estarás bien, ya verás que cuando vuelvas a visitarme, me contarás que tienes un montón de amigos.

Bufé.

—Claro.

Hubo un silencio y ella se pasó la lengua por los labios. Sabía qué quería preguntar.

—Ellos están bien, mamá.

Su expresión decayó un poco.

—Claro, yo...sigo a Claudia en Instagram, sube unas fotos preciosas de Hera.

—Sí.

Ella sigue preparando la comida y, cuando termina, me sirve un plato con una torre de tres tortitas con trozos de fruta encima.

—Gracias, qué buena pinta tiene.

Ella asintió y sonrió, mientras se limpiaba las manos con el delantal. Sin embargo, el brillo de sus ojos se había esfumado desde que habíamos mencionado a Hera. Y a pesar de que ella era responsable de este resultado y de que ahora estuviera en esta posición, no pude evitar sentirme mal: era mi madre.

—Necesitan tiempo, mamá —dije con honestidad—. Artemis y Ares... han sido los que más se han visto afectados con lo que pasó entre papá y tú.

—Lo sé... me merezco esto, es solo que... —Ella soltó una bocanada de aire, mientras miraba por la ventana—. Estoy muy sola, Apolo.

—Lo siento, mamá.

—No lo sientas, yo me lo he buscado. Solo desearía haber tenido esta claridad mucho antes, haberme dado cuenta del daño que os estaba haciendo... a vosotros, a Juan... —Se pasa la lengua por los labios—. Estar aquí tan sola me ha dejado mucho tiempo para reflexionar, para mirar atrás y para ver los errores tan gigantes que cometí. Pero ya es muy tarde, Apolo.

Extendí mi mano hacia ella por encima de la isla y tomé la suya.

—Estoy aquí, mamá. Y no puedo hablar por mis hermanos, porque ellos tienen derecho a procesar lo que pasó como puedan, pero creo que nunca es tarde para darte cuenta de tus errores.

Mi madre rodeó la isla y me abrazó.

—Te quiero.

La creí, pensé que había cambiado. Y ahora me entero de esto. ¿Es que no se puede confiar en nadie? Cojo una botella de agua y me voy a mi habitación, necesito dejar de pensar. Y por ahora, dormir es la única forma de lograrlo.

—Apolo... —Alguien me sacude el hombro—. Ey.

Gruño y me giro en la cama, dándole la espalda a quien sea que me esté interrumpiendo. No quiero despertar.

—¡Apolo! —Es un susurro urgente. Mientras recupero un poco la consciencia, me doy cuenta de que es Gregory.

—¿Qué? —murmuró con la cara semienterrada en la almohada.

—Despierta, tenemos una... situación.

Greg me sacude con más fuerza. Jadeo de frustración, mientras me siento de mala gana.

—¿Qué pasa? —Me froto los ojos para ver su figura en la oscuridad.

—Se trata de Xan.

En el momento que escucho ese nombre, las alertas se disparan en mi cerebro y me despierto por completo. Esto no puede ser bueno. Miro el reloj en la pared y son las cuatro de la mañana, la expresión preocupada de Gregory tampoco es buena señal.

—¿Qué ha pasado?

El corazón me late desbocado ante todos los escenarios posibles.

—Xan está aquí.

—¿Qué?

—Bueno, está en la puerta. No ha querido entrar, me ha pedido que te llamara.

—Pero ¿qué...?

Me levanto de golpe y ni me molesto en ponerme una camisa. Salgo solo con los pantalones del pijama puestos, sin nada más, y corro hacia la puerta. Ahí está él, tembloroso, frotándose los brazos con ambas manos mientras se abraza a sí mismo. Tiene el pelo hecho un desastre, moretones recientes en el rostro, el cuello rojo, como si... Tiene los ojos hinchados y ha estado llorando, eso es obvio.

—Dios, Xan, ¿qué ha pasado? Estás herido, estás...

—Lo siento... Perdón por venir a esta hora... No sé por qué lo he hecho, pero... no tenía a dónde ir... Rain me dio tu dirección hace tiempo, cuando quise disculparme por haberte tratado mal en la fiesta y... no sé cómo he llegado aquí... Estaba caminando... He estado caminando mucho... durante horas.

Miro sus pies y está descalzo. De donde sea que ha salido, no lo planeó. Está huyendo. Tose y hace una mueca de dolor... Su cuello... Estoy seguro de que Vance es el responsable de esas marcas rojas en su cuello.

—Lo siento, Apolo.

—No, no, no tienes que disculparte por nada. Vamos, pasa.

—No... no es buena idea, no quiero meterte en mis problemas... yo...

—Xan, pasa, descansa un poco, come algo y ya después podemos pensar qué hacer.

Él duda.

—Me da mucha vergüenza aparecer en tu puerta así, pero... tenía tanto... miedo. —Su voz se rompe—. Eché a correr... sin más.

—Has hecho lo correcto, Xan. Vamos.

Le extiendo la mano y él duda de nuevo, pero finalmente la toma y entramos.

Gregory nos recibe en la cocina y Xan baja la mirada. Por un segundo, me acuerdo de la visita que le hice a mi familia hace unos días y de lo que necesité en ese momento. Cuando estamos en nuestros peores momentos, lo último que necesitamos es que nos hagan preguntas. Xan mantiene su mirada en el suelo, abrazándose a sí mismo.

—Lo siento, de verdad. No debería haber venido así, es muy tarde, yo...

—¿Pan tostado o normal? —lo interrumpo, caminando hacia el otro lado de la isla de la cocina. Xan alza la vista, confundido, y yo sigo—: Hoy voy a preparar el desayuno un poco más temprano de lo normal, porque como diría mi abuelo, «todo mejora con la barriga llena».

Le lanzo a Xan una sonrisa de comprensión y sus ojos se enrojecen.

—Pan tostado —murmura.

—Excelente opción. —Gregory se une y me señala—. A ver, Apolo, saca los huevos y corta las verduras, yo voy a ponerme con la sartén. Siéntate, Xan.

El chico de pelo azul se sienta en las sillas altas de la isla, mientras Greg y yo cocinamos. Bueno, Greg es el que hace todo y yo sigo sus instrucciones y agradezco su intervención porque no se me da bien cocinar, solo sé hornear postres.

—¡Así no! —me regaña Gregory—. Dios, ¿cómo es que no sabes hacer beicon? Es tan sencillo como darle la vuelta, Apolo.

Xan no habla, pero nos observa con intensidad como si todo esto lo mantuviera lo suficientemente entretenido. Es lo que yo quería, él no necesita la presión de las preguntas o que indague. Hablará cuando esté listo y yo estaré aquí para escucharlo.

Comemos en silencio, disfrutando de este desayuno improvisado que le ha quedado increíble a Gregory: sus habilidades culinarias siempre me sorprenden. Aún está oscuro afuera y el reloj marca casi las cinco. Con un bostezo, Greg se despide.

Dudo por un momento qué hacer. Sé que Xan no querría estar solo, así que lo llevo a mi habitación, que es espaciosa y tiene un sofá largo y cómodo a un lado. Dentro, él se queda parado cerca de la puerta ya cerrada. La luz está apagada, solo nos ilumina una lámpara encendida en la mesilla de noche.

—¿Puedo usar tu baño? —pregunta.

Su voz está decaída y parece destrozado. No me refiero solo a sus heridas, sino a todo él. El Xan alegre que me sonríe cuando voy al Café Nora no está por ninguna parte y odio que Vance lo destruya así.

—Claro.

Cuando Xan sale del baño, se queda ahí parado sin saber qué hacer.

—Puedes descansar en la cama —digo y me siento en el sofá.

Él se pasa la lengua por los labios, se abraza a sí mismo de nuevo.

—Xan. —Me mira—. Estás a salvo.

Él asiente y se tumba bocarriba en la cama, con los ojos fijos en el techo.

—No tienes que estar en el sofá —susurra—. Tu cama es grande, puedes acostarte aquí, si... no te importa.

—Claro que no me importa —aclaro y voy a la cama.

Me acuesto como él, bocarriba. La pequeña luz de la lámpara crea pequeñas sombras en la superficie del techo. El silencio que nos envuelve no es incómodo, es tranquilo y espero que le dé a Xan el espacio que necesita para procesar lo que sea que haya pasado.

—Yo... —empieza Xan, pero se calla.

Descanso ambas manos sobre mi tripa y giro la cara para mirarlo. Él mantiene los ojos clavados en el techo. Puedo ver lágrimas rodando por sus mejillas y que le tiemblan los labios.

—Xan, no tienes que explicarme nada. Tómate tu tiempo.

—¿Cómo... llegó a esto? ¿Cómo... llegué a esto? ¿Cómo puedo seguir amando a alguien que me hace esto?

—Eso no es amor, Xan. Lo que tienes con Vance, quizá empezó como amor, pero te aseguro que ya no lo es.

—Entonces ¿qué es? —Él gira el rostro para observarme—. Porque siento que no puedo vivir sin él... Me siento atrapado.

—Porque él lo ha hecho todo para que te sientas así, para que no lo dejes.

—Él no era así... No siempre es así. Cuando estamos bien... todo... es perfecto. —Él vuelve a mirar el techo, inhalando por su nariz congestionada—. Me prometió no volverlo a hacer y esta noche... él... Creía que me mataría, Apolo. Tuve... —Él rompe en sollozos, con los ojos cerrados— tanto... miedo.

Con cautela, extiendo la mano en la cama y tomo la suya.

—Estás a salvo, Xan. —Se la aprieto con gentileza—. Descansa.

Durante un buen rato, él llora desconsoladamente y yo solo puedo sostenerle la mano y estar ahí para él.

Al final, Xan se duerme. Las largas pestañas le rozan los pómulos y tiene los labios entreabiertos. Le suelto la mano y me siento para arroparlo. Xan se estremece un poco, pero sigue durmiendo; ahora tiene el rostro girado hacia mí. Su pelo azul le roza la frente y los moretones ya se están haciendo más obvios en su rostro y en su cuello.

No tengo ni idea de qué voy a hacer, pero alguien tiene que detener a Vance. Y cada vez me convenzo más de que esa persona debo ser yo.

VEINTIUNO

XAN

«No quiero despertarme».

Eso significa lidiar con todo, pensar en lo que pasó, en él.

Además, hacía meses que no dormía tan bien, he descansado. No sé qué hora es, pero cuando noto lo alto que está el sol por la ventana, sé que es tarde. Apolo no está por ninguna parte, así que uso el baño y salgo al pasillo. Tampoco hay nadie en el salón ni en la cocina, solo una nota en la isla:

> Xan, me he ido a clase, volveré después de las dos. Hay gofres en el microondas y comida en la nevera si te quieres preparar algo diferente. Por favor, espérame.

Esa última frase envía una sensación cálida a mi estómago, porque ¿cómo me conoce tan bien? Lo primero que he pensado al salir de su habitación ha sido en irme. Cuanto más se despierta mi cerebro, más me convenzo de que esto ha sido un error. No puedo negar que he disfrutado estar aquí, me he sentido seguro, sin embargo, no quiero envolver a Apolo en mis problemas. No me quiero aprovechar de su bondad. Simplemente, no tenía a dónde ir. Vance lo es todo para mí: casa, trabajo, relación y demás. Sin él, me quedo básicamente en la calle.

191

«Porque él lo ha hecho todo para que te sientas así, para que no lo dejes».

Las palabras de Apolo vuelven a mí. Parece difícil de creer, planear algo así... ¿qué clase de persona lo haría?

«Es mi hermano y no es una buena persona».

Ahora es la voz de Rain la que me atormenta. Respiro hondo, caliento los gofres y me sirvo un poco de café. Al sentarme en la isla de la cocina, me quedo mirando mi móvil apagado. Me armo de valor y lo enciendo. Las manos me sudan y me paso la lengua por los labios. Siento un vacío en el estómago cuando empiezan a llegar los mensajes de Vance:

01.04 a.m.
¡CONTESTA EL TELÉFONO!

01.05 a.m.
XAN, CONTÉSTAME AHORA MISMO.

01.06 a.m.
¡¿Dónde te has metido?!

01.06 a.m.
Xan, te juro que si no me contestas...

01.07 a.m.
¿Por qué no te llegan mis mensajes? ¿Has apagado el móvil?

9 mensajes de voz en el buzón de voz.

No los escucho, sigo leyendo sus mensajes que aparecen en la pantalla de notificaciones uno tras otro. En los primeros parece enojado, están llenos de amenazas y luego se va calmando como siempre, el último mensaje es completamente diferente a los primeros:

Vance: Xan, lo siento mucho, por favor. Estoy preocupado por ti, ya ha amanecido. Por lo menos dime que estás bien, es lo único que te pido.

Considero decirle que estoy bien y ya, pero el recuerdo de la noche anterior me congela.

Lo estábamos pasando bien, estábamos viendo una película y, de pronto, él recibió una llamada y se fue al cuarto de stream a responderla. Me quedé en el sofá durante unos minutos, esperando, con la bolsa de palomitas sobre mi regazo. Cuando él volvió, me dijo que otro día seguíamos viendo la peli, que tenía que estar en un directo. Y así comenzó la discusión. Una cosa nos lleva a la otra y terminamos hablando del hecho de que él me tenía escondido como un secreto mientras coqueteaba con todo el mundo, en sus directos y en la calle.

Vance intentó arreglarlo todo con sexo y, cuando me negué, se enfureció aún más. Y ambos gritábamos, no nos escuchábamos y él perdió el control.

Esta vez, no se detuvo con los golpes, me agarró del cuello y me presionó contra la pared mientras me ahogaba. Estuve a punto de desmayarme. Cuando me soltó, sus hombros subían y bajaban con furia, me seguía gritando; sin embargo, mis oídos solo escuchaban un chillido fijo y constante. Mi instinto de supervivencia entró en acción y, sin darme cuenta, hui. Corrí hacia el ascensor. Salí a la calle, descalzo, confundido y no me detuve hasta estar lo suficientemente lejos de él.

Durante horas, deambulé sin rumbo, en el frío del otoño por las calles vacías de Raleigh. Pensé en acudir a Rain, pero sabía que Vance me buscaría ahí, no era la primera vez. Así que terminé frente a la puerta del chico de sonrisa cálida: Apolo Hidalgo.

Jamás pensé que terminaría aquí. Se ha portado genial, como esperaba. Apolo es una buena persona, lo supe en el instante en el que lo vi entrar en la cafetería. Aquel día que esperaba a Rain, estaba nervioso y sus reacciones eran muy transparentes. Con el paso del tiempo, solo he confirmado lo genial que es. Odio que sepa todo lo de Vance, que sea testigo de esa parte de mi vida, pero también odio que sus gestos más simples me hagan sentir cosas que no debo.

Mi teléfono suena con una llamada entrante: Vance. Trago saliva con dificultad, sé que tengo que enfrentarme a él tarde o temprano; aun así, no me siento con fuerzas para hacerlo ahora.

Salto al escuchar la puerta abrirse y, cuando me giro, lo veo entrar. Apolo viste unos vaqueros, un suéter azul cielo y un gorro del mismo color. Lleva una mochila al hombro, el alivio en su expresión es obvio cuando me ve.

—Me has esperado —dice con una sonrisa que me hace sentir que todo estará bien y se resolverá.

Me doy un golpecito mental: no es el mejor momento para esto. Mi vida está en ruinas, mi mente en caos, lo último que necesito ahora es tener un crush con un chico hetero.

—Me han convencido los gofres —miento porque casi no he comido.

Apolo pone la mochila en la isla, se quita el gorro, cosa que le desordena el pelo, y se acerca a mí. Los nervios me envuelven cuando su mano inspecciona mi cara.

—Creo que los moretones sanarán pronto. —Trago grueso y aparto la mirada.

—Sí.

Él se queda ahí, vuelvo a mirarlo y pienso: «¿Este chico no tiene concepto de espacio personal o qué?». Está tan cerca que mis rodillas, levantadas un poco por la silla, casi lo rozan. Por fin, él se aleja y siento que puedo respirar de nuevo.

—¿Cuál es el plan? —pregunta mientras se sirve un vaso de agua.

—No lo sé. —Suspiro—. Tengo que abrir la cafetería en un rato..., pero sé que él...

—Estará ahí. ¿Quieres que te acompañe?

—No, ya has hecho suficiente. Tengo que resolverlo yo.

—Xan.

—Muchas gracias... por todo.

—No tienes nada que agradecerme —responde, pero la preocupación inunda su rostro—. ¿Qué vas a hacer después de cerrar Nora? ¿A dónde vas a ir?

Esa es una buena pregunta, mi plan hasta ahora es dormir en la cafetería.

—No te preocupes, estaré bien.

—Puedes quedarte aquí todo el tiempo que quieras, Xan. Este piso es inmenso y a Greg no le molesta.

—No, no quiero aprovecharme. Ya habéis hecho suficiente.

—De verdad que no es nada. Somos buenos compañeros de piso, lo juro.

Eso me relaja y sonrío.

—No lo dudo. No tenía ni idea de que a Gregory se le daba tan bien cocinar.

Apolo levanta el mentón.

—Yo hago buenos postres, ¿de acuerdo?

—Tengo que probarlos algún día. Yo me encargo de preparar el café, porque esto sabe horrible. —Señalo la taza—. Sin ofender.

—Oh, perdón, gran señor del café por insultarlo con nuestra humilde bebida.

Me río y Apolo se me queda mirando.

—¿Qué?

—Te sienta bien reír, sobre todo después de lo que pasó.

—¿Gracias? Sobreviviré, no te preocupes.

—Eso espero. —Él se inclina sobre la isla—. Xan, de verdad, te puedes quedar aquí.

—¿Y compartir cama con alguien que comete estos sacrilegios con el café? —bromeo, levantando la taza—. Eso va en contra de mis principios.

—Si lo que te preocupa es lo de la cama, puedo dormir en el sofá o podemos comprar otra cama para el cuarto de invitados.

—Apolo. —Entorno los ojos—. Estoy bromeando.

—Lo sé, solo quiero asegurarme de que estés cómodo.

No sé por qué ya me he vuelto a poner nervioso.

—¿Tú estás cómodo con eso? —pregunto.

Apolo sonríe.

—¿Compartiendo cama? —Asiento—. Claro, de hecho, Greg y yo compartimos cama durante un mes cuando estábamos esperando que trajeran la mía.

—Sí, pero vosotros son amigos desde hace años, tú y yo...

Apolo espera y vuelvo a darme una bofetada mental.

«¿Por qué estás haciendo que todo sea incómodo, Xan? Por supuesto que es normal para él compartir cama con un amigo, deja de analizarlo todo. Intenso».

—¿Tú y yo? —me presiona Apolo ante mi silencio.

—Tú y yo somos amigos desde hace poco.

Él frunce las cejas, pero lo deja pasar.

—No me molesta, Xan.

—Debería prepararme para ir a la cafetería.

—¿Te presto algo de ropa?

—¿Dices que apesto?

Él se ríe.

—Nah.

—Gracias —digo con honestidad—. De verdad, gracias.

El Café Nora me recibe en silencio y una tristeza profunda me consume. Esta cafetería es mucho más que un negocio para mí: es mi vida, es mi sueño. Suena simple, hasta mi madre me regañó en su momento por tener tan pocas aspiraciones, pero nunca le vi nada de malo a querer una vida así. Una vida dedicada a estar rodeado de ese aroma a café y brindarles a otras personas un descanso, un lugar de conversaciones y tranquilidad.

No me sorprende la figura que está sentada en una de las mesas de la esquina esperando. Vance parece desvelado, tiene la camisa arrugada y ojeras bajo los ojos. Me tiemblan las manos, así que las aprieto en puños para que no se note. Vance se pone de pie, la oscuridad en su mirada asusta y me pregunto si debería haber dejado que Apolo me acompañara.

—¿Dónde estabas? —Su voz es fría, controlada.

Lucho por mantener la cabeza alta.

—¿Qué haces aquí? Tengo que abrir en veinte minutos.

—Xan, ¿dónde has pasado la noche? —Mira el suéter negro y los vaqueros que me quedan largos porque Apolo es más alto que yo—. ¿De quién es esa ropa?

—Vance, tienes que irte.

—¡Respóndeme! —Su grito me hace saltar—. ¡No he dormido nada! Mientras tú... parece que te lo has pasado genial, te queda... bien la ropa de otro.

—¿Estás loco? —pregunto en serio—. Después de lo que hiciste anoche, ¿crees que tienes el derecho a hacerme preguntas? ¿De montarme esta escena?

—Xan, no me provoques, ¡responde la maldita pregunta!

—¡No!

Vance me agarra del brazo y me arrastra detrás del mostrador.

—¡Suéltame! ¡Vance! ¡Suéltame!

Él me lanza al suelo y se sube encima de mí.

«No, no».

—Si no quieres responder, tengo que revisar.

—¡Basta! ¡Para! ¿Qué haces? —Me congelo cuando su mano me desabrocha los vaqueros y luego él desliza su mano dentro—. No, no, Vance.

Las lágrimas me inundan los ojos mientras sus dedos indagan dentro de mis nalgas, buscando... fluidos de alguien más. Vance se levanta y me quedo ahí en el suelo, porque esto... ha dolido más que los golpes. Esto... me ha matado por dentro.

—Bien —dice seguro—. Volveré a por ti a la hora del cierre. No vuelvas a asustarme así, Xan.

Y se va.

Yo me quedo ahí tumbado, mirando hacia arriba con la vista nublada por las lágrimas. Las luces que cuelgan de las vigas del techo están encendidas, son cálidas. Las escogí por eso, para que este lugar fuera un punto de encuentro donde la gente se sintiera cómoda y estuviera segura.

Me siento y poco a poco me pongo de pie. Me abrocho los vaqueros con los dedos temblorosos, aguantando las ganas de vomitar. Me lavo las manos y la cara, y me preparo para abrir Nora. Ahora no quiero pensar, ni mucho menos lidiar con lo que acaba de pasar.

Solo quiero preparar deliciosos cafés cuyo aroma me haga sentir en casa, envuelto en los brazos de mi madre, no en las garras de un monstruo como Vance.

Porque al final, me doy cuenta de que Vance Adams es un monstruo.

VEINTIDÓS

APOLO

Tenemos que hablar.

Le doy a enviar y me guardo el teléfono en el bolsillo delantero de los vaqueros. No puedo seguir evitándolo, tarde o temprano, tengo que hablar con Rain. Han pasado semanas y me ha enviado mensajes que no he respondido, estaba tomándome mi tiempo para asimilarlo todo. No quería conversar con ella cuando el sentimiento que me dominaba era la rabia, pero lo que pasó anoche con Xan ha acelerado ese proceso porque Vance tiene que parar.

Me dirijo al Café Nora, su gran aviso de neón blanco está encendido. He venido dos horas antes de que cierre porque tengo un mal presentimiento. Desde que Xan ha salido del piso esta tarde, una sensación desagradable me corroe el estómago. Vance no parece ser el tipo de persona que se rinde con facilidad, él sabe que Xan estará aquí. ¿Qué le impediría venir a buscarlo?

Me asomo por los ventanales transparentes de la cafetería y veo a Xan sonriéndole a un cliente mientras le pasa un latte. Noto que ahora lleva puesta una bufanda alrededor del cuello que no tenía cuando ha salido de casa, seguramente los moretones han empeorado. Suspiro porque me entristece verlo así, fingiendo que todo está bien, siguiendo adelante a pesar de lo que sea que le pasó anoche.

Empujo la puerta de cristal, la campanita suena y llama la atención de todos. Hay varias mesas llenas, Xan me mira y me saluda con la mano. Le devuelvo el gesto y camino hacia el mostrador.

—Un latte, por favor.

—Deberías darle una oportunidad al matcha —dice, sacudiendo la cabeza mientras lo prepara.

—Nope, nada verde, por favor.

Xan aprieta los labios fingiendo decepción.

—Creo que esta amistad ha llegado a su fin.

—Ah, ¿es que éramos amigos? —bromeo y él entrecierra los ojos.

—Compañeros de habitación, entonces.

Sonrío de oreja a oreja.

—¿Eso quiere decir que...?

—Que aceptaré quedarme contigo... —Se aclara la garganta—. Con vosotros, quiero decir. Será temporal mientras encuentro algo.

No puedo dejar de sonreír porque siento que es una victoria inmensa para Xan. Alejarse de Vance le dará el tiempo para ver todo con nuevos ojos y darse cuenta de muchas cosas. Que esté listo para dar este paso es increíble.

Me pasa mi latte y se limpia las manos en su delantal antes de rodear el mostrador.

—Te acompaño un rato.

Caminamos a una mesa cerca del mostrador y Xan se sacude el pelo. Las raíces negras de su pelo natural ya tienen un dedo de crecimiento. Me hace percatarme de que llevamos conociéndonos más tiempo del que pensaba.

—¿Recuerdas esta mesa? —comenta con un brillo en los ojos.

—Claro, aquí me hablaste por primera vez.

—Sí, estabas pilladísimo por... Rain.

Me tenso un poco.

—Solo era uno más de la lista, me lo dejaste claro ese día.

—Nah, tú nunca serás uno más en nada, Apolo.

La espontaneidad y facilidad con las que lo dice me pilla desprevenido. Lo miro a los ojos y el rojo constante en sus mejillas se acentúa y agrega:

—Quiero decir, eres un Hidalgo, siempre resaltarás.

—¿Por mi apellido o porque...? —Finjo pensar—. ¿Cómo fue que lo dijiste la noche de la fiesta...? ¿Parezco un dios griego?

Xan baja la mirada, riendo por lo bajo.

—Esperaba que no recordaras eso.

—No todos los días alguien me dice algo así.

Él bufa.

—No te creo.

—¿A ti te dicen todos los días que tus mejillas siempre están sonrojadas y que es adorable?

Xan se queda muy quieto. Y es mi turno de aclararme la garganta y tomar un sorbo de mi latte.

«¿Qué narices ha sido eso, Apolo?».

—¿Adorable? —Xan se ríe—. No es el adjetivo que quieres escuchar de alguien que... —Se detiene de golpe y aprieta los labios.

—¿Alguien que qué?

—Nada.

Ladeo la cabeza porque Xan evita mi mirada. Está nervioso.

—Xan.

—¿Qué llevo de cena hoy? Me toca, para devolveros un poco la amabilidad, ¿alitas de pollo?, ¿pizza?

—Pizza está bien. —Lo observo con atención y sonrío para tranquilizarlo—. Tu café es increíble, ya no me siento ofendido por tus comentarios sobre el mío esta mañana.

—Pues vivo de esto, sería muy malo que no lo hiciera bien, ¿no crees?

—¿Qué otras cosas haces bien? —tanteo y el rostro de Xan muestra sorpresa.

«Pero ¿qué me pasa?».

—Perdona —digo con rapidez—. Ya estoy cogiendo demasiada confianza, es por culpa de vivir con Gregory.

Xan se pasa la lengua por los labios.

—No pasa nada. —Parece pensar qué decir—. Pues la verdad, solo se me da bien hacer café.

—Y eso está bien porque te ves feliz detrás del mostrador —admito, desviando un poco el tema—. ¿Cuándo supiste que era lo tuyo?

Xan sonríe, nostálgico.

—Desde que era pequeño, el aroma a café siempre invadía mi hogar, a mi madre le apasionaba. Al principio, pensé que se trataba de algo que me interesaba porque era mi conexión con ella, luego me di cuenta de que disfrutaba preparándolo, y, sobre todo, de la expresión de disfrute que pone la gente cuando le da el primer sorbo a un buen café. Me volví adicto a eso y aquí estamos.

—¿Tu madre...?

—Murió el año pasado, pero llegó a disfrutar este lugar. —Usa su dedo para trazar un círculo en el aire refiriéndose a Nora—. Ella... estaba muy feliz, Vance le caía muy bien. Se fue creyendo que me dejaba en buenas manos, que estaría bien. Y lo estuve durante un tiempo, hasta que él empezó con sus... cosas.

—Lo siento.

—Eso me da paz, ¿sabes? Que ella se haya ido sin preocupaciones.

—Tiene sentido. —Observo su semblante decaído—. ¿La echas de menos?

Xan suelta una bocanada de aire.

—Todos los días. —Se sacude como si quisiera alejar la tristeza—. ¿Y tú? ¿Te llevas bien con tu madre?

Cada músculo de mi cuerpo se tensa y aprieto la mandíbula. Le di una oportunidad a mi madre después de todo, pensé que, estando soltera, podía disfrutar su vida sin herir a nadie. Y, aun así, terminó metiéndose con un hombre casado.

—Soy más cercano a mi abuelo. Mis padres no son... —No sé cómo explicarlo.

Xan me observa durante unos segundos hasta que plantea:

—Es complicado, ¿no? —Asiento—. Mi padre nunca estuvo presente, siempre fuimos mi madre y yo. Así que lo entiendo.

—Siempre son los padres... —bromeo, recordando una de mis clases en la universidad.

—¿Qué sería de nosotros sin los problemas parentales?

Nos reímos, nos miramos a los ojos y hay un silencio lleno de paz y compresión. Xan suspira y mira la cafetería.

—Creo que voy a cerrar ya.

—Aún falta una hora.

—Vance tiene cámaras aquí, Apolo. Probablemente ya sepa que estás aquí y venga de camino. No quiero verlo otra vez.

Alzo una ceja.

—¿Otra vez? ¿Ha estado aquí?

—Sí, él... sigue enfadado. Así que, si puedo evitar verlo, mejor.

—De acuerdo, te espero.

Xan se va a acomodar todo mientras permanezco sentado, ahí en la mesa. En ese momento, mi teléfono suena con la llegada de un mensaje.

Rain: Sí, tenemos que hablar.
Dime hora y lugar.

Me quedo mirando el mensaje fijamente, pero no le respondo. La recuerdo a ella, sentada en mi cama, contándomelo todo y me envuelve la decepción. Por lo menos ya no es rabia, ahora que mis emociones han tenido tiempo para equilibrarse, solo siento una gran decepción. Me he preguntado si debería contárselo a Xan. Lo miro y él está acomodando algunas cosas. Se quita el delantal por encima de la cabeza, cosa que le desordena el pelo azul, pero tiene cuidado de no desprenderse de la bufanda. Definitivamente, Xan ya lo está pasando mal, no necesita algo más, y decírselo no le ayudaría en nada. Por lo menos, al fin se ha alejado de Vance. No es el momento.

Lo espero y nos vamos juntos a casa.

—¡Deshonra! —chilla Gregory al vernos llegar con una caja de pizza.

Ah, lo había olvidado...

—¿Qué? —pregunta Xan, mientras pone la caja sobre la isla.

—¿Cómo te atreves a traer comida rápida a la casa de un chef, Xanahoria?

Me paso la lengua por los labios y los aprieto, aguantando la risa. Xan lo mira, confundido.

—¿Xanahoria?

—Ese eres tú, te has ganado un apodo por faltarme al respeto de esta manera.

Xan me mira, buscando apoyo y me encojo de hombros.

—¿Cómo te atreves, Xan? —incito y él me dirige una mirada asesina.

—Apolo no me dijo nada.

—Es sentido común. —Me hago el loco.

—¿Qué pasa? —Kelly sale del pasillo.

Me pilla desprevenido porque hacía semanas que no venía al piso. Sin embargo, noto que arrastra una maleta y tiene una mochila en el hombro. ¿Se va definitivamente? ¿Ella y Greg...?

—La Xanahoria ha traído pizza, ¿puedes creerlo? —informa Gregory, aún indignado.

Xan se aclara la garganta y se limpia la mano en los vaqueros antes de tendérsela a Kelly.

—Soy Xan.

—Kelly —dice ella después de soltarle la mano—. Ya me iba.

—¿Necesitas ayuda? —me ofrezco

Miro sus maletas y ella asiente, luego se despide de Greg y de Xan.

Bajamos y, cuando salimos del edificio, subo las cosas a su coche.

—¿Todo bien? —pregunto, observándola. Independientemente de lo que pasó entre nosotros, Kelly ha sido una buena compañía en el piso.

—Sí. —Cierra el maletero y se pone las manos en la cintura—. Era inevitable que todo terminara entre Greg y yo.

—Lo sé.

—Apolo..., siento haberte metido en mis desastres. No debí incitarte ni...

—Kelly. —La interrumpo—. No pasa nada, yo también quería, no me obligaste a nada.

Me ofrece su mano.

—¿Estamos bien?

La tomo.

—Perfecto.

Ella se gira y se sube en su coche, antes de arrancar y baja la ventanilla.

—Eres un buen chico, Apolo Hidalgo.

—Me lo dicen mucho.

Sonríe y se va.

Cuando vuelvo al piso, Gregory está sentado en una de las sillas altas y Xan está de pie al lado de la isla. Están comiéndose un trozo de pizza cada uno mientras hablan sobre lo que piensan hacer en las vacaciones de Acción de Gracias. Xan parece algo pálido, mi ropa le queda un poco grande y le hace ver más pequeño, casi frágil. O quizá solo me lo estoy imaginando porque ha pasado por mucho.

—Pensé que la pizza era una ofensa —molesto a Greg y camino hacia Xan para coger un trozo.

—¿Qué puedo decir? La Xanahoria tiene su encanto.

Giro el rostro para encontrarme con un sonriente Xan, que se encoge de hombros.

—Cuando hay hambre... —Él no termina porque yo paso el brazo por un lado de su cintura para tomar un trozo de pizza de la isla, Xan se quita enseguida. Lo miro extrañado—. Perdón, no me lo esperaba.

—Tranquilo. —Quiero disculparme porque entiendo que Xan esté más alerta de lo normal con todo lo que ha pasado.

Gregory me observa y una estúpida sonrisa se forma en sus labios. Le pregunto «¿Qué?» con un gesto y él se sella los labios con los dedos, como si cerrara una cremallera.

Nos vamos a dormir después de turnarnos para ducharnos. Xan se disculpa mil veces porque le presto ropa de nuevo y alega que irá por sus cosas pronto. Nadie le está metiendo prisa, pero él parece creer que es una molestia para nosotros. No puede estar más equivocado.

Me quedo en la puerta del baño mientras me seco el pelo con la toalla, solo llevo mis pantalones de pijama. Lo observo mientras levanta la sábana para meterse en la cama despacio. Parece relajado y... seguro. Se mueve un poco y, al hacerlo, me ve.

Sus ojos bajan de mi cara a mi abdomen y, de inmediato, aparta la mirada. No digo nada y lanzo la toalla a un lado para meterme en mi lado de la cama. Es inmensa, así que hay suficiente espacio entre los dos, aunque espero que no le moleste que duerma sin camisa. Ahora dudo, así que se lo pregunto:

—¿Te molesta que duerma sin camisa?

—No —susurra.

—Vaya día... —respondo. Suspiro y me pongo el antebrazo sobre los ojos cerrados.

Durante unos segundos, solo hay silencio. La voz de Xan vuelve en un murmullo:

—Apolo.

—¿Hum?

—Tengo miedo.

Esas dos palabras tienen mucho significado viniendo de Xan. Es la primera vez que lo escucho admitirlo en voz alta. Es natural que Vance le aterre, que toda esa jodida situación lo asuste, pero que pueda expresarlo es un avance. Que me haya escogido a mí para abrirse así hace que el calor se extienda por mi pecho.

—Estoy aquí para lo que necesites, Xan. Te prometo que pronto él no podrá hacerte daño ni a ti ni a nadie.

Me quito el antebrazo de la cara y lo estiro para llegar a él de alguna forma. En la oscuridad, mi mano acuna su mejilla, siento el calor en ella y su respiración en la parte baja de mi palma. El contacto es más íntimo de lo que pensaba, pero a él no parece molestarle.

—No sé qué voy a hacer, Apolo. —Cada vez que habla, su respiración me roza la piel; me paso la lengua por los labios y trago saliva con dificultad.

—Un día a la vez, Xan —susurro, intentando ignorar las sensaciones que me produce el ligero contacto entre nosotros—. Ya has hecho lo más difícil: ser consciente de las cosas y salir de esa situación.

—Debes de pensar que soy un tonto, ¿no? ¿Cómo no me he dado cuenta de nada?

—Xan, nada de esto es tu culpa. —Muevo mi pulgar en un intento de acariciarle la mejilla, pero se desliza más abajo de lo normal y le rozo los labios.

Un escalofrío me recorre y voy a retirar mi mano antes de que Xan piense que estoy intentando algo cuando él está abriéndose a contar cómo se siente. Sin embargo, él no me deja, me agarra de la muñeca y presiona su mejilla contra mi palma.

—Se siente bien —murmura—. He olvidado cómo se siente... un toque gentil... con cariño.

Siento las lágrimas que me caen en la mano y lo escucho sollozar por lo bajo. Sin pensarlo, me arrastro debajo de la sábana y lo abrazo de lado. Xan entierra la cara en mi pecho desnudo mientras llora desconsoladamente. Descanso mi mentón en su pelo, es suave y huele a mi champú.

—Todo estará bien, Xan —repito varias veces, teniéndolo entre mis brazos.

Y así nos dormimos esa noche.

VEINTITRÉS

APOLO

Aquí estoy de nuevo.

Escojo la misma mesa y espero. El *déjà vu* me recorre mientras lo recuerdo como si fuera ayer, Rain entrando al Café Nora y sonriéndome. Todas las emociones que me llenaron ese día: cómo se me aceleró el corazón, lo nervioso que me puse. Tan contrario a lo que siento ahora que la espero: tristeza y decepción.

Como aquel día, Xan se sienta frente a mí, suspirando.

—Vives aquí prácticamente —se queja, meneando la cabeza.

—Como si no lo disfrutaras.

Él alza una ceja, juguetón.

—Eres muchas cosas, pero no arrogante, Apolo.

—¿Qué? ¿Ya te has cansado de mí ahora que somos compañeros de habitación?

Lo molesto porque la confianza ha ido creciendo, Xan ya lleva una semana con nosotros. La verdad es que me lo he pasado muy bien con él. Es divertido, ingenuo para algunas cosas y bastante organizado.

Cuando le pedí que se quedara, me preocupaba un poco que fuera incómodo, no todos los días compartes la intimidad de tu habitación con un nuevo amigo, pero no fue el caso, ya hasta tenemos una rutina. Gregory se encarga de los desayunos y Xan de las cenas, ¿yo? Bueno, yo lavo los platos porque mis habilidades culinarias son muy limitadas.

—Eres un buen compañero, lo admito —dice, sonriendo.

He notado con el paso de los días cómo la personalidad de Xan ha emergido a la superficie, como si estar separado de Vance por fin le permitiera ser él mismo. Ya no parece apagado, dudoso de cada paso que da o callado. Es todo lo contrario. Me lo quedo mirando y recuerdo la noche del abrazo.

Ninguno de los dos ha hablado de ello. Es un pacto tácito, él necesitaba apoyo en ese momento y estuve ahí, eso es todo.

Entonces ¿por qué sigo recordando la suavidad de su pelo contra mi mentón? ¿O lo bien que encajaba en mis brazos? Su respiración sobre mi pecho, su calidez... Ah, me siento fatal por sentir cosas en un momento tan vulnerable para él.

«Ya basta, Apolo».

—¿Y qué me cuentas hoy? —comenta Xan, emocionado—. Siempre vienes a traerme algún chisme.

—Eh, hoy...

La campanilla de la puerta resuena por todo el local y, al girar la cabeza, ambos la vemos entrar: Rain. Lleva unos vaqueros holgados y un suéter rosa, su pelo rubio está mucho más corto que la última vez que la vi. Me saluda con la mano y hago lo mismo. La mirada de Xan va de ella hacia mí, y su emoción se esfuma.

—Oh, no has venido a visitarme a mí. —Se pone de pie, y aunque intenta ocultarlo con una sonrisa forzada, sé que algo está mal—. Tienes una cita.

—Xan.

Él se da la vuelta, saluda a Rain y sigue su camino detrás del mostrador.

—¡Apolo Hidalgo! —exclama Rain, sentándose al otro lado.

—Rain Adams.

—Muy apropiado escoger el Café Nora, fue el comienzo. —Suspira, su mirada está decaída y triste—. Debe de ser el final, ¿no?

Eso me aprieta el pecho un poco. Aunque todo se ha ido a la mierda, sigue siendo alguien que me habría gustado conocer. ¿A quién engaño? Estuve listo para empezar una relación seria con ella.

—Ah, es más incómodo de lo que pensaba.

—No tiene que serlo. —Suavizo la voz, no quiero hacerla sentir mal a pesar de todo—. Entiendo tus motivos para hacer lo que hiciste. Me ha costado mucho llegar a este punto, Rain, porque tenía mucha rabia y mucha desilusión.

—Lo sé y por eso lo siento mucho.

—Acepto tus disculpas —digo con sinceridad.

Si algo he aprendido del abuelo es a no guardar rencor. Al final del día, cuando guardamos rabia contra otros, nos perjudicamos mucho más a nosotros mismos que a la otra persona. En algunos casos, perdonar es dejar ir.

—Eres demasiado bueno. —Su expresión se alivia.

Sin embargo, hay una diferencia entre dejar ir y hacer que la persona sea responsable de sus actos. Respiro hondo y la miro a los ojos.

—Tomaste una decisión, pero ahora necesito que hagas lo correcto. Es la única forma en la que podríamos, por lo menos, ser amigos.

Rain frunce las cejas.

—¿Hacer lo correcto?

—Declarar en contra de Vance.

El color deja su rostro y su boca se abre de sorpresa, lo cual me sorprende. ¿De verdad no se lo esperaba? ¿Creía que esto se perdonaba y ya?

Si algo tengo claro es que hay que parar a Vance y, para hacerlo, Rain tiene que testificar en su contra. Ya lo he consultado con el abogado de mi familia y el testimonio de Rain es clave. Yo ya he declarado que no vi la cara de quien me atacó ni sabía por qué, y esa es la verdad. No vi nada esa noche, no puedo mentir de pronto y decir que sí, no sería muy creíble para el caso. Sé que fue Vance por Rain, ella tiene que declarar.

Ella no dice nada y se pasa la mano por la cara.

—Voy por un café, ¿quieres uno? —ofrezco para darle tiempo.

Ella asiente y me voy al mostrador. A medida que me acerco, el olor del café se vuelve más intenso y lo disfruto, se ha vuelto el aroma del piso cuando Xan regresa por la noche. El chico de pelo azul me espera para pedir, sus dedos aprietan y sueltan la caja registradora, cosa que hace cuando está nervioso.

—Bienvenido a Nora.

Le lanzo una mirada de «¿En serio?». Y él mantiene su pose profesional y seria.

—¿Qué le gustaría pedir?

—Un cappuccino y un matcha.

—Oh, por fin te atreves a probar la deliciosa bebida verde.

—Es para Rain.

Xan frunce las cejas.

—A ella no le gusta el matcha.

Parpadeo, me doy cuenta de que no tengo ni idea de qué le gusta a Rain. ¿Lo sabía y lo he olvidado? Xan me observa.

—Le prepararé un caramel macchiato —concluye y va a preparar las bebidas.

Mientras lo hace, me mira por encima del hombro.

—Así que, Rain, ¿eh? —Lo veo dibujar sobre la espuma del cappuccino—. Hacía tiempo que no os veía juntos.

—Sí, hemos estado muy ocupados con la universidad —miento.

Xan me pasa el cappuccino y se va a terminar el otro café.

—La has echado de menos, supongo —comenta, observándome.

No contesto y estiro la mano con la tarjeta para pagar, pero Xan me detiene.

—No, invita la casa.

—Xan.

—Me estás dejando quedarme en tu piso, Apolo. Lo mínimo que puedo hacer es darte café gratis. —Sonríe otra vez, pero no siento que sea genuino, ¿me estoy imaginando cosas?—. Ahora vuelve con tu chica.

Él espera mi respuesta y, de nuevo, no digo nada, así que vuelvo con Rain sin decir nada más.

—Muchas gracias —me dice ella al darle el café—. Te has acordado de mi favorito.

Le sonrío con la boca cerrada. Ambos tomamos un sorbo y nos miramos a los ojos. Hemos llegado a lo inevitable. Rain se aclara la garganta.

—Sé que cometí un error y está mal no declarar en su contra. Todo parece blanco y negro ahora, Apolo, pero a veces hay grises. —Respira hondo—. Supongo que sabes que Xan ha dejado a Vance y he aprovechado para tener una conversación sincera con mi hermano. Ha comenzado a ir a terapia y a sesiones de control de la ira. De verdad, lo está intentando, Apolo. ¿Cómo puedo denunciarlo cuando lo está intentando?

Aprieto los puños sobre mi regazo.

—¿Y yo? ¿Dónde queda lo que yo estoy viviendo por su culpa?

—Lo sé, Apolo, no estoy...

—Rain, tu hermano no cometió un error que se resuelva con promesas e intentos de mejorar. Él cometió un delito que se paga con la cárcel. Y eso es solo contando lo que me hizo a mí, ambos sabemos lo que le ha estado haciendo a Xan. ¿Por qué crees que lo dejó?

—¡Lo sé!

—Lo sabes, pero no pareces procesarlo como debe ser —la acuso, molesto—. Casi me mata, Rain. Tú estuviste ahí, me viste al borde de la muerte. Si tú no hubieras estado, ¿qué crees que habría pasado? Si hubiera muerto, ¿seguirías protegiéndolo? Porque...

—¡Es mi hermano! —Levanta la voz y la gente nos mira, Xan incluido. Rain agacha la cabeza, y murmura—: Es mi hermano, lo siento. Eso no justifica nada, pero no puedo denunciarlo, Apolo. No sin darle una oportunidad.

—Y los demás que se jodan. Casi me mata, no te importa. Casi ahoga a Xan, tampoco te importa. ¿Qué clase de persona eres, Rain?

Lágrimas llenan sus ojos y ya no me importa hacerla sentir mal porque a ella obviamente no le importa nadie más que no sea el criminal de su hermano.

—Lo siento mucho, Apolo.

—Pura mierda —zanjo. La rabia y la impotencia invadiendo cada parte de mi ser—. Si lo sintieras, harías lo correcto. Lo denunciarías para que lidiara con las consecuencias de sus actos, para evitar que le haga esto a alguien más. ¿Porque sabes lo que estás logrando con todo esto? Que él crea que puede casi matar a alguien sin enfrentarse a ningún tipo de consecuencia. ¿La terapia? Muy bien. Estudio Psicología, por supuesto que creo que ella, pero las acciones tienen consecuencias. Si él puede hacer cosas como lo que me hizo y salir impune, en vez de ayudarlo, estás haciendo todo lo contrario, Rain.

Me pongo de pie, y al mirarla, cualquier sentimiento que hubiera empezado a florecer por ella antes de que supiera la verdad se ha esfumado por completo. La veo ahí sentada, insistiendo aún en proteger a su hermano y ni siquiera puedo considerar ser su amigo.

—Cuando él le haga daño a alguien más, espero que sepas que tú no lo detuviste cuando pudiste hacerlo. Adiós, Rain.

Camino hacia la puerta, la rabia irradia de mi cuerpo. Xan sale del mostrador y va a mi encuentro. Su expresión está contraída de preocupación.

—¿Apolo?

Paso por su lado.

—Estoy bien —miento de nuevo y salgo de ahí.

«Adiós, Rain Adams».

Frunzo las cejas al dar un trago de whisky.

Ni siquiera sé por qué sigo intentándolo con esta bebida, sabe a tierra. Por lo menos, no me da resaca y eso es muy necesario cuando tengo clases mañana. No soy de beber mucho, así que no necesito demasiado alcohol para sentirme mareado.

Estoy en el salón con las luces apagadas como un fantasma. Peor aún, así me siento, como si no existiera. Suena dramático, pero hoy Rain me ha hecho sentir que mis experiencias y todo lo que estoy viviendo por culpa de Vance no valen nada. Las pesadillas, la terapia, el odio a la lluvia no son suficientes para que haga lo correcto. Quizá estoy siendo egoísta al no ponerme en su lugar; sin embargo, no puedo hacerlo. Vance casi me mata, estoy sufriendo con mi salud mental por eso, creo que me he ganado el derecho a ser egoísta.

Escucho la puerta y alguien enciende la luz de la cocina. De inmediato, el aroma a café se escurre por el piso, Xan se detiene al lado de la isla.

—¿Apolo? —pregunta, cauteloso—. ¿Qué haces ahí como un fantasma?

—Disfrutando de una copa. —Mi respuesta no es muy propia de mí y él lo nota.

Xan se acerca, pero se queda detrás del sofá, frente a mí.

—¿Estás bien? —Lo miro y la preocupación es clara en su rostro—. Rain estaba inconsolable. No sé qué ha pasado, no me lo quiso decir, pero si necesitas hablar...

Sacudo la cabeza.

—He hablado lo suficiente hoy.

—De acuerdo.

Silencio. Xan se apoya en un pie, luego en el otro, esperando. Suspiro, bajo el vaso y me pongo de pie.

—Vamos a dormir.

No gano nada bebiendo. Xan se da la vuelta y lo sigo. Entramos al pasillo de las habitaciones y me quedo mirando su pelo, su cuello, su espalda, lo bien que le quedan esos vaqueros... Me pregunto cómo será abrazarlo justo ahora. El impulso se apodera de mí y, cuando Xan estira la mano para abrir la puerta de mi habitación, paso las manos por su cintura, abrazándolo desde atrás. Xan se tensa mientras descanso mi frente en su nuca. Su olor me llena y me distrae: café y alguna fragancia ligera.

—Un minuto —le pido, sosteniéndolo contra mí.

Xan se relaja y descansa sus manos en mis antebrazos, sobre su abdomen, permitiéndome tener este momento.

Se me acelera el corazón porque ha pasado mucho tiempo desde que alguien me ha hecho sentir así con un abrazo. Esta vez es aún más fuerte que la noche que nos abrazamos en la cama, pero se siente igual de bien y correcto.

Mi nariz roza la piel de su cuello y sube para enterrarse en su pelo.

—Apolo —jadea. Sus manos se agarran con fuerza de mis antebrazos.

—Eres cálido, Xan.

—Creo que has bebido mucho whisky.

—Nah, solo ha sido una copa, no estoy borracho.

Bajo la mirada para mirar la espalda de Xan por el espacio que queda entre la tela de la camisa y su piel. Sin pensarlo, le doy un beso justo ahí. Xan se estremece.

—¿Qué haces? —murmura.

Yo ya ni sé qué hago. Cuando no obtiene una respuesta, se gira en mis brazos. Es un grave error, porque ahora estamos demasiado cerca y puedo ver lo rojo que se ha puesto y lo acelerada que está su respiración. Miro sus labios.

—¿Qué estás haciendo? —insiste.

—No lo sé —digo con sinceridad y esa no parece ser la respuesta correcta para él.

—Si no lo sabes, entonces, suéltame. —Se libera—. Lo último que necesito ahora es que me confundas con tus ganas de experimentar o qué sé yo.

Frunzo las cejas.

—¿Qué?

—No voy a ser el experimento de un chico hetero, Apolo, ¿de acuerdo?

Sonrío ante su acusación y me acerco a él.

—No sé por qué lo has asumido —susurro, mirándolo a los ojos—, pero no soy hetero, Xan.

VEINTICUATRO

XAN

¿Qué? ¿Apolo no es hetero?

Me quedo sin palabras frente a él porque no me lo esperaba para nada. Quizá ha estado mal por mi parte asumir su sexualidad, pero jamás pensé que él... Siempre lo he visto tan interesado en Rain y nunca ha hecho ningún comentario cuando le dije que me gustaban los chicos. Me falló el radar de forma abismal.

«¿Qué esperabas, Xan? ¿Desde cuándo las personas tienen que andar gritando su sexualidad por ahí?».

No sé qué decir, ni siquiera puedo mirarlo ahora mismo porque esto me ha sorprendido mucho. Así que huyo, me doy la vuelta y entro en la habitación.

—Deberíamos dormir —digo cuando lo siento seguirme, con el corazón palpitándome demasiado rápido—. Mañana será otro día.

Él se mantiene callado y rodea la cama para sentarse en su lado mientras se quita los zapatos. Observo que los músculos de su espalda se contraen con la acción y aparto la mirada. Intento no ilusionarme, no imaginarme cosas, sobre todo por lo que acaba de pasar en el pasillo. Uno de los grandes obstáculos que controlaba mi interés por Apolo era el hecho de que era imposible al ser hetero, pero ahora que eso ha salido por la ventana. Nada retiene mis esperanzas y siento que están tocando el techo en este momento.

Me meto dentro de las sábanas y me acuesto bocarriba. Él suspira y hace lo mismo. Después de un rato de silencio, durante el cual siento que puedo escuchar los latidos desesperados de mi corazón que ahora está ilusionado y es idiota, lo escucho susurrar:

—Lo siento, Xan, no quería hacerte sentir incómodo.

Suena... ¿arrepentido?

—No me has hecho sentir incómodo para nada.

—No tendría que haberte agarrado así, sin permiso. Solo necesitaba... un abrazo.

Me muevo hasta quedar de lado, con las manos juntas sobre la almohada debajo de mi mejilla. Lo miro.

—Apolo, no pasa nada, lo entiendo. Tú estuviste para mí la otra noche. Sé lo que es necesitar un abrazo.

Apolo se gira y en la semioscuridad de su habitación, sus ojos brillan con una intensidad que me hace tragar grueso. Su pelo está desordenado alrededor de su rostro, es increíblemente atractivo. No hay otra forma de describirlo, pero no es eso lo que me atrae de él. No, es su energía y esa forma de ser que siempre quiere dar algo a los demás, que no duda en ayudar. Me permito mirar sus labios. El recuerdo de hace unos minutos y lo cerca que él estuvo de mí en el pasillo me hace sentir muchas cosas que no debería.

Apolo estira la mano por encima de la sábana y yo quito una de las mías de mi mejilla para encontrar la suya. Nuestros dedos se rozan en un baile torpe y confuso. Nos miramos a los ojos y las emociones me carcomen. Lo recuerdo a él entrando en la cafetería el primer día que lo vi, sus sonrisas, la calidez de su mirada, nuestras conversaciones, su expresión cuando me defendía de Vance, su súplica cuando me pidió que no me fuera después de la pelea, cómo me ha recibido y ayudado estos días... Todo me hace darme cuenta de que he sido un idiota si creo que este chico que me sostiene la mano puede ser mi amigo. No, eso no será suficiente para mí.

Quiero más. Mucho más.

Quizá sea un error sentir todo esto porque acabo de salir de una relación larga, intensa y tóxica que aún ni sé cómo manejar. Es el peor momento para estar sintiendo todo esto. Sin embargo, controlar mis sentimientos parece imposible ahora que sé que hay una posibilidad, aunque sea mínima, de que yo le guste.

Apolo se acerca en la cama y dejo de respirar ahí mismo. Él se detiene justo frente a mí, el espacio entre nosotros es tan pequeño que puedo olerlo: a colonia cara y whisky.

—Eso no ha sido solo un abrazo, Xan. Lo sabes, ¿no?

No digo nada y él libera mi mano para acariciarme la mejilla con gentileza.

Los amigos no se tocan así, no se acercan tanto, no se miran de este modo. Su pulgar roza la comisura de mi boca e intento controlar la respiración. Su toque es tan gentil, tan diferente a todo lo que he estado viviendo estos últimos meses... Está mal que compare, está mal que piense que me merezco este respiro, este roce, esta cercanía. Aun así, con su rostro a escasos centímetros del mío, no puedo resistirlo más.

Acabo con el espacio que nos separa y presiono mi boca contra la suya. Jadeo ante la sensación y eso parece darle rienda suelta, porque Apolo mueve sus labios de una forma desesperada y demandante. Me besa como si hubiera estado deseando hacerlo desde hace mucho y sus ganas hubieran llegado a un punto explosivo. El roce es húmedo y el ritmo solo crece, es de esos besos que te dejan sin aliento en cuestión de segundos. No puedo parar y, cuando él mete su lengua en mi boca, disfruto la invasión y comienzo a imaginar que otras partes de mi cuerpo anhelan ser invadidas por él.

Se separa, nuestras respiraciones aceleradas se mezclan. Nos miramos a los ojos durante unos segundos y volvemos a besarnos, con más fuerza, más deseo. Es como si ambos decidiéramos en el silencio dejarnos llevar. Inconscientemente, me pego a él, y unos segundos más de esos besos hambrientos son suficientes para ponerme duro y sé que él también porque cuando nos presionamos contra el otro, lo siento. El roce nos hace gemir por lo bajo.

—Xan... —murmura contra mis labios, jadeante.

Lo sigo besando y, cuando sus dedos me rozan la cintura para ir a mi trasero, me estremezco. Su mano me aprieta las nalgas, mientras me presiona contra su erección y esto se está descontrolando. Apolo deja mis labios para besarme el cuello, con torpeza y desesperación. Lame y chupa, gimiendo al mover sus caderas y rozar nuestras erecciones por encima de la ropa.

No hay rastro del chico que duda o mantiene el control, y eso me excita mucho. Ser la causa de su descontrol, que lo único que esté en su mente en estos momentos sean las ganas que me tiene y yo. Me hace preguntarme si le ha pasado lo mismo que a mí: ¿acaso se ha sentido atraído desde el principio? Porque su deseo es arrollador y asfixiante, no parece ser algo que ha despertado hoy de la nada.

Inquieto, bajo mi mano para desabrocharle los vaqueros. Él me agarra la muñeca y me detiene, sacando su rostro de mi cuello para enfrentarme.

—Xan, si me tocas...

Sé lo que hay en sus ojos. Si lo toco, vamos a hacerlo. Una cosa es controlarnos cuando aún estamos muy vestidos, otra es hacerlo contacto piel con piel. Dudo que podamos parar y, la verdad, quiero sentirlo ahora mismo. Quiero dejarme llevar, pero también quiero olvidar. Quiero que estas sensaciones que envuelven mis sentidos tomen el control absoluto de mi mente y de mi cuerpo.

Sin abandonar su mirada, le desabrocho los vaqueros. Él me observa.

—¿Estás seguro? —pregunta sin aliento.

—Sí.

Escabullo la mano dentro de sus vaqueros. Apolo cierra los ojos y suelta un gemido gutural y controlado. Tomo su erección y lo toco despacio, arriba y abajo. Nos volvemos a besar, sus gemidos se ahogan en mi boca. Su mano en mis nalgas sube y agarra el borde de mis pantalones para bajarlos, en un movimiento abrupto que casi desgarra la tela. Mi ropa interior es la siguiente en desaparecer y, cuando libera mi miembro, no dudo en pegarlo al suyo para rozarnos y masturbarnos al mismo tiempo. La sensación es intensa, pero increíble.

Seguimos con esa tortura, el toqueteo, el roce y la danza de nuestras lenguas hasta que estamos tan consumidos por la lujuria que solo somos jadeos, gemidos y humedad. Apolo se separa después de morderme el labio.

—Date la vuelta.

La petición me estremece porque sé lo que va a pasar y lo deseo más que nada en el mundo. Obedezco y le doy la espalda, exponiéndome ante él. Sus dedos indagan y rozan ese punto de entrada que lo espera con ansias. Apolo se moja los dedos con saliva antes de penetrarme con uno, para prepararme. La intrusión es incómoda al principio, estoy acostumbrado, sé que pronto mi cuerpo se adaptará. Me sorprende su habilidad, no solo no es hetero, sino que tiene experiencia con otro chico. Y yo que pensaba que sería su primero, aunque no me importa mucho lo que haya hecho antes de mí. Me importa el ahora y lo bien que se siente todo esto. Apolo me lame la oreja, su mano se mueve sobre mi erección y con la otra usa un segundo dedo para penetrarme. Las sensaciones me dejan sin aliento, es mucha estimulación al mismo tiempo.

—Ah, no sabes cuánto deseaba esto... —se me escapa entre jadeos.

—¿Sí? ¿Me deseabas? —Su voz es lujuria pura y desenfrenada.

—Sí, mucho.

Su lengua rodea mi cuello.

—Yo también he fantaseado contigo, Xan —admite, moviendo los dedos—. Muchas veces me he imaginado que te inclinaba sobre el mostrador de la cafetería y te follaba ahí mismo.

Saca los dedos y escucho el ruido de plástico al romperse: el envoltorio del condón. Esto de verdad va a pasar. Luego, siento su erección, rozándome mientras se mueve con lujuria. Ya no quiero esperar más, así que abro mis nalgas para él, esperando. La punta roza la entrada y Apolo me agarra de la cadera para empujar, luchando con la resistencia que encuentra al inicio, poco a poco. Cada centímetro de él se adentra despacio, y entorno los ojos, gimiendo porque solo ha hecho eso y siento que voy a correrme.

Apolo se entierra en mí con un empujón final y empieza a moverse de una forma rápida y violenta que disfruto.

—Xan —gime mi nombre en mi oído una y otra vez, llevándome a la locura.

La mano que está en mi cadera baja y me masturba mientras sigue penetrándome con todas sus ganas. Me siento lleno, cada terminación nerviosa de mi cuerpo palpita y es como si me hubiera convertido en un desastre líquido de placer y lujuria.

Sus movimientos se vuelven torpes, incesantes y desesperados, sé que está al borde como yo, porque las ganas que nos teníamos parecen ser inmensas. Pongo mi mano sobre la suya y la muevo rápido, quiero que terminemos juntos. Todo se descontrola y nos volvemos gemidos y gruñidos cuando lo siento estremecerse dentro de mí, mientras se corre. Muevo la mano más rápido y me corro con él, ambos jadeamos como locos. Apolo se queda muy quieto, descansando su frente en mi nuca, su respiración agitada contra mi piel me hace cosquillas. Siento el corazón latir por todos lados.

Ha sido increíble.

Mi boca está seca de tanto gemir y me paso la lengua por los labios en un intento fallido de recuperar mi saliva.

Apolo sale de mí y en silencio se va al baño. No digo nada porque estoy igual de sorprendido, escucho la ducha y me tumbo bocarriba, con los ojos en el techo, asimilando lo que acaba de pasar. Mi abdomen bajo tiene las gotas de evidencia de lo que hemos hecho.

Ah, acabo de follar con Apolo Hidalgo y ahora ¿qué?

VEINTICINCO

APOLO

«¿Qué has hecho, Apolo?».

El agua cae sobre mí y bajo la cabeza, dejándola deslizarse hasta gotear de mi pelo. Ni la ducha helada ha apaciguado el calentón que aún me recorre. He tenido que salir de la cama porque, a pesar de que ya me había corrido, lo único que quería era seguir follando. Necesitaba despejar mi mente de toda esa lujuria. Me desconozco por completo, no he podido parar. Pensé que tenía más control que esto, pude detenerme con Rain, ¿por qué no con Xan? Ni siquiera sé qué significa esto entre nosotros. No suelo acostarme con alguien sin tener claro qué queremos, sin un plan.

Al parecer, plan y Xan riman, pero no van de la mano.

Sé que me gusta, Xan me pareció adorable desde la primera vez que lo vi con sus eternas mejillas sonrojadas. Me mantuve a raya porque Rain y Vance estaban de por medio, y al parecer con ellos fuera de escena, mis ganas han alcanzado un punto caótico. Desde que Xan llegó al piso, todo ha ido avanzando entre nosotros. Me he encontrado observándolo más seguido y notando las pequeñas cosas. Ahora que lo hemos hecho, me doy cuenta de que todo del chico de pelo azul me descontrola: su olor, su piel, sus gemidos, incluso cómo se siente estar dentro de él. Y que más allá de lo físico, Xan y yo lo pasamos bien, somos amigos y hay una conexión.

Tras ponerme un pantalón de pijama, salgo del baño sin camisa. Xan ya se ha vestido. Quiero decir algo, sin embargo, no me sale nada. Sus ojos evitan los míos y pasa por mi lado para entrar al baño.

«Incómodo, bueno ¿qué esperaba? Pasamos de ser amigos recientemente a dárnoslo todo ahí en mi cama».

Decido ir a por un vaso de agua y me encuentro a Greg en la cocina, sirviéndose zumo de naranja.

—¿Acabas de llegar? —pregunto, él sacude la cabeza, aguantando una sonrisa—. ¿Qué?

Abro la nevera y su luz azulada ilumina la cocina durante unos segundos. Gregory se recuesta contra la isla y cruza los brazos.

—Por fin ha pasado, ¿eh?

Lo miro extrañado, me hago el loco.

—¿Qué?

—Apolo, es un piso silencioso, se escuchan... muchas cosas.

«Tienes que estar de coña».

—No sé de qué me hablas.

Greg sonríe y me da una palmada en el hombro.

—Ya era hora, la tensión entre vosotros era muy obvia.

Escucho la puerta de mi habitación abrirse y, de inmediato, abro los ojos con alarma y le digo:

—Gregory, ni una palabra.

—Tranqui. —Él bebe un sorbo de su zumo—. Tu secreto está a salvo conmigo. Aunque debo decir, esto es inesperado, pensé que la cosa iba con Rain.

—Es complicado.

—Ya veo.

Xan sale del pasillo, con las manos juntas frente a él, jugando con sus dedos.

—He venido a por agua —informa y va a la nevera.

Greg me mira.

—Sí, me imagino, uno a veces puede deshidratarse cuando... hace ejercicio.

Si Xan nota la indirecta, no lo demuestra porque simplemente bebe agua y pasa la mirada de Gregory a mí. Mi amigo alocado es el que habla de nuevo:

—Xan, he consultado con el abogado de la familia lo que me comentaste. Ya que en la compra pusiste el setenta por ciento del dinero, la mayoría de la propiedad es tuya, pero puedes comprarle a Vance su parte.

—¿Y es algo que puedo hacer aunque él se niegue? —pregunta Xan.

Me quedo escuchándolos porque no tenía ni idea de que Xan le ha pedido el favor a Gregory.

—Lo ideal sería que pudieras llegar a un acuerdo con él, pelearse legalmente por la propiedad no solo será un proceso largo, sino también muy caro.

Xan suspira.

—No sabía que Vance también era propietario del Café Nora —digo.

Él asiente, pero no me mira.

—Sí, mi madre me ayudó con sus ahorros, pero me faltaba dinero. Ya sabes, la ubicación de la cafetería es muy buena. Dentro del campus universitario, el precio fue más de lo que habíamos calculado...

—Así que Vance te ayudó —termino por él.

Por supuesto que ese idiota lo ayudó, es otra forma de controlarlo. En especial por la importancia que tiene la cafetería en la vida de Xan. Es todo lo que él quiere y necesita, su sueño, su... Recuerdo las palabras del abuelo: es su lugar seguro.

—No sé cómo han quedado las cosas entre vosotros —interviene Greg—, pero yo intentaría el acuerdo, Xan. La verdad, el proceso legal sería muy largo y caro si él se niega.

—¿Y si vendo?

Frunzo las cejas.

—Xan —protesto y él me ignora.

—Si vendo, le doy el treinta por ciento y eso corta todo entre nosotros, ¿no?

Greg hace una mueca.

—Es otra opción; sin embargo, por lo que cuentas, el Café Nora tiene unas ganancias increíbles y su ubicación es clave, Xan. Una cafetería en un campus universitario es un negocio muy rentable, siempre estará a flote. Dudo que encuentres algo igual.

El rostro de Xan se apaga aún más.

—Lo sé.

Greg y yo intercambiamos una mirada, le hago un gesto con la mano para que lo deje estar.

—De acuerdo, es tu decisión, Xan —finaliza Greg y le da una palmada en la espalda antes de irse a su habitación.

Nos quedamos solos, y el silencio es tenso y extraño. Xan evita mi mirada a toda costa y yo no sé qué decir. Parece imposible de creer que hace unos minutos estábamos follando. El recuerdo me hace tensarme y tengo que apartarlo porque necesito pensar con claridad, no indagar en lo placentero que ha sido lo que ha pasado.

Rodeo la isla y me acerco a él con cautela. Mantengo la distancia porque, al parecer, no se me da bien controlarme cuando Xan está pegado a mí. Me quedo frente a él y sus ojos finalmente se encuentran con los míos, no por mucho tiempo, un par de segundos antes de centrarse en mi pecho.

—Xan.

—Es tarde, deberíamos dormir. Buenas noches, Apolo.

Pasa a mi lado y se va a la habitación.

Me giro y descanso las manos en la isla, me inclino hacia delante y cierro los ojos. Quiero detenerlo, hablarlo, intentar razonar o buscarle significado a lo que ha pasado, pero tampoco quiero presionarlo o forzarlo a tener una conversación que no quiere tener. Me trago mis preguntas y me voy a la habitación.

Xan ya está debajo de las sábanas cuando entro, cubierto de pies a cabeza. Me meto en la cama y lo dejo tranquilo. Aunque me resulta difícil dormirme en la misma cama donde hemos estado dándonos placer hace poco, lo consigo después de un rato.

—¡Tierra llamando a Apolo!

Érica sacude la mano frente a mi cara.

—Lo siento. —Vuelvo a la tierra.

Estamos en las mesas de pícnic del césped de la universidad, las mismas donde estuvimos durante el festival de hace unas semanas, donde golpeé a Vance. En esos momentos, no sabía la verdad. Aún estaba explorando lo mucho que me gustaba Rain y aún pensaba que solo quería proteger a Xan. Puras mentiras, es como si hubiera justificado mi atracción por él con excusas baratas.

Xan no es el primer chico en mi vida, ese fue un chico que Daniela me presentó en una fiesta universitaria a la que me invitó el año pasado cuando yo aún estaba en el instituto. Ella sabía que yo quería explorar, creo que incluso lo supo antes que yo, y fue mi guía. Lo del chico no fue nada serio, pero sí que me abrió la puerta a muchos otros.

Luego fue Rain y terminé conociendo a Xan. Cada vez que lo miraba y sentía algo, encontraba alguna excusa para justificarlo, pero ya no más. La noche anterior fue una prueba de eso, tarde o temprano, la atracción que sientes hacia alguien se acumula y hace erupción de la forma más inesperada. El modo en que me dejé llevar anoche no es algo que haya hecho muchas veces en mi vida.

—¿Vamos a terminar el proyecto o qué? —pregunta Érica, preocupada. No la culpo, queremos irnos de vacaciones de Acción de Gracias sin trabajos pendientes.

—Claro, claro, lo siento. Han pasado muchas cosas últimamente.

Ella alza la ceja.

—¿Rain?

—Algo así.

—¿Algo así?

Inspiro hondo antes de exhalar.

—Hice algo que no debía, o bueno, que no es usual en mí.

La ceja de Érica se enarca aún más, no pensaba que fuera posible.

—Apolo, sabes que somos amigos y no te tienes que andar con rodeos, ¿no?

—Se trata de Xan.

Ella me hace un gesto para que continúe.

—Xan se está quedando en el piso.

—Eso ya lo sé —dice como si nada y es mi turno de fruncir las cejas.

—¿Cómo lo sabes?

Érica aparta la mirada y se aclara la garganta.

—Estamos hablando de ti.

—Anoche... pues, lo hicimos —murmuro, apenado.

—¿El qué? —Tarda unos segundos en caer en la cuenta—. Oh... oh... ¡Oh!

—Sí —repito porque parece que no se lo cree. Siento calor en las mejillas y sé que me he sonrojado.

—Inesperado —susurra.

—Lo sé.

—¿Y eso te tiene en las nubes porque...?

—Porque Xan se está haciendo el loco. Está pasando por un mal momento en su vida, lo entiendo, pero no soy de los que echan un polvo con alguien y ya está. Por más que lo intento, necesito saber qué significado tiene lo que ha pasado para él. ¿Ha sido algo de una noche o sí quiere algo conmigo?

Érica exhala y menea la cabeza.

—¿Por qué eres tan intenso, Apolo?

—¡No lo sé! —exclamo, mientras me paso la mano por el pelo—. Y no quiero presionarlo porque no necesita eso ahora, pero...

—Te está comiendo la cabeza.

—Exacto. Ni siquiera han pasado veinticuatro horas, Érica, literal. Esto pasó anoche.

—Primero, relájate un poco, ¿de acuerdo? Fue un polvo, Apolo, no una propuesta de matrimonio. Sucedió, lo disfrutasteis, genial. No todo debe tener una etiqueta o un significado profundo. Y ya sé cómo eres, pero también tienes que pensar en Xan. Ya hablaréis de ello cuando ambos os sintáis cómodos, estoy segura.

—Y mientras tanto, ¿qué hago? ¿Lo trato normal, como si nada?

—Supongo.

—Érica, no puedo mirarlo a la cara sin recordar... Ya sabes, todo lo que ha pasado y quiero...

—¿Quieres más? —Asiento—. ¿Y has intentado algo?

—No, no, claro que no. Si ni siquiera sé qué significó la primera vez, no creo que pueda manejarlo si esto se convierte en un patrón repetitivo sin explicación de qué somos.

—Apolo. —Ella toma mi mano por encima de la mesa—. No te compliques tanto, por Dios. Respira.

Exhalo y me pongo las manos en la nuca, estirándome un poco.

—De acuerdo, me relajaré. —Érica entrecierra los ojos—. Lo prometo.

—Quizá Xan no quiere conversaciones intensas ahora, Apolo. ¿Y si quiere solo sentir contigo y ya está? Y si tú tanto quieres repetir lo que pasó, pues coquetea con él. Las palabras no son la única forma de comunicarse, el cuerpo... —Sube las cejas arriba y abajo de manera sugerente— también puede comunicar de muchas formas mucho más creativas.

—No lo sé... Pero ya que estamos, ¿cómo has sabido lo de Xan? ¿Vuelves a hablar con Greg?

Su expresión cambia a una de cansancio.

—Somos amigos.

—¿Greg y tú?

—Así es, me rogó y... pues decidí dejarlo todo atrás y aceptar su amistad.

Recordé a Kelly saliendo del piso, ¿acaso las esperanzas de Gregory se están inflando? ¿Por eso terminó con Kelly? ¿Para intentar ganarse a Érica de nuevo?

—Eres consciente de que él aún siente algo por ti, ¿no?

Ella asiente.

—Ese es su castigo. —Su voz toma un tono decaído, melancólico—. Ser mi amigo, estar a mi lado, sin tenerme del todo como él quisiera.

—Érica...

—Ya lo sé, es cruel, pero después de lo que me hizo, creo que se lo merece. Él me rompió, Apolo, de un modo que nunca nadie me había roto en la vida. Imagínate amar a alguien con todo el corazón y que de un día para otro te deje por otra persona, sin aviso, sin nada. Y tengas que verlo en redes sociales y en todos lados con ella, sin remordimiento alguno. Fui el hazmerreír del campus durante un tiempo. Así que sí, él puede sufrir esta tortura durante una temporada.

—¿Crees que algún día podrás perdonarlo? —pregunto porque, aunque yo crea que perdonar es dejar ir, hay cosas que necesitan mucho tiempo para sanar.

—Yo ya lo he perdonado. —Me sonríe y sé que está siendo sincera—. Eso no quiere decir que aún lo quiera ni que me quiera tan poco a mí misma como para volver con alguien que no me valoró en su momento.

—Me siento mal por él —admito—. Sé que no tengo derecho a decir esto, pero se dio cuenta muy tarde de lo mucho que te quiere... porque sí, te quiere, Érica.

—Lo sé.

—Ah, y yo pensando que la universidad sería menos complicada que el instituto...

—Iluso, ahora terminemos esto para que puedas irte a casa y besuquear a Xan.

Me río con ella y centro mi atención en el proyecto.

De vez en cuando, mi mente divaga e imagina todas las formas en las que me acercaría a Xan al verlo. Las aparto porque quizá él no quiera y lo de anoche fue algo aislado que no se repetirá. Esa posibilidad me entristece porque, si de algo estoy seguro, es de que quiero más de Xan.

Mucho más.

VEINTISÉIS

APOLO

No ha pasado nada.

A Xan se le da muy bien evitar el tema de lo que sucedió y yo estoy tratando de ser relajado. Nada de ser intenso, como le prometí a Érica, pero tengo el presentimiento de que, si no lo menciono, él no lo hará. ¿Cuánto tiempo vamos a seguir así? ¿Fingiendo que no follamos hace una semana? Cada vez que nos vamos a dormir, la tensión es palpable en el silencio de la habitación; aun así, ninguno de los dos dice nada. Esto es una tortura.

«¿Soy el único que no puede dejar de pensar en esa noche?».

Ya estamos en la semana de Acción de Gracias y mañana, miércoles, me iré a casa para pasar la cena del jueves con mi familia, ir de compras el Viernes Negro e ir al lago el sábado. No regresaré al piso hasta el domingo. Me emociona mucho volver a casa, sin embargo, la idea de irme con este asunto sin aclarar con Xan me atormenta. No me quiero pasar todas las vacaciones pensando en él y en lo que ha significado lo que pasó. Odio no estar del todo presente en momentos familiares como estos.

Así que esta noche, voy a hablarlo con él.

En mi defensa, le he dado tiempo y he sido lo más normal posible, pero hasta yo tengo un límite.

Decidido, voy a la cocina después de darme una ducha. Me pongo los pantalones del pijama y una camisa para cubrirme completo. No se debería tener ninguna conversación seria con el torso desnudo o bueno, eso creo yo. Xan está de espaldas a mí, removiendo con una cuchara algo en una olla sobre los fogones. Me aclaro la garganta y él se gira un poco, se lleva la cuchara a la boca para probar lo que sea que está preparando. Por el olor, creo que es una salsa de pasta.

—Ya casi está lista —informa antes de volver a centrarse en ello, le echa sal y un poco de pimienta.

Me siento en las sillas altas de la isla y descanso los codos sobre la superficie para verlo hacer lo suyo. El azul de su pelo está más radiante, más vivo. El pelo le crece muy rápido y ya no tiene las raíces negras de antes, se lo ha tintado de nuevo. ¿Ha sido hoy?

—¿Por qué azul? —La pregunta deja mis labios y casi maldigo por dentro porque se suponía que venía a hablar de lo que pasó, no a tener una conversación variada más, de esas ya hemos tenido muchas estos días.

—Mi madre... tenía unos ojos azules preciosos. —La nostalgia en su voz es clara. Se da la vuelta para mirarme mientras se enjabona las manos en la pila—. No los heredé, como puedes ver.

—No los necesitas, tienes unos ojos marrones muy bonitos.

—Gracias —responde, bajando la mirada a la pila.

Y ahí está, la jodida tensión que nos ha estado consumiendo. Esto es una verdadera tortura.

—Xan.

—¿Te sirvo ya? Debes de tener hambre.

Otra vez me quedo viendo su espalda mientras se mueve por la cocina hasta que pone un plato de espaguetis con salsa y queso frente a mí en la isla y anuncia:

—Con extra de queso, como te gusta.

—Gracias —digo con una sonrisa no del todo genuina porque lo último que quiero hacer ahora es comer.

Juego con el tenedor dándole vuelta a los espaguetis una, dos y hasta tres veces. Aun así, no como. Me pongo de pie y rodeo la isla porque ya mañana me voy y el momento es ahora. Me paro frente a él y Xan se sorprende un poco, dando un paso atrás.

—¿Qué pasa? ¿Necesitas algo? ¿Agua?

—Xan, no podemos seguir así. Tenemos que hablarlo en algún momento.

Él me mira y se pasa la lengua por los labios antes de quitarse el delantal.

—Es tarde; cena, yo me voy a dormir.

Le agarro la muñeca con delicadeza para detenerlo. Él no se gira del todo, se queda de perfil frente a mí, con la mirada clavada al frente.

—Xan.

Me mira y nos quedamos en silencio. Nuestra única conexión es mi mano alrededor de su muñeca. Juraría que puedo sentir su pulso descontrolado con mis dedos, pero se lo atribuyo a mi imaginación. No sé qué decir ni por dónde empezar, me aterra el hecho de que lo que sea que diga primero decidirá el tono de esta conversación. Tal vez me apresuré ante esto porque he estado tan centrado en querer hablar que no sé aún exactamente qué es lo que quiero decir o cómo expresarlo.

—Xan, lo que pasó...

Me quedo a mitad de oración porque Xan se acerca y me besa. Me agarra la cara y mueve su boca sobre la mía con desesperación y todo pensamiento se me va de la cabeza. La familiaridad de sus besos y su sabor me envuelven y alejan cualquier cosa que quisiera decir. Le respondo con la misma necesidad casi al instante. Pongo mis brazos a su alrededor y lo pego a mí con gentileza. Si algo es seguro es que este chico sabe besar muy bien, sabe cómo encender a alguien con un beso, sabe cómo aniquilar mi razonamiento, porque ya no quiero hablar, ahora solo quiero repetir lo de la otra noche.

Su espalda choca con la isla de la cocina, despego mi boca de la suya para bajar y poner mis manos detrás de sus rodillas para subirlo y sentarlo ahí. Me meto entre sus piernas abiertas y lo beso otra vez. Mis dedos se escabullen dentro de su camisa, rozando la piel de su cintura, su espalda... todo de él. Nos volvemos un caos de besos húmedos y respiraciones erráticas.

—Xan —murmuro contra sus labios, recuperando un poco de claridad—. Esto no era lo... que...

—Lo sé. —Me muerde el labio y susurra—: No tenemos que hablar, Apolo. —Otro beso, nuestras lenguas se rozan, se tantean. Se separa otra vez—. Solo tenemos que sentir.

—Oh, créeme que quiero sentirte de nuevo, Xan, pero...

Me tenso y jadeo cuando su mano baja para acariciarme por encima de los pantalones del pijama. Me toca aún besándome y esto va a terminar con los dos follando de nuevo si dejo que la lujuria me controle y mañana me iré de vacaciones con las mismas preguntas.

En contra de mi voluntad, lo suelto y doy un paso atrás. Xan se queda ahí sentado. Tiene las mejillas más rojas que nunca y la camisa arrugada y desordenada. Mi pecho sube y baja, no tengo que mirarme los pantalones para notar que una parte de mí se ha endurecido mucho durante estos besos.

—No puedo, Xan, soy un intenso —digo sin aire—. Lo sé, pero no soy de los que anda por ahí... follando como si nada.

Xan se impulsa con ambas manos y se baja de la isla. Cuando está frente a mí, me besa una vez más y no puedo negarme. No quiero hacerlo porque una parte de mí aleja a ese Apolo que lo analiza todo y deja entrar al que quiere sentir a este chico de nuevo. Los últimos días han sido un tormento compartiendo cama con él, recordando lo que pasó y lo mucho que quiero vuelva a pasar.

—Hablaremos, lo prometo —susurra sobre mis labios—. No ahora, por favor, Apolo.

Sus labios me dejan para besar mi cuello y descender; Xan se arrodilla frente a mí, y cuando lo veo ahí, mi erección se sacude, anhelando, deseándolo. Me baja los pantalones y me libera. Xan no duda en lamerlo desde la base hasta la punta antes de metérselo por completo en la boca. Ahogo un gemido que se mezcla con un gruñido de placer porque lo hace tan bien que esto será muy rápido de nuevo.

—Xan... —gimo y me agarro a su pelo azul.

Cometo el error de mirarlo. Nuestros ojos se encuentran mientras él chupa, lame y vuelve a metérselo todo en la boca.

—Xan... voy a...

Odio lo rápido que soy en cuanto se trata de terminar. Solía ser algo que me avergonzaba mucho hasta que me di cuenta de que es más común de lo que parece y que le pasa a más chicos de lo que pensaba.

—Xan... voy a... tienes que...

Xan no se detiene, sino que mueve su boca de manera más agresiva, más violenta y es lo único que necesito para correrme. Cierro los ojos, echo la cabeza hacia atrás mientras gimo y muevo las caderas, empujando dentro de su boca húmeda y cálida.

La presión en mi abdomen bajo se desliza por completo a mi miembro con toda la fuerza y lo siento sacudirse mientras me corro. Mis hombros suben y bajan con cada respiración y, cuando abro los ojos, Xan está de pie frente a mí, lamiéndose los labios.

—Tenía tantas ganas de hacer esto... —admite con una sonrisa juguetona—. Desde el primer día que te vi.

Alzo una ceja, sin aliento.

—No eres tan inocente como pareces, Xan.

—Lo dice el chico que se acaba de correr en mi boca.

Eso me hace sonreír un poco apenado. Cuando intento acercarme a él para tocarlo o devolverle el favor de alguna forma, él retrocede.

—No, ya es suficiente por hoy.

—¿En serio?

—En serio. —Él pone sus brazos alrededor de mi cuello con una confianza y una espontaneidad que me gusta—. Ahora, ¿de qué querías hablar, Apolo?

Lo miro a los ojos y le quito un mechón de pelo de la cara. Sus ojos son hermosos, de verdad que no necesitaba que fueran de otro color.

—Espera, aún no me ha vuelto del todo la sangre al cerebro.

Xan se ríe abiertamente y me besa. No me importa saborearme a mí mismo en sus labios. Cuando nos separamos, le doy un beso en la nariz y le acaricio la mejilla.

—¿Qué estamos haciendo, Xan? —pregunto con suavidad.

Este momento, la luz tenue de la cocina, los platos de comida servidos, el chico en mis brazos, cómodo, relajado y feliz es perfecto. Xan se ve suelto y brilla de una forma que nunca ha hecho antes jamás cuando estaba con Vance.

—No lo sé, Apolo —dice con honestidad—. Pero se siente... bien.

—¿Te gusto? —Tengo que preguntarlo.

Xan bufa.

—¿Crees que se la chuparía a alguien que no me gusta?

—Xan.

—Bien, sí, me gustas mucho, Apolo. —Me da un beso corto—. Pensaba que ya era obvio.

—Xan, no follo...

—Por follar, ya lo sé. —Suspira—. Pedirte que dejemos esto fluir, sin etiquetas, sin presiones es demasiado, pero acabo de salir de una relación, Apolo. No puedo mentirte y decir que estoy listo para algo serio contigo cuando tengo tantas cosas que trabajar en mí mismo, tanto que sanar.

—No se me da bien dejar fluir las cosas, Xan.

—Lo sé y no voy a pedirte que cambies por mí. Puedes considerar lo que acaba de pasar como una despedida entre nosotros. —Frunzo las cejas y él se separa de mí—. Podemos ser amigos, Apolo, si eso es lo que quieres.

—¿Eso es todo? —Lo miro, incrédulo—. No puede ser nada serio y, si no acepto, ¿podemos ser amigos? ¿De verdad?

—Lo siento, no puedo prometerte imposibles. No estoy listo para lanzarme a otra relación seria.

—Pero ¿sí estás listo para besarme y dejarme correrme en tu boca?

La expresión de Xan se contrae, herido. Esto no se lo esperaba, pero ya me he cabreado porque yo quería hablar cuando vine a la cocina, no terminar haciendo todo lo que hemos hecho si él solo quiere divertirse. Me paso la mano por la cara porque no sé qué decir.

En mi mente, recuerdo todas las veces que las personas de mi alrededor me han dicho que deje de tomarme la vida tan en serio, que viva, que disfrute de la juventud. Imagino ser amigo de Xan, no poder besarlo ni tocarlo ni sentirlo de nuevo y estoy seguro de que eso no es lo que quiero. Es una decisión que va muy en contra de mis principios, pero lo veo ahí parado y lo único que necesito en estos momentos es tenerlo en mis brazos.

—De acuerdo —digo, alzando las manos en señal de derrota.

Xan ladea la cabeza, confundido.

—¿De acuerdo?

Me acerco a él y tomo su rostro entre mis manos.

—Lo dejaremos fluir.

Xan me sonríe y sus labios encuentran los míos.

VEINTISIETE

XAN

Esto ha sido mala idea.

Estoy parado frente a la imponente mansión Hidalgo y ya no parece tan buen plan como me lo pareció cuando Apolo me invitó a pasar Acción de Gracias en la casa de su familia. Le digo que quiero que dejemos fluir las cosas y me trae a casa de sus padres. Creo que Apolo tiene un concepto muy diferente de llevar las cosas con calma y de que esto no es nada serio.

Por lo menos, ha prometido que me presentará como un amigo y que nos comportaremos durante estos días. En parte, acepté porque tampoco me quería quedar solo en el piso. Estas fechas siempre las pasaba con Vance haciendo cualquier tontería, pero nunca solo. Por lo menos, ahora podré distraerme.

Ya ha anochecido y me siento mal por llegar a la casa de su familia cuando ya es de noche. No sé por qué tengo esta imagen de que los Hidalgo son serios e intimidantes, quizá porque lo único que he oído de ellos en las noticias es que tienen muchísimo dinero y que su compañía se sigue expandiendo por todo el país.

—Vamos. —Apolo me guía, cargando su mochila de lado.

Entramos en la vivienda y el recibidor es amplio, da a un salón que tiene unas escaleras en un lateral. Todo está increíblemente iluminado y se ve impecable, debo decir que es una casa hermosa. Una figura sale de un pasillo y lo primero que veo es un pelo rojo desordenado que cae alrededor del rostro de una mujer muy guapa. Lleva

239

unos leggings y un suéter oscuro, ancho y largo que le llega hasta más abajo de los muslos.

—Apolo. —Nos sonríe y me la quedo mirando—. Y tú debes de ser Xan, soy Claudia.

Me ofrece la mano y se la estrecho con gentileza.

—Mucho gusto.

Otra persona sale del pasillo: es un hombre joven alto con barba. Tiene una elegancia natural, lleva camisa y pantalones. Se para justo al lado de Claudia antes de tenderme la mano.

—Artemis Hidalgo.

—Xan... —No sé por qué dudo si debería decir mi apellido o no—. Xan a secas.

Él asiente y yo trago grueso porque este hombre a pesar de ser joven, es muy intimidante.

—Bienvenido —saluda Claudia.

—Es la primera vez que Apolo trae a un amigo a casa —dice Artemis, mirándome como si sospechara algo o quizá estoy paranoico.

Apolo y Artemis intercambian una mirada intensa que no sé qué significa. Cosas de hermanos, supongo.

—Ah, soy un afortunado —respondo, intentando sonar relajado.

—Me encanta tu pelo —agrega Claudia.

—Gracias.

—El abuelo y mi madre ya están en la mesa —explica Claudia a Apolo—. Los demás están a punto de llegar.

¿Los demás? Claudia continúa:

—Tenéis que estar hambrientos. Subid a dejar las cosas. —Señala a Apolo—. Os he puesto en tu habitación porque me contaste que compartís cuarto en el piso, así que pensé que no sería problema. Si lo es, puedo preparar el cuarto de invitados.

—No, estamos bien compartiendo —aseguro. Lo último que quiero es molestar más de lo necesario.

Artemis me mira de nuevo y juraría que algo hace clic en su cabeza.

—¿Compartís habitación? —Su pregunta suena curiosa.

—Artemis. —Ese tono serio de Apolo es uno que no he escuchado antes. Artemis sonríe.

—Subid, nos vemos en un rato.

Ellos se hacen a un lado para dejarnos subir por las escaleras.

En el pasillo del segundo piso, veo las fotos colgadas en la pared de la familia Hidalgo. Hay varios retratos de la que asumo que es la madre y, luego, el padre de Apolo. También hay uno donde están los tres hijos con los padres, bien vestidos, muy elegantes. Definitivamente, esta familia fue bendecida con buenos genes, porque todos son guapos. Me detengo frente a un retrato de la señora Hidalgo. Tiene unos ojos azules preciosos que me recuerdan a los de mi madre y que, por lo que veo, solo heredó el hijo mediano. Apolo me ha hablado mucho de él.

—Tu madre es guapísima —digo con honestidad.

Apolo se tensa, aprieta los labios y no me responde. ¿He dicho algo malo? Solo ha sido un cumplido.

La habitación de Apolo está igual de organizada que la del piso. Me sorprende, Vance es obsesivo con la limpieza a veces, pero ni siquiera su habitación estaba así de ordenada. Quisiera decir que no pienso en él, que no lo recuerdo porque sé que no se lo merece, pero mentiría. Estuvimos juntos muchos años, hay noches en las que aún lo echo de menos, en las que considero que quizá, esta vez sí cambiará, que ahora que me he ido de verdad él luchará realmente por cambiar. Sin embargo, Apolo me da fuerzas sin saberlo, solo tengo que mirar esos ojos color café y sentir su cariño para volver a la realidad de que hay mucho más en el mundo para mí, mucho más que Vance.

Además, estar con Apolo ha despertado cosas en mí que no creía posibles. Me siento seguro, cálido y protegido en sus brazos. Tal vez lo que estoy haciendo no es sano, saltar a los brazos de otra persona cuando apenas estoy procesando lo de Vance, pero siendo sincero, no me imagino manteniéndome alejado de Vance sin Apolo. Él es mi ancla y se merece mucho más, lo sé, no obstante, esto es lo único que puedo darle ahora.

Estoy indagando en un pequeño estante que tiene con unos libros cuando lo siento abrazarme desde atrás y besarme el cuello.

—Ey —le regaño, juguetón—. Dijiste que te comportarías.

—No cuando estemos solos.

Me giro en sus brazos y le agarro ese rostro que tanto me atrae.

—Tenemos que bajar.

Apolo cierra el espacio entre nosotros y me besa. Es un roce corto y gentil, pero que de igual forma me despierta todas las terminaciones nerviosas. Una parte de mí aún no se cree que esto esté pasando, que este chico por el que me sentí atraído desde el día uno esté besándome ahora mismo. Me despego y lo cojo de la mano para arrastrarlo conmigo.

—Vamos.

APOLO

A medida que avanza la noche Xan parece más relajado, y es un alivio.

No estaba seguro de que esto fuera una buena idea. Venir a casa de mi familia no es muy «dejarlo fluir» por mi parte, así que me alegra que se esté adaptando. En la mesa, él está sentado a mi lado mientras el abuelo le pregunta mil cosas y entonces escuchamos el timbre de la casa. Artemis va a abrir y, unos segundos después, se escucha un alboroto de voces femeninas cada vez más cerca.

Me pongo de pie, emocionado y doy un paso para alejarme de la mesa.

Ella cruza la esquina del pasillo y su rostro se ilumina por completo al verme.

—¡Lolo!

Corre hacia mí y salta hasta envolver sus brazos y piernas a mi alrededor. Damos vueltas durante unos segundos. Entierra su rostro en mi cuello, murmurando lo mucho que me ha echado de menos y, cuando la bajo, noto que se ha cortado el pelo.

—¿Crisis existencial? —Toco un mechón que le llega al mentón. Dani sonríe de esa forma abierta y juguetona que recuerdo bien.

—Siempre. —Y me planta un beso en la boca a modo de saludo.

No tiene ningún significado porque ella y yo tenemos esa confianza y, en casa, están acostumbrados. Sin embargo, me he olvidado por completo a Xan y sé que eso me pasará factura luego.

Raquel aparece, seguida de Artemis. Cuando me ve, se apresura a apartar a Dani.

—Mi turno. —Raquel me abraza—. Qué gusto verte, Lolo.

—Igualmente, jamás pensé que extrañaría tanto a estas locas —admito ante todos.

El abuelo, Claudia y Artemis están sonriendo mientras ellas van a saludarlos. Vuelvo a sentarme y Xan no me mira, está centrado en tomar un sorbo de té.

—Raquel, ¿sabes algo de Ares? —pregunta Artemis, siempre preocupado.

—Sí. —Sacude su móvil en el aire—. Su vuelo se ha retrasado una hora, pero ya debe de estar a punto de aterrizar.

—Le dije que era mejor que volara ayer. —Artemis menea la cabeza—. Viajar un día antes de Acción de Gracias siempre es problemático.

—Le dije lo mismo. —Raquel se encoge de hombros—. Pero ya sabes cómo es.

Dani y Raquel se giran. Miran a Xan esperando y yo caigo en la cuenta.

—Oh, este es Xan, un amigo de la universidad —digo, haciendo el gesto de presentación—. Xan, ella es Raquel, la novia de Ares, y Dani, una amiga.

—Mucho gusto.

Las chicas se sientan. Dani lo hace justo a mi lado, sus ojos van de Xan, que está a mi otro lado, a mí. Sus labios húmedos y gruesos forman una sonrisa pícara.

—Dani... —murmuro por lo bajo en modo de advertencia.

—¿Qué? —responde, haciéndose la loca.

—No es lo que crees.

—No he dicho nada —susurra, pero la conozco demasiado y ella a mí.

Después de comer, Claudia y Artemis se despiden para llevarse a Hera a la cama, que se ha quedado dormida hace un rato en los brazos de la madre de Clau. El abuelo también se va y nos quedamos nosotros cuatro: Dani, Raquel, Xan y yo. Decidimos salir a la piscina y encender la fogata a un lado del patio para mantenernos cálidos. Xan se excusa para ir al baño y me preparo para estas dos.

—Ni siquiera...

—¡Qué mono es! —suelta Dani al instante.

—¿Este es el chico al que estabas esperando en la oscuridad? —pregunta Raquel, sus ojos brillan de la curiosidad.

Suspiro.

—Basta, las dos, no hagáis que se sienta incómodo.

Dani me observa y jadea como si hubiera descubierto algo increíble.

—Han follado.

Me sonrojo de golpe y no digo nada. Raquel abre la boca, sorprendida.

—¿De verdad? Guau, la última vez que hablamos no parecía que pasaría algo entre vosotros.

—No ha pasado nada.

—Apolo, intentas mentirnos a nosotras, ¿de verdad? —Dani menea la cabeza.

Suspiro.

—Bien, pero ni una sola palabra, ninguna de las dos.

Raquel se sella los labios con los dedos.

—Prometido.

Ambas esperan y juro que Raquel, en cierto punto, se empieza a comer las uñas.

—Sí... —admito—. Estamos dejándolo fluir.

Ambas fruncen las cejas.

—¿Apolo Hidalgo dejándolo fluir? —El rostro de Dani muestra sorpresa—. Eso sí que no me lo esperaba, pero bien por ti. Al fin has dejado de vivir como si tuvieras ochenta años.

—Dani. —Raquel le regaña antes de volver a mirarme—. ¿Cómo fue? ¿Alucinante? ¿Te gusta mucho?

—Fue... —Recuerdo esa noche y a él de rodillas frente a mí—. Fue genial.

—Estás loquito por él, ¿no? —dice Dani, burlona.

—No, es algo casual.

Dani se pasa la lengua por los labios.

—Déjame adivinar: lo de que sea algo casual fue idea suya, no tuya, ¿eh?

—No tiene importancia.

—Apolo.

—De verdad, estoy bien con este arreglo.

Raquel y Dani intercambian una mirada hasta que Raquel rompe el silencio:

—¿Estás seguro, Apolo?

—Sí.

—Bueno —dice Dani—, si va a ser algo casual, mantén tus sentimientos a raya, Apolo. No queremos que salgas herido.

Les lanzo una mirada cansina.

—Ya no soy el chico pequeño que necesita protección, ¿de acuerdo? Puedo follar sin complicarme.

Raquel hace una mueca.

—Claro, eso decía tu hermano y míralo ahora.

—No es lo mismo.

Xan regresa y nos quedamos callados, lo cual es un grave error porque es obvio que estábamos hablando de él.

—Entonces, Xan... —empieza Dani y la observo con cautela—. Apolo nos ha contado que tienes una cafetería en el campus.

—Así es, sois bienvenidas cuando queráis.

—Oh, gracias. Cuando vayamos a verlo, pasaremos por ahí —responde Raquel—. Y bueno, queremos aprovechar para sacarte información, porque Apolo no nos cuenta nada. ¿Cómo le va a Lolo en la universidad? ¿Tiene amigos?

—Raquel —protesto, avergonzado—. Hablas igual que mi madre.

Ella sonríe abiertamente y Xan parece unirse al humor de «molestemos a Apolo».

—Bueno, no lo he visto con ningún amigo aparte de Gregory, solo con... —Sus ojos buscan los míos y duda un segundo antes de decirlo—, solo con Rain.

—Oh, Rain. —Raquel reconoce el nombre y la miro con mucha intensidad esperando que eso le dé una pista de que no diga nada.

—¿La conoces? —pregunta Xan—. Supongo que Apolo os ha hablado de ella.

Raquel se atraganta con su bebida y tose.

—Ah, hace frío. —Es su respuesta.

Ella nunca se le ha dado muy bien mentir y no sé por qué tenía la esperanza de que diera una contestación normal. Sin embargo, Xan lo deja estar.

Pasamos el rato charlando y poniéndonos al día con todo lo de la universidad. Raquel compara las asignaturas que ella dio en su primer año de Psicología con las que estoy dando yo y me da algunos consejos. Dani y Xan hablan de los festivales que se celebran en el centro de la ciudad en diciembre.

A medianoche, las chicas se van a descansar, quieren estar rejuvenecidas para mañana.

Al volver a mi habitación, Xan está más callado de lo normal. Nos acostamos y él me da la espalda, arropándose hasta el cuello.

—¿Todo bien? —pregunto, porque siento que algo está mal.

—Todo bien.

—Xan.

Suspira y se gira, quedando sobre su espalda, sus ojos en el techo.

—Creo que esto no ha sido una buena idea.

—¿Esto?

—Venir contigo.

No puedo negar que eso duele, pero me mantengo neutral.

—¿Por qué?

—No lo sé, es demasiado... todo esto es... demasiado.

—No te entiendo.

—Lo sé y lo siento, Apolo. Sé que tenías buenas intenciones, que querías que no estuviera solo, pero me siento... extraño.

—¿Te sientes incómodo con mi familia?

—No, claro que no, son geniales. El problema soy yo. —Suspira—. Lo siento, soy un desastre.

—Claro que no.

Xan se gira hacia mí y se acerca poco a poco hasta que descansa su frente sobre la mía.

—Sé que prometimos no hacer nada —susurra sobre mis labios—, pero... necesito...

Lo beso antes de que pueda terminar esa frase. Sentirnos siempre nos ayuda a apartar los pensamientos y los malestares. Es una solución temporal, pero que ambos disfrutamos mucho. Lo aprieto contra mí, mientras nuestro beso se vuelve desesperado y lleno de ganas.

—Xan —digo sin aliento.

Él me da un beso corto.

—Seré silencioso, lo prometo.

La sonrisa pícara le queda tan bien que no protesto para nada y él se sube encima de mí para seguir besándonos.

Una vez más, nos perdemos en jadeos, gemidos y sensaciones que ahogan todo lo demás.

A la mañana siguiente, me despierto en una cama vacía.

Se me aprieta el pecho y me siento cuando veo una nota en la mesilla de noche. Con el corazón en el suelo, levanto el papel y lo leo:

Lo siento mucho, Apolo.

Creo que no quiero estar rodeado de gente, no quiero socializar, ni fingir sonrisas mientras estoy procesando todo lo que ha pasado.

Gracias por todo.

Xan

VEINTIOCHO

APOLO

Xan. Xan. Xan.

No se me va de la cabeza.

Pasar el fin de semana con mi familia y amigos ha sido genial. En algunos momentos, me he olvidado del chico del pelo azul, pero luego, pienso en él y me entristece que no esté aquí. Xan y yo hemos estado juntos todos los días durante las últimas semanas. Después de empezar lo que sea que tenemos, me he acostumbrado a su cariño, a su presencia, a verlo por la mañana, a bromear con él mientras desayunamos, a la pequeña rutina que habíamos creado.

El atardecer rodea el lago, el sol ya casi está oculto entre las montañas que rodean el pueblo de Chimney Rock. Mañana vuelvo al piso y no puedo esperar a ver a Xan. Quiero asegurarme de que esté bien, el único contacto que he tenido con él han sido un par de mensajes cortos y breves.

Suspiro y me recuesto a un lado del bote, estamos en medio del lago disfrutando de la vista, muy bien abrigados. Hace demasiado frío para intentar entrar en el agua, pero es tradición venir y disfrutar de un buen chocolate caliente. El abuelo, papá, Claudia y Artemis se han quedado en la cabaña. No estaban de humor para esto y tampoco querían traer a Hera con este tiempo. Mi sobrina tiene una sensibilidad al frío fuera de lo normal, se resfría con nada. Así que solo estamos Ares, Raquel, Dani y yo.

De alguna forma, me recuerda a los viejos tiempos. Cuando

salíamos los cuatro, nos divertíamos y yo pensaba que Dani y yo éramos el combo perfecto y estaríamos juntos para siempre como Ares y Raquel. Miro a Dani al otro lado del bote, está junto a Raquel con los pies colgando, rozando el agua helada mientras charlan.

Ares camina hacia mí y se sienta a mi lado. Viste un abrigo y un gorro del cual escapa su pelo negro. Lo lleva más largo que nunca y me pregunto si se debe a que el frío es mucho más intenso en el norte, donde estudia.

—Así que al final decidiste ir al psicólogo —comenta, su respiración visible cuando deja sus labios.

—El abuelo no puede guardar un secreto. —Suspiro.

Ares pone su mano en mi hombro.

—Me alegro mucho.

No digo nada y él alza una ceja, esperando.

—¿Qué?

Se encoge de hombros.

—¿Estás compartiendo habitación con un chico?

Entorno los ojos.

—Y Artemis tampoco puede quedarse callado. Los Hidalgo tienen un serio problema para cerrar la boca.

Ares me observa, divertido, esa sonrisa de «ajá-lo-sé-todo» se forma en sus labios.

—¿Por qué estás a la defensiva? Solo ha sido una pregunta.

—No estoy... No pasa nada. Xan necesitaba un lugar donde quedarse y se lo ofrecí, punto.

—No te he pedido explicaciones, Apolo. —Su tono crece con esa seguridad de que me ha pillado en algo.

—¿Tú cómo estás? —Cambio de tema.

Ares exhala, sus ojos van al atardecer.

—Medicina sigue igual de exigente. Cuando creo que se van a calmar las cosas, el estrés y la presión de todo aumentan. Me drena por completo. —Su mirada va a Raquel, que se está riendo con Dani—. Y cada vez es más difícil estar sin ella.

—Lo puedo imaginar. —Es mi turno de poner mi mano sobre su hombro—. Pero lo superaréis, Ares. Creo en vosotros.

Él me sonríe y asiente.

—¿Y tú?

—¿Y yo?

—Me he perdido conocer al chico, y Raquel no me quiso decir nada. Su actitud sospechosa me hace pensar que hay algo entre este compañero de habitación y tú.

—No hay nada, la verdad. Estamos dejando que fluya. —Ares alza ambas cejas—. Ya lo sé, no lo digas. Sí, fue idea suya. No, no es algo que yo suela hacer. Acaba de salir de una relación... compleja.

—Vale.

—¿Vale?

—Ya eres grandecito para tomar tus propias decisiones, Apolo.

—Gracias.

Le agradezco que no me cuestione o juzgue lo que estoy haciendo. Ares solo me sonríe y me abraza de lado.

—Te voy a echar de menos.

—Yo también a ti, idiota.

Cuando vuelvo al piso el domingo por la tarde, paso al lado de Gregory para ir directo a mi habitación.

—¡Yo también te he echado de menos, ingrato! —grita Greg desde el pasillo.

Al entrar, noto que la cama está exactamente como la dejé el día que Xan y yo nos fuimos de aquí. Sobre ella, está la ropa que le presté, lavada y doblada perfectamente.

«No. No».

Algo me temía, porque no ha respondido mis mensajes. Greg se apoya en el marco de la puerta.

—¿Dónde está Xan? Creía que se había ido contigo. —Me muestra unas llaves—. Dejó las llaves en la portería.

Siento un vacío en el estómago.

—¿Apolo? —insiste Greg, observándome—. ¿Qué ha pasado?

—No lo sé. —Me siento en la cama y me paso las manos por el pelo, frustrado—. No sé qué narices ha pasado.

—A esta hora debe de estar en la cafetería, aunque ya casi es la hora de cierre —añade Greg—. Dijiste que los domingos cierra temprano.

—Tienes razón. —Cojo una chaqueta del armario.

—Apolo.

Me detengo frente a mi amigo, porque pocas veces en la vida Gregory usa un tono tan serio. Me pone la mano en el hombro.

—No puedes salvar a alguien que no quiere ser salvado.

—Él vino a mí, Greg. Sí quiere ser salvado, es solo que no sabe cómo.

Gregory me aprieta el hombro con gentileza.

—Hay cosas que él tiene que enfrentar solo, Apolo. No dejes que tus sentimientos te nublen la mente.

—¿Y qué se supone que debo hacer? ¿Nada? ¿Dejar que se vaya como si nada?

Greg baja la mano y me sonríe con la boca cerrada.

—Solo quiero asegurarme de que está bien —digo antes de irme.

El camino a la cafetería se me hace eterno porque necesito saber que está bien. Me digo que no es lo que estoy pensando, que no ha vuelto con Vance, que quizá se ha estado quedando en la cafetería. No es lo ideal, pero prefiero eso a que haya vuelto con ese monstruo. El corazón se me va a salir con cada paso que doy.

Desde la distancia, veo las luces tenues del interior del Café Nora; sin embargo, el aviso de neón de abierto está apagado. Hay movimiento dentro y me detengo frente a la puerta de cristal, siento que puedo respirar de nuevo cuando mis ojos caen sobre Xan. Está limpiando una mesa, lleva el pelo azul peinado hacia atrás y apartado de la cara con una cinta para el pelo. Me agarro el pecho y el alivio me quita un peso de encima.

Con el puño, toco el cristal para llamar su atención.

Xan me ve y su cara refleja la sorpresa. Corre a la puerta y, en vez de dejarme entrar, sale y me hace retroceder un poco. Frunzo las cejas.

—¿Xan?

—¿Qué estás haciendo aquí, Apolo?

—Quería asegurarme de que estuvieras bien. ¿Por qué te has ido del piso? ¿Por qué no contestas al móvil?

Xan aparta la mirada.

—Apolo, lo siento.

En ese momento, todo pasa a cámara lenta. Capto movimiento dentro de la cafetería y, por el cristal de la puerta, veo cómo Vance sale del almacén de la parte de atrás. Lleva un delantal y, cuando levanta la mirada, me encuentro con esos ojos que siempre me han dado mala espina. Él da un paso hacia la puerta, Xan se gira y le hace un gesto con la mano de que no salga. Vance lo obedece y Xan vuelve a mirarme.

—¿Has vuelto con él? —La pregunta duele al dejar mis labios.

«Dime que no, Xan. Dime que solo estás intentando hacer que la cafetería funcione con él. Por favor».

—Apolo...

Mi corazón cae al suelo, la decepción y la rabia me recorren. Todos mis músculos se tensan. Me arden los ojos, pero me niego a dejar que se formen lágrimas. Doy un paso atrás porque no me lo creo.

—¡Mierda, Xan! —Levanto la voz porque no puedo evitarlo—. Casi te mata la última vez. Pensaba que te habías dado cuenta de todo. Pensaba que ya no volverías a esa maldita relación abusiva.

Xan hace una mueca como si mis palabras le quemaran. No me importa, porque andarse con rodeos con él obviamente no funciona.

—Es diferente esta vez, Apolo —explica y yo bufo, sacudiendo la cabeza.

—¿De verdad te crees eso? —Me acerco a él—. Mírame a los ojos y dime que lo crees.

—Lo está intentando de verdad —dice—. No lo creí, pero luego trajo a Rain y ella habló conmigo. Me confirmó todo lo que él está haciendo para cambiar.

—¿Rain?

Mi furia explota porque ya sabía que Rain no lo mandaría a la cárcel, pero ¿qué persuadiera a Xan para que le diera otra oportunidad a su hermano? Eso es cruzar todo límite. Eso es ser más mierda de lo que me esperaba. Una cosa es que ella crea en la basura de Vance, otra muy distinta es que no ayude a Xan a alejarse de él. Vance ya lo ha herido lo suficiente, no importa si se convierte en un santo ahora. El abuso que Xan ha sufrido ya pasó, pero el daño está hecho.

No es que no crea que las personas no pueden cambiar, sin embargo, hay situaciones en las que lo único que les queda es salir de ellas.

—Rain es su hermana, Xan. Siempre va a ponerse de su lado.

Xan menea la cabeza.

—Estás equivocado. Muchas veces me ha dicho que lo deje, tú lo sabes, así que no creo que esté mintiendo esta vez.

Hago una mueca de asco porque toda esta situación me pone enfermo. Quizá Rain y Vance no son tan diferentes como yo pensaba.

—Creo que debes irte, Apolo —susurra Xan, sin mirarme.

—¿Y tú y yo qué hemos sido? ¿Un descanso de tu relación tóxica? ¿Un polvo? Ah, ya, solo he sido el chico bueno y tonto que has usado antes de volver con tu novio abusador.

—Apolo...

Aprieto los labios porque tengo muchísima rabia. En ese momento, los ojos de Xan se fijan en alguien que está detrás de mí. Cuando me giro, veo llegar a Rain, quien nos observa con cautela.

Genial, la fiesta está completa.

—¿Le dijiste que volviera con él? ¿En serio? —pregunto, mi tono irradia el desprecio que siento.

Rain se mantiene callada.

—Solo le dije la verdad —añade luego.

—¿La verdad? —Suelto una risa sarcástica—. Oh, eso es muy hipócrita viniendo de ti.

Rain tensa los labios, va a por Xan y lo agarra del brazo.

—Vamos dentro, Xan.

—¿Por qué? ¿Te da miedo que le diga la verdad a Xan?

Este se detiene y su mirada va de mí a Rain.

—¿La verdad? —pregunta.

—No es nada, Xan —se apresura a explicar Rain—. Vamos.

Xan se suelta del agarre y me enfrenta.

—¿Apolo?

—Cuando ella dijo que volvieras con él y que ha cambiado, ¿te dijo que fue él quien me dio una paliza cuando entré a la universidad? —Rain baja la mirada y el rostro de Xan muestra horror—. ¿Te dijo que de no haber sido porque ella tuvo un poco de conciencia y me fue a buscar, me habría muerto en ese callejón?

Xan se lleva la mano a la boca y mira a Rain.

—¿Rain?

Ella no dice nada, se pasa la lengua por los labios y asiente con la cabeza.

—Tampoco te ha dicho que ella se niega a testificar en mi caso para que él pague por lo que hizo porque es su hermano.

Xan está mudo, parece estar asimilando todo y Rain no se atreve a levantar la vista. El dolor de toda esta situación me pasa factura y me apago. Mi empatía por los demás desaparece, solo queda la furia y la tristeza.

—¿Sabéis qué? Idos a la mierda los tres —digo, y retrocedo.

Xan da un paso hacia mí y levanto la mano.

—No, ya has escogido. —Me giro y me largo de ahí—. Adiós, Xan.

VEINTINUEVE

XAN

Tres días antes

Es el día de Acción de Gracias.

Después de dejarle a Apolo la nota en la mesilla de noche, salgo de la mansión Hidalgo.

Me siento terrible porque sé que Apolo quería que estuviera aquí con él, pero no estoy listo para esto. No quiero estar rodeado de tanta gente que no conozco cuando estoy pasando por esta situación... Ni siquiera sé cómo llamarlo ¿despecho?, ¿corazón roto? Darme cuenta de todo lo que Vance me ha hecho ha sido como si un cubo de agua helada me cayera encima. Siento este peso en los hombros, esta presión en el pecho que no me deja en paz.

La familia de Apolo no se merece mi humor decaído y mis sonrisas fingidas, no después de lo geniales que han sido al recibirme en su casa. Ellos se merecen pasar un buen día de Acción de Gracias.

No sé qué voy a hacer, pero cuando llego al piso de Apolo, me distraigo limpiando y organizando. Café Nora está cerrado hoy y mañana, quedan pocos clientes en el campus cuando todos están visitando a su familia o de compras. Me siento en el suelo de la habitación y doblo la ropa mientras escucho música. No es el plan ideal para pasar el día de Acción de Gracias, sin embargo, me da paz. Ya me pondré una película o algo luego. Necesitaba esto, esta soledad, tiempo para estar conmigo mismo. Nada de interactuar con otras personas, ni fingir sonrisas. Espero que Apolo lo entienda.

La melodía que proviene de mi móvil termina y empieza «Cry» de Middle Part. Es una de mis canciones favoritas, me enamoré de ella el día que la puse en la cafetería mientras probaba diferentes listas de reproducción de Spotify. Canto y me quedo mirando la cama. Casi puedo vernos a él y a mí, rodando por las sábanas, besándonos hasta que se nos hinchan los labios.

Apolo...

Aún no me creo todo lo que ha pasado entre nosotros. Cada vez me gusta más, siento más cuando me mira, cuando me besa o me toca. Incluso cuando hace algo tan simple como sonreír, todo se me acelera. Me pregunto si estoy cometiendo un error dejándome llevar.

«No, Xan, ya has sido claro con Apolo. Sabe en qué lugar estás ahora mismo en cuanto a relaciones».

Pongo la ropa doblada en las baldas del armario y al salir de ahí, escucho la lluvia impactar contra el cristal de la ventana. Por supuesto que tenía que llover, mi momento triste y de soledad necesita un tiempo acorde. Aunque el ruido es más pronunciado de lo que espero y, al acercarme, me doy cuenta de que es lluvia mezclada con pequeños pedazos de granizo, casi indetectables. Ah, las temperaturas están ridículamente bajas hoy. Me sorprende que no sea nieve y a la vez me alivia. Apolo y yo nos prometimos ver la primera nevada juntos, una tontería que cogimos de una película romántica coreana que vimos el jueves pasado con Gregory. Explicaban que, al pasar la primera nevada con tu pareja, el amor se volverá verdadero y estaréis juntos siempre.

La verdad, no sé qué hacemos prestándole atención a cosas como esas, si se supone que lo estamos dejando fluir... Ya ni sé qué estamos haciendo, la verdad.

Paso el resto de la tarde limpiando y organizando, el piso parece vacío sin él. No puedo evitar verlo por ahí en la cocina o en el sofá.

Lo echo de menos y es ridículo, no ha pasado ni un día.

Por la noche, me caliento un poco de jamón de pavo y me tomo una ensalada que Gregory dejó en la nevera. Me envuelvo en una manta en el sofá y pongo una de las películas de *Piratas del Caribe*. Eran las favoritas de mi madre, siempre pensé que ella hubiera deseado vivir en la costa o cerca del mar, su fascinación por películas relacionadas con el océano era inagotable.

Bueno, no es la mejor cena de Acción de Gracias, pero por sorprendente que pueda parecer, me siento bien en mi soledad. Me siento bien estando con Xan y con nadie más. Es la primera vez que estoy solo en estas fiestas. En estos momentos no soy el novio de Vance ni el no-sé-qué de Apolo, solo soy yo, envuelto en una manta, cenando mientras cae granizo fuera.

Esa noche, me voy a dormir con el corazón tranquilo y con mucha paz.

Al día siguiente, me preparo mentalmente para lo que tengo que hacer: buscar mis cosas en el piso de Vance.

He elegido el día de hoy porque lo más probable es que esté en casa de su familia y no me lo encuentre mientras voy a su piso a sacar mis cosas. No puedo mentir y decir que no me da miedo, pero sí es una combinación extraña de curiosidad: ¿qué sentiré cuando lo vea? ¿Rencor? ¿Amor? Sé que no puedo olvidarlo en un par de semanas, pero estoy seguro de que ya no lo quiero como antes y ya no estoy tan ciego.

Delante de su puerta, me armo de valor y entro con la llave que tengo, la misma que dejaré en la portería cuando me lleve todas mis cosas. El piso está en silencio absoluto y sumido en la semioscuridad, apenas entra luz desde afuera porque está nublado.

Todo está igual que siempre, limpio, y el olor dulce de esas velas aromáticas que le encantan a Vance aún persiste en el aire. Salgo del pasillo y me quedo paralizado cuando lo veo en el mueble, sentado, con las piernas abiertas y el móvil en las manos. Vance alza la mirada y trago saliva con dificultad cuando me mira como si analizara todo de mí en ese mismo instante.

«¿Qué hace aquí? ¿Por qué no está con su familia?».

Rompo el silencio:

—He venido a por mis cosas.

—De acuerdo —dice con simpleza y vuelve a mirar el móvil. Está enviando mensajes, asumo.

Paso por su lado, voy a la habitación y empiezo a meter lo que puedo en la mochila que traje. No es mucho lo que cabe, pero solo me hace falta lo necesario: mi ropa interior, mis calcetines, mis vaqueros y alguna que otra camisa. Ya quizá pueda ir de compras luego, porque me temo que toda la ropa que tengo es un recordatorio de Vance.

—Pensabas que estaría con mi familia, ¿no es así? —La voz de Vance me sorprende porque no lo he visto venir. Está parado en el marco de la puerta con los brazos cruzados.

—Sí, creía que sería mejor si no... nos viéramos.

—¿Por qué?

Mantengo los ojos en la ropa que estoy luchando por meter en la mochila.

—Porque se ha acabado y no hay necesidad de que nos veamos.

—¿Así como así, Xan? ¿Años de relación y ni siquiera podemos tener una conversación?

Cierro la cremallera de la mochila y me giro hacia él.

—No tenemos nada de que hablar, Vance.

—¿Sabes? —Da un paso dentro de la habitación—. He estado pensando de dónde viene este valor repentino que tienes y sé la razón: Apolo, ¿no es así?

Suspiro. Estoy cansado de esto, de sus acusaciones, de su paranoia.

—Él no tiene nada que ver.

—¿De verdad? ¿No tiene nada que ver que estés quedándote con él?

—Vance.

—¿Que te lo estés follando?

No digo nada y levanto la mochila para ponérmela en el hombro.

—Tengo que irme. —Me dirijo a la puerta y Vance pone su brazo contra el marco, bloqueándome el paso—. Vance.

—Una conversación, es lo mínimo que me merezco.

—¿Mereces? —Bufo porque de verdad no puedo creer lo descarado que es.

En ese momento, escucho el timbre. Frunzo las cejas.

—¿Esperas a alguien?

—Es Rain. —Vance se aparta y entramos juntos al salón—. Estoy esforzándome, Xan. Sé que no te creerás ni una palabra que salga de mi boca, así que he aprovechado que ella estaba visitando a una amiga que vive cerca y le he pedido que venga a hablar contigo.

Después de saludar a Rain, nos sentamos en el salón. Y espero que ellos hablen.

—Xan, sé que tienes todo tu derecho a irte y puedes hacerlo incluso después de lo que te diga. Lo sabes, yo misma te lo aconsejé hace algún tiempo. Mi único papel aquí es confirmarte que Vance sí lo está intentando.

Asiento y ella continúa. Rain describe todo lo que su hermano ha estado haciendo estas últimas semanas, que está yendo al psicólogo y a un tratamiento para controlar la ira. Ya no bebe ni fuma porque esas sustancias lo hacen más susceptible a la violencia. También explica que se ha estado quedando con sus padres, que si decido volver con él, tendré el piso para mí solo mientras Vance recibe el apoyo que necesita en casa. La escucho, tiene toda mi atención y, cuando termina, ella se pone de pie.

—Bueno, tenéis mucho de que hablar. Ya sabes, Xan, no importa lo que decidas, cuenta conmigo.

Se da la vuelta y se va.

Me quedo ahí sentado, asimilando lo que acabo de escuchar. Quisiera decir que no me hace dudar, pero lo hace. Vance está al otro lado, sus ojos ansiosos me miran, esperando. Sí, lo quise, una parte de mí quizá aún lo quiere. Sin embargo, el recuerdo del sonido que hacían sus puños al impactar contra mi cara y la falta de aire cuando me agarró del cuello siguen vívidos en mi memoria. Sin contar lo que pasó en la cafetería cuando me revisó para ver si tenía semen entre las nalgas. Creo que ese momento fue mi punto de inflexión.

Una parte de mí sabe que, si vuelvo con él, la próxima vez quizá no sobreviva.

—Vance, me alegro de que estés recibiendo la ayuda que necesitas. —Él me sonríe—. Pero no puedo volver contigo.

Su sonrisa se desvanece.

—¿Qué?

—No quiero volver contigo. Espero que podamos llevarnos bien por el Café Nora, pero tú y yo..., ya no hay vuelta atrás. —Me duele y me libera decirlo. Es agridulce.

—Xan, lo estoy intentando todo, ¿no lo ves? —La desesperación es clara en su rostro—. Por favor, después de tanto tiempo juntos, nos merecemos otra oportunidad.

· —No. —Meneo la cabeza—. Supongamos que sigues con este proceso, que ojalá así sea, y cambias para bien. ¿Y si no? ¿Y si esa otra oportunidad que te doy termina conmigo en el hospital o, peor aún, muerto?

—Estás exagerando. Nunca te he pegado tanto y ya no volverá a suceder. Estoy haciendo todo para que no pase de nuevo.

—¿Y debo encender una vela y rezar para que así sea? —le pregunto con rabia—. ¿Por qué debo arriesgar mi vida para ver si tú cambias? No vale la pena. Ya no. Si hubieras hecho esto al principio, cuando me gritaste por primera vez en un ataque de rabia, tal vez habríamos tenido un futuro. Ahora no, Vance, es muy tarde.

Me pongo de pie y Vance hace lo mismo. Se acerca y toma mi rostro entre sus manos.

—Xan, por favor, haré lo que quieras. —Ruega—. Saldré del armario y le contaré al mundo y a mis seguidores que eres mi novio. Te presentaré en casa. Las cosas fluirán como tú decidas. No volveré al piso hasta que tú lo digas. Puedes traer a todos los amigos que quieras a casa.

Me quito sus manos de la cara.

—Se acabó, Vance.

Se me rompe la voz porque es difícil. Hemos estado juntos mucho tiempo y quiero creerlo, pero me centro en la paz que sentí anoche en mi soledad, en lo sana y buena que ha sido mi vida sin Vance.

Doy tres pasos hacia el pasillo. Cuando él habla de nuevo, todo rastro de agonía se ha ido de su tono de voz, ahora es fría:

—Quería hacer esto por las buenas, Xan.

Me giro, aterrado de que me ataque o algo, pero él sigue de pie donde estaba. Vance levanta el móvil. En él se reproduce un vídeo. Al principio me cuesta distinguir de qué se trata, pero luego me doy cuenta de que es un vídeo de Apolo pegándole en el festival de otoño. No recordaba esa situación de esa forma, en el vídeo todo parece más violento y sanguinario. Vance parece la víctima.

—¿Qué...?

—Si te vas, Xan, daré la orden de que publiquen el vídeo. Con mi plataforma puedo hacerlo viral en cuestión de minutos. Una buena descripción que diga cómo fui atacado por un hater que resulta ser nada más y nada menos que Apolo Hidalgo, el hijo de una de las familias más ricas del estado. Un chico con privilegios atacando a un pobre freelance y streamer como yo.

Me dan ganas de vomitar porque no lo puedo creer. Sé que él es capaz de hacerlo, de que las cosas saldrían exactamente como él las planea, los seguidores de Vance son apasionados. No sería la primera vez que hacen algo viral por él. Pienso en la familia de Apolo, en lo buena gente que son, en que no se merecen esa mancha en el apellido cuando no han hecho nada malo.

—Expulsarían a Apolo de la universidad, eso seguro —continúa Vance—. Su vida sería caótica por tu culpa, ¿puedes vivir con eso?

Me agarro el estómago porque de verdad creo que voy a vomitar.

—Todo era mierda, ¿no? —pregunté con asco—. Lo de que has cambiado. Todo era falso.

—No, pero no me dejas otra opción, Xan. No te puedes ir, así no puedo volver a ganarme tu corazón. Ve a por tus cosas al piso de ese niñato y vuelve a mí, aquí donde perteneces. Te dejaré el piso para ti solo como prometí.

Quiero gritarle, pegarle, salir corriendo, pero me contengo y me limito a salir de ahí porque no puedo seguir mirándolo a la cara. Lloro durante todo el camino al piso de Apolo y lloro un poco más cuando entro. Me invaden los recuerdos, lo que pudo ser, lo seguro que me sentí.

Me llevo todo y miro con tristeza la manta en el sofá. Anoche lo pasé bien y ahora debo dejarlo todo para volver a ese lugar frío y lleno de Vance. Dejo todo organizado, dejo la llave en la portería y me quedo un rato mirando el edificio de Apolo desde fuera, con la vista nublada por las lágrimas.

«Lo siento tanto, Apolo. Al parecer, nunca me podré librar de Vance».

TREINTA

APOLO

«Tienes que aprender a soltar, Apolo, a dejar ir. No puedes salvar a todo el mundo, no puedes obligar a alguien a tomar una decisión que no quiere ni plantearse. Lo ayudaste, le brindaste un lugar seguro. Hiciste lo que pudiste. Es suficiente, es hora de soltar».

Las palabras de mi psicóloga me rondan la cabeza mientras me quedo mirando mi cama y lo vacía que la he sentido estos días. Ha pasado una semana desde que me enfrenté a Xan y a Rain en la puerta de la cafetería. No me he pasado por ahí ni le he enviado ningún mensaje a Xan.

Estoy soltando.

Y centrándome en mí mismo, en la universidad.

Cada vez que siento curiosidad o me dan ganas de darme una vuelta por el Café Nora, me recuerdo que no vale la pena y que ellos han tomado sus decisiones. No puedo seguir aferrándome. No es sano.

—Ah, lo echo de menos —se queja Greg cuando aparece a mi lado en el marco de la puerta.

—Tomó su decisión, Greg, no fuimos suficiente —bromeo.

Greg se ríe y luego exhala con dramatismo.

—¿Sabes? Es extraño, Apolo.

Me cruzo de brazos.

—¿Qué?

—Xan estaba tan decidido... —Se acaricia el mentón, pensativo. Greg ya está al día de toda la situación de Xan—. Estaba buscando

265

la manera legal de separar el Café Nora de él, de romper toda conexión con Vance y, de pronto, vuelve con él como si nada.

—No sé qué decirte. Al parecer, Rain lo convenció.

—Eso también me parece extraño. ¿Rain convenciendo a alguien de que vuelva a una relación abusiva? No sé, algo no encaja.

—Créeme, Rain me ha dejado muy sorprendido últimamente.

—Bueno, ¿qué tal unas verduras salteadas con camarones?

—Me has leído la mente.

—Vamos, necesito compañía después del día que he tenido.

—¿Érica? —pregunto y él asiente.

—Seremos amigos, me ha quedado claro que no quiere nada más. Lo entiendo, pero bueno, supongo que aún guardaba la esperanza.

—Pobrecito —murmuro y él me da un manotazo en el brazo.

—Creo que estoy como tú, necesito soltar.

Le sonrío.

—Bienvenido al club.

Le agarro del hombro mientras caminamos a la cocina y comenzamos a hablar sobre las vacaciones de Navidad, que solo están a dos semanas.

Día 1

Me despierta la vibración incesante de mi móvil.

Tengo un ojo entreabierto y el otro cerrado mientras agarro el móvil. Como no coordino bien, lo suelto y se me cae en la cara con fuerza. Gimo de dolor, mientras me toco la nariz y eso me termina de despertar. Cuando veo la pantalla, me quedo helado: son las cuatro de la mañana y es Rain.

Siento un gran *déjà vu* de aquella noche que Xan apareció en mi piso en la madrugada. Con el corazón en la boca, contesto:

—¿Rain?

—¡Apolo! Lo siento tanto, él... —Su voz está rota, está llorando.

—Rain, ¿qué ha pasado?

—Estamos en el hospital.

Me levanto de golpe de la cama.

—¿Estamos? Rain, por Dios, ¿qué ha pasado?

—Es Xan.

«No. No. No».

—Tienes que venir —dice sollozando—. Lo siento tanto...

Le pido la dirección y cuelgo. Me pongo una camisa y unos vaqueros, y casi me olvido el abrigo con las prisas. Puedo sentir los latidos del corazón en mis oídos y en la garganta al subirme en el taxi. El camino se me hace eterno y solo ruego que Xan esté bien, Rain no podía decir nada coherente entre sollozos.

Corro por el pasillo de emergencias y, en la estación de enfermeras, me detiene una, es alta y tiene una sonrisa amable.

—¿Puedo ayudarte en algo?

—Xan... —digo sin aliento—. Un chico...

—¡Apolo!

La voz de Rain viene desde el pasillo de emergencias. Corre hacia mí, con los ojos rojos y las manos... están llenas de sangre, al igual que toda la parte delantera de su camisa.

Siento un vacío en el estómago y dejo de respirar ahí mismo.

—Rain... —Es lo único que puedo soltar en un susurro ahogado, ansioso, a la expectativa de lo peor.

—Él... —La agarro por los hombros.

—¡¿Qué ha pasado?! ¡Habla, maldita sea!

—Ha sido Vance —admite entre lágrimas—. Vance le ha pegado... tanto que...

—¿Tanto que qué?

—Xan me llamó... y, cuando llegué al piso... —Hace una mueca como si el horror del recuerdo la atormentara—. Había tanta sangre... y la ambulancia tardó... y... llegó aquí... y tuvieron que reanimarlo dos veces y están... Apolo, lo siento tanto... —Se agarra de mi camisa y llora desconsoladamente—. Esto es mi culpa, lo siento, lo siento...

Quiero gritarle y hacerla sentir peor, pero estoy demasiado paralizado por la posibilidad de que Xan no sobreviva. No tengo fuerzas para nada. Rain está llorando tanto que se me hace imposible atacarla cuando ya está tan mal. No le hará bien a nadie ni hará que retroceda el tiempo. La ayudo a sentarse en las sillas de la sala de espera y le traigo un vaso de agua de la fuente.

—Gracias —murmura. Su pecho sube y baja, de tanto llorar le ha dado hipo.

Mi mente está atrapada en un ciclo de recuerdos de Xan: su pelo, su sonrisa, la pasión en su mirada cuando habla del Café Nora, lo lleno de vida que está... No, no puede morir, este no puede ser su final.

Un doctor alto sale de la zona de emergencia.

—¿Familiares de Xan Streva? —pregunta.

Rain y yo nos podemos de pie. Por instinto, nos tomamos de la mano.

—Somos sus amigos, Xan no tiene a nadie más —explica Rain.

El doctor nos mira un segundo como si calibrara la veracidad de lo que acabamos de decir, pero cuando ve la sangre en las ropas de Rain, supongo que se da cuenta de que ella lo ha traído.

—Xan ha sufrido una hemorragia interna. Hemos podido controlarla, pero necesita cirugía lo antes posible. La radiografía ha mostrado varias costillas y dedos rotos. —Se me hunde el pecho—. También tiene hematomas y moretones de hace días y todas sus heridas coinciden con...

—Abuso —termina Rain.

El doctor asiente.

—He tenido que informar de ello, la policía ya está en camino. ¿Qué ha pasado?

A Rain le tiemblan los labios y me aprieta la mano mientras lo dice:

—Fue su pareja: Vance Adams.

—La policía querrá hablar con usted cuando llegue. A su amigo lo están llevando a quirófano ahora mismo, así que volveré cuando salga de la cirugía.

El doctor se da la vuelta

—Espere —pido y se me quiebra la voz un poco—. Por favor, sálvelo. Él no se merece... morir así.

El doctor sonríe, es una breve sonrisa de entendimiento, y se va.

Sentados en la sala de espera, Rain moquea y se limpia las lágrimas que no paran de caerle por las mejillas

—Tenías razón, Apolo, tanta razón... —susurra—. He sido una mierda de persona y una idiota. Esto es culpa mía. ¿Por qué pensaba que podría cambiar? ¿Por qué me lo creí todo? Xan está ahí luchando por su vida y es mi puta culpa. Siempre me he creído una buena persona, con unos ideales correctos y firmes. Me he olvidado de todo lo que soy, de todo lo que creo, solo porque quería creer que mi hermano podía ser diferente, que no era un monstruo... Y mírame ahora. —Ella señala su ropa, manchada de sangre.

—Rain, esto no se trata de ti —digo frío, ella me observa—. Xan está ahí adentro luchando por su vida. Lo último que quiero escuchar ahora es una diatriba sobre tu culpa y tu tristeza. Este momento va de Xan, de que sobreviva a esa cirugía y a todo esto. Ya después habrá tiempo para que lidies con tus errores.

Ella aparta la mirada.

—Tienes razón.

Nos limitamos a esperar en silencio. Cuando llega la policía, se llevan a Rain a un lugar más privado para tomar su declaración y me quedo solo un buen rato.

Rain vuelve en el momento justo en que el doctor sale de ese pasillo de emergencias. En unos segundos, estamos frente a él, esperando noticias.

—La cirugía ha salido bien —dice y siento que puedo respirar—. Xan se quedará esta noche en cuidados intensivos, estas primeras horas serán cruciales para él. Lo mantendremos con una ligera sedación por un tiempo para dejarlo sanar internamente. ¿Quieren subir a verlo?

Asiento y empiezo a seguirlo, pero Rain se queda atrás. Me giro hacia ella y la veo sacudir la cabeza.

—No puedo, esperaré aquí.

No respondo y sigo mi camino.

Nada en la vida me habría preparado para lo que siento cuando entro en la UCI y lo veo. Xan está conectado a un montón de aparatos y con vendas. Me quedo petrificado unos segundos, asimilando esto. Una profunda tristeza me recorre y dos lágrimas gruesas me ruedan por las mejillas. Esto duele porque, a pesar de que hice todo lo que pude, siento que podría haberlo evitado, que no tenía que haber llegado a esto.

Me acerco y envuelvo la mano alrededor de su muñeca, porque sus manos están llenas de vendas, es imposible cogerlas.

—Hola, Xan —susurro y me limpio la nariz con la mano libre, las lágrimas no han parado—. Vas a estar bien, estoy aquí. Siento mucho que haya llegado a esto, Xan. No lo mereces, nadie lo merece. No me voy a mover de aquí, lo prometo.

Y lo cumplo.

Día 2

—He vuelto —digo. Le acerco un termo de café recién hecho que he traído de la cafetería del hospital—. ¿Hueles eso? Así es, no es el mejor café del mundo, pero supuse que te ayudaría recordar el olor. La verdad, echo de menos ir al Café Nora y verte ahí en tu elemento, preparando ese latte que tanto me gusta.

Suspiro y tomo asiento en la silla a su lado. Su rostro se ha hinchado más porque los moretones están siguiendo su curso. Hay uno inmenso debajo de su ojo izquierdo. Sus largas pestañas descansan sobre sus pómulos y echo de menos ser capaz de ver sus ojos, sus expresiones, cualquier cosa.

Echo de menos a Xan.

Día 3

—¡Xanahoria! —saluda Greg, acercándose a Xan, que sigue dormido—. Tienes que recuperarte pronto. Me hace falta tener a mi compañero de cocina, ya sabes que Apolo es un inútil. —Entorno los ojos—. Así que te necesito.

—Bien que te comiste mis panecillos ayer.

—Es lo único que te queda medio decente, Apolo. Por favor, no fuerces las cosas.

Suspiro y, aunque Greg tiene una energía alegre, es difícil mantenerla aquí. Él señala a Xan:

—¿Cuándo despertará?

Me encojo de hombros.

—No lo sé. Ya le han disminuido la sedación, el doctor dice que debería despertar pronto.

—Quizá no quiere despertar —murmura Greg con tristeza y se inclina sobre Xan—. Ey, Xanahoria, sé que lo que te pasó fue muy muy malo. Entiendo que no quieras volver y enfrentarlo, pero te necesitamos. Estamos aquí, no tienes que enfrentarlo solo. Recuérdalo.

Sonrío, espero que Xan pueda escucharlo.

Día 4

—Han encontrado a Vance —dice Rain al entrar a la habitación de Xan. Lo han trasladado de cuidados intensivos a una habitación en planta, pero sigue sin despertar—. Está en la cárcel de la comisaria de Raleigh.

No sé qué decirle, ¿que me alegro? ¿Que no creo que haya nada que Vance pueda hacer en este mundo que sea suficiente para compensar a Xan? Me quedo callado y Rain me tiende un papel. Lo tomo y ella se pasa la lengua por los labios.

—Es una copia de la declaración escrita que he dejado en la comisaría esta mañana. —La miro, confundido, e intento devolvérsela.

—Creo que puedes dársela a Xan cuando despierte.

—No, es la declaración que he dado sobre tu caso.

Me quedo helado.

—Decir lo siento no es suficiente. Nada de lo que haga lo es, pero Xan y tú tendréis la justicia que os merecéis. Vance pagará las consecuencias de sus actos. —Duda unos segundos antes de seguir—: Sé que esto no se trata de mí, pero quiero que sepas que mi error vino de un lugar de estupidez, de no querer que mi familia pasara por algo difícil. Mi madre está destrozada y mi padre no sabe qué hacer. Eso era lo que quería evitar, pero sé que fui muy egoísta y tengo que vivir con el dolor de que todo llegara a esto. —Señala a Xan con tristeza—. En parte, por mi culpa. Así que lo siento mucho, Apolo.

Asiento con la cabeza porque no sé qué responder. Me gustaría decir que la entiendo, pero no puedo mentir cuando aún tengo a Xan al lado inconsciente. Entonces, recuerdo las palabras de mi psicóloga y del abuelo sobre que a veces no perdonar nos hace cargar con resentimientos que terminan dañándonos por dentro, nos pudre el interior.

Me pongo de pie y la abrazo. Su olor cítrico llega a mi nariz y, aunque ya no me reconforta, no es desagradable.

—Has hecho lo correcto y acepto tus disculpas —digo con honestidad.

Ahora queda que Xan decida si la perdona o no, pero por mi parte, ya no quiero cargar con odio ni con rabia. Quiero soltar y, ahora mismo, estoy soltando a la chica que me salvó, a esa que idealicé tanto que la ironía de la vida decidió hacerla caer del pedestal de una forma dolorosa. Cuando nos separamos, Rain se limpia los ojos llenos de lágrimas.

—Gracias.

Se da la vuelta para irse y la veo alejarse en el pasillo, su pelo rubio moviéndose con cada paso. Me siento en paz.

Día 5

Me he quedado dormido en la silla varias veces. He estado yendo a clases y viniendo al hospital, apenas salgo. Agradezco que ya mañana sea sábado, así puedo pasar todo el día aquí. El doctor dice que

Xan ya debería haber despertado y eso me preocupa. ¿Por qué no abre los ojos? Creo que no podré respirar bien hasta que lo vea volver del todo.

Estoy revisando el móvil cuando lo escucho:

—¿Apolo?

Salto de la silla y me paro a su lado en la cama. Sus ojos siguen un poco entrecerrados, pero puedo ver un destello marrón en ellos.

—¿Xan? —Le hablo con suavidad y él me mira. El alivio me hace exhalar una bocanada de aire y le sonrío—. Ey, hola, bienvenido de nuevo.

Xan parpadea e intenta devolverme la sonrisa, pero hace una mueca de dolor, tiene un corte en el labio. Luego intenta mover las manos y sacudo la cabeza.

—No es buena idea que te muevas, aún te estás recuperando.

Xan vuelve a mirarme y sus ojos se llenan de lágrimas.

—Pensé que me iba a morir, Apolo. —Su voz se rompe y lucho por no llorar con él—. Pensé... que... él... todo... dolía tanto.

—Xan. —Le acaricio el rostro, colocándole el pelo hacia atrás—. Estás bien, ya pasó. Está detenido, ya no podrá hacerte daño ni a ti ni a nadie más, ¿de acuerdo?

Asiente y le limpio las lágrimas de las mejillas. Hablo de las visitas de Gregory y lo distraigo un poco, luego el doctor recomienda que intente comer ligero. Lo ayudo a sentarse y mientras le doy la comida, Xan lo dice:

—Yo no quería volver con él, Apolo. —Lo suelta, así como si nada—. Rain sí habló conmigo, pero fue solo para darme hechos, no para convencerme. Dejó la decisión en mis manos y yo decidí dejarlo.

Bajo la cuchara y lo observo.

—¿Entonces...?

—Él amenazó con publicar un vídeo de la pelea en el festival de otoño, dijo que te pintaría como el malo y yo no quería... afectarte.

Frunzo las cejas.

—Xan.

—Ya lo sé, no digas nada, pero no podía permitirlo. Con el paso de los días, me di cuenta de que era insostenible estar con él y lo dejé... y esto fue lo que pasó.

—Lo siento tanto, Xan.

Lo abrazo porque parece tan triste en esa cama de hospital, tan herido... No sé cuánto tiempo nos quedamos así, aferrándonos el uno al otro.

A las dos semanas, le dan el alta a Xan. Me las ingenio para convencer al doctor de que le ponga la salida después de las cuatro de la tarde. Es una petición extraña, pero tiene un objetivo muy claro.

—No entiendo por qué me han dado el alta tan tarde —se queja Xan.

Camina despacio, tiene que ser muy cuidadoso con el vendaje de las costillas. Algunos de sus dedos tienen un pequeño yeso para ayudarlos a sanar. Cruzamos la puerta principal del hospital. Ya es casi de noche, el invierno hace que se ponga el sol muy temprano. Xan se detiene en seco debajo del techo que sobresale del hospital y se gira hacia mí.

—Apolo...

Le sonrío y ambos nos volvemos para ver los copos de nieve que han comenzado a caer hace un rato. Las aceras están cubiertas de una ligera capa blanca.

—La primera nevada —digo con orgullo.

Xan estira la mano que menos vendajes tiene y deja que la nieve caiga sobre su palma. Me mira y es como si estuviéramos pensando lo mismo. Estamos pensando en lo que hemos vivido estas dos últimas semanas, en que lo he cuidado, en lo que nos hemos reído. Y en todo lo que pasamos antes de esto, la primera vez que nos vimos y el modo en que nuestra amistad evolucionó a algo más.

Xan da un paso fuera del techo y la nieve comienza a caer en su pelo azul. Hago lo mismo y, cuando se gira, me sonríe:

—Tengo mucho que sanar.

—Lo sé.

—No puedo prometerte nada, aunque estemos viendo la primera nevada juntos.

—También lo sé.

Xan se acerca y tomo su rostro en mis manos para darle un beso en la frente.

—No hay prisa, no hay presiones —digo.

Me separo y lo miro a los ojos. Recuerdo lo que pensé aquella vez con Dani en la playa.

El verdadero amor no ata ni asfixia ni pone limitaciones.

El chico que tengo delante tiene un largo camino de recuperación que recorrer y no me refiero solo a lo físico, sino a lo emocional. Y si hay algo que he aprendido después de todo es a soltar, a dejar de comerme la cabeza con cada cosa y cada pequeño detalle.

Ya no más.

Y, bueno, yo también tengo cosas con las que lidiar.

Le acaricio las mejillas a Xan y no puedo evitarlo, me inclino y lo beso, ahí bajo la nieve. Mis labios se mueven sobre los suyos con calidez y con mucho cariño. El miedo que he tenido a perderlo se ha convertido en alivio y paz.

Mientras nos besamos, siento los copos de nieve aterrizando contra mi chaqueta, mi pelo, y mis manos sobre el rostro de Xan. Mi mente viaja al comienzo de todo, a aquella noche lluviosa que me hizo conocer a Rain y me llevó a Xan.

La nieve también es una precipitación, pero tan diferente a la lluvia, mucho más gentil y tranquila. Y así como cambió, lo hicieron mis sentimientos.

Sin embargo, sé que no olvidaré a la chica que conocí a través de la lluvia porque a través de ella, lo conocí a él: el chico peliazul que está en mis brazos ahora mismo y que me susurra sin aliento su promesa:

—Fluiremos juntos, Apolo Hidalgo.

FIN

Epílogo

APOLO

Cuatro años después

¡FELICIDADES, APOLO!

El cartel es inmenso y está colgado en medio de dos pinos muy altos, decorados con bombillas amarillas muy bonitas que cuelgan y se cruzan por todos lados, dándole una luz cálida al patio. El lago está a un lado, el muelle de madera también está lleno de luces y decoraciones. Al otro lado, está la casa con todas las ventanas descubiertas. Los cristales dejan ver claramente dentro gracias a las luces del interior y a que ya ha anochecido.

Es mi fiesta de graduación.

El último semestre ha sido difícil y, la verdad, no creía que fuera a lograrlo. Me arrastré en los últimos exámenes, no permití que nadie organizara ninguna celebración hasta estar completamente seguro de que había aprobado todas las asignaturas y las prácticas.

Hay más gente de la que esperaba, muchos amigos de mi madre. Fue mi idea hacer la fiesta aquí, en su casa del lago. Mi madre y yo tuvimos una conversación sincera después de lo que pasó con la familia de Rain hace años. Ella no sabía que estaba casado, de hecho, la noche que Vance los descubrió fue porque ella estaba terminando con él al enterarse de que tenía familia cuando los llevó a la fiesta. No lo volvió a ver después de eso. Y, siendo sincero, mi madre ha cambiado para bien. Y yo fui el primero en notarlo, así que tuve que

277

intervenir para que mis hermanos le dieran una oportunidad. De alguna forma, fui ese puente entre ella y ellos. Al principio, Ares y Artemis no la querían ni ver, intenté cenas y visitas a las que nunca fueron; luego, mientras más avanzaba en mi carrera, más estrategias para mediar aprendía y finalmente los convencí de ir a terapia familiar. Lo necesitábamos, mi familia no podía seguir escondiéndose de sus problemas sin resolver. Mi madre había cometido muchos errores, algunos que quizá tendrían efecto sobre mis hermanos por mucho tiempo, pero ellos se merecían sanar, y en el fondo, la querían tanto como yo, seguía siendo nuestra madre. Y de verdad, estaba arrepentida de todo. Quizá fue la edad, o el paso del tiempo, pero fuera lo que fuera la hizo mejorar. Fue increíble todo lo que salió a flote en el consultorio de la psicóloga: las lágrimas, las disculpas. Fue un proceso doloroso, pero muy necesario.

Ahora, mamá es parte de la vida de todos, Ares pasa algún que otro fin de semana cada tres meses aquí con ella, Artemis y Claudia la visitan frecuentemente porque mis sobrinos la adoran y les encanta la casa de lago, y yo también vengo cuando puedo.

Creo que los Hidalgo por fin aprendimos a soltar. Ya era hora.

—Sigo pensando que debería poner «Felicidades, Lolo». O mejor aún... ¿«dedos locos»? —comenta una energética Daniela que aparece a mi lado.

Lleva un vestido blanco que le llega a las rodillas. La temática de la fiesta es que todos vayamos de blanco, también fue idea de mi madre, pero ahora que nos veo a todos con estas luces, el lago y el muelle, lo entiendo. Queda muy bien y las fotos están saliendo geniales.

—¿Algún día vas a superarlo?

—Nunca. —Dani descansa el lado de su cara en mi hombro—. Se siente bien estar todos juntos de nuevo.

Le sonrío y la abrazo. Nos quedamos observando la vista, mirando a los invitados: Claudia se ríe de algo que dice Artemis mientras él tiene a Hades dormido en el hombro, mi nuevo sobrino es el consentido de la familia Hidalgo. Es un bebé, pero se las ha ingeniado para robarnos el corazón. Hera corretea por todos lados mientras Martha la persigue. Mi padre y mi madre hablan tranquilamente, sosteniendo sendos vasos de whisky.

Gregory, Marco y Sammy está sentados a una de las mesas, bromeando y poniéndose al día con los chismes. Bueno, eso es lo que me han dicho cuando me he acercado hace un rato.

Ares y Raquel están en el muelle, sentados con los pies colgando y rozando el agua. Raquel se ha subido el vestido hasta las rodillas para no mojarlo. Se están mirando a los ojos y riéndose como tontos.

—Desde aquí —murmuro—, esos dos parecen la portada de un libro de Nicholas Sparks.

Dani suelta una carcajada.

—Nah —escuchamos una voz detrás de nosotros, Xan se nos une—. Yo diría que es una novela de Nora Roberts.

Le sonrío. Aún tiene el pelo azul, hay cosas que no cambian.

Xan y yo ahora somos muy buenos amigos. Después de todo lo que vivió, tuvo mucho que sanar y fluimos durante unos meses hasta que nos dimos cuenta de que no era lo mejor para ninguno de los dos. Yo también tenía muchas cosas que sanar, muchas cosas que explorar de mí mismo. Cuanto más tiempo ha pasado, sobre todo después de estudiar tanto la mente humana en mi carrera, me he dado cuenta de que hicimos lo correcto.

Tomamos las decisiones correctas, no forzamos algo por el simple hecho de tenerle miedo a la soledad. No esperamos hasta hacernos daño para soltar. Con Xan tuve una sensación de *déjà vu*, como lo que viví con Daniela.

Persona correcta, momento equivocado.

Estoy muy feliz de haberlos conocido y de tenerlos en mi vida. Creo que una parte de mí siempre estará enamorada de ellos y eso son unos sentimientos bonitos porque no me atan ni me limitan y porque puedo contar con ellos siempre. Quizá no soy el tipo de persona que necesita tener una pareja y eso está bien. Tal vez las personas que llegan a mi vida se quedarán de una manera más permanente que en la forma de una relación.

—¡Atención, por favor! —La voz de Ares resuena por todo el patio. Está en medio de todos, Raquel se ha ido a sentar con Gregory y los demás—. No puedo creer que Apolo me haya escogido para el discurso de su graduación, pero su otra opción era Artemis, así que lo entiendo.

Todos nos reímos y él continúa:

—Apolo y yo discutíamos muchas veces, yo era demasiado testarudo y él era demasiado bueno. Éramos muy diferentes, veíamos las cosas desde dos perspectivas distintas. Sin embargo, no había una discusión con él que no me dejara pensando, dándole vueltas a lo que me había dicho. Mi hermano tiene la habilidad de hacer entrar en razón a cualquiera, de ponerse en los zapatos de todo el mundo, de abogar y de entender. Creo que eso hará que sea un excelente psicólogo. —Él alza su copa de champán hacia mí y yo hago lo mismo, sonriendo—. Siendo sincero, creo que yo fui su primer paciente.

Se escuchan risas y murmullos. Ares me observa, nervioso, y yo asiento porque sé que lo va a decir.

—De hecho... —Le pasa la copa a Artemis—. Mi hermano es tan bueno que me ha dejado hacer esto hoy, que debería ser su noche. Me ha dicho que esto hará que sea más especial porque para él, los momentos felices de los demás son los suyos. Así que bueno, Raquel...

Cuando dice su nombre, Raquel lo mira, confundida y se pone de pie.

—Hemos pasado por años de relación a distancia en los que luchamos, sufrimos y lo dimos todo. Luego, el año pasado, cuando te graduaste, hiciste lo imposible por conseguir trabajo cerca de mí, lo lograste y ni dudaste cuando te pedí que viviéramos juntos. Este año juntos has sido mi roca, mi apoyo mientras sigo estudiando. La carrera de Medicina es eterna, lo sabes, y nunca te has rendido. No tengo ninguna duda de que eres la persona destinada para mí y aunque aquí no tenga una ventana... —Ella se ríe con los ojos enrojecidos y él se arrodilla—. Pero... ¿te quieres casar conmigo?

Creo que todos nos hemos puesto emotivos y, de pronto, Raquel suelta una carcajada entre lágrimas.

—Eres un loco, dios griego —dice juguetona.

Ares alza una ceja.

—¿Eso es un sí? Porque se me está clavando una piedra en la rodilla que...

—¡Sí! ¡Sí! —Ella se inclina y lo besa.

Todos aplaudimos. Dani, Xan y yo nos secamos las lágrimas con disimulo y vamos a felicitarlos.

Después de toda la conmoción, estoy sentado en una silla, observando a los recién comprometidos. Ares y Raquel están bailando abrazados a la suave melodía que se escucha en los altavoces que ha puesto mi madre alrededor. Están en el muelle, con el lago y la luna de fondo.

Xan aparece a mi lado.

—La verdad es que sí son una portada de libro erótico.

Le sonrío y levanto la vista para mirarlo. Xan hace deporte y donde antes había unos brazos delgados, ahora hay unos músculos definidos. Su pelo azul está más largo que nunca.

—¿Crees que alguna vez tendrás algo así? —comenta Xan, mientras acerca una silla y se sienta a mi lado.

—No sé si me gustaría tener algo así.

—Esta es la parte en la que me das el discurso de que no necesitas una pareja para estar bien, que eres un ser humano independiente.

—Ya te la sabes —murmuro.

—Siempre te he considerado un romántico.

—Y yo a ti por un chico que fluye con otro chico.

Xan se ríe.

—De acuerdo, me lo merezco. —Xan suspira—. La verdad, estoy orgulloso de ti, Apolo.

Me giro hacia él, descansando el codo en la espalda de la silla.

—¿De verdad?

—Sí, has madurado mucho. Ya no eres el chico nervioso e inseguro que entró al Café Nora aquel día. Tampoco eres el que no sabía soltar y que se seguía aferrando a mí, incluso cuando te apartaba.

—Exageras, tampoco fui tan intenso. —Él alza una ceja—. De acuerdo, un poco.

Exhala con tranquilidad.

—Me has enseñado mucho también. Esta amistad que hemos construido a lo largo de los años ha sido una de las mejores cosas que me ha pasado. Me has incluido en tu familia y me has permitido estar contigo de una forma más sólida. Tu hermano está equivocado, yo fui tu primer paciente.

—Ahora todos quieren ese título.

—¡No! ¡No! ¡Marco! ¡Te juro que si me lanzas...! —Los gritos de Sammy llegan desde la orilla del lago y noto que, detrás de él, Gregory lleva cargada a Daniela.

—¡Nooo! ¡Vamos vestidos de blanco! ¡No podéis!

Xan me mira y yo me quedo paralizado.

—Xan...

—Sabía que de algo me serviría tanto ejercicio.

Xan es tan rápido que no me da tiempo a nada. Lo siguiente que sé es que me está tirando al agua. Consigo lanzar mi móvil en la tierra.

Y, zas, el agua cálida me recibe de golpe. Cuando salgo a la superficie, me encuentro de frente con Raquel, que tiene todo el pelo pegado a la cara y me asusta. Dani tose y Sammy golpea a Marco. Los vestidos blancos de las chicas flotan a su alrededor y puedo verle claramente los pezones a todo el mundo a través de la tela blanca de sus ropas mojadas. A ninguno nos incomoda, somos amigos desde hace años. Y si la mayoría hemos escuchado los gemidos de Raquel, podemos con esto.

Pasamos un buen rato entre risas, guerras de agua y bromas.

Me los quedo mirando. Este momento es perfecto y lleno de felicidad.

Justo como aquel atardecer en la playa hace años, como los Cuatro de Julio que ahora pasamos en familia y como los días lluviosos que ya no me asustan.

MÁS HISTORIAS ADICTIVAS